LES MERVEILLES DE NOËL

MARIE BERNADETTE
DUPUY

LES MERVEILLES DE NOËL

CALMANN LEVY

CALMANN LÉVY
ÉDITEUR DEPUIS 1836

COUVERTURE
Conception graphique : Constance Clavel
Photographie : © Ilona Wellmann/Trevillion Images

ISBN 978-2-7021-8978-8

Je dédie cet ouvrage où se mêle une intrigue palpitante
à la magie de Noël, à mes enfants chéris, Isabelle, Yann,
Louis-Gaspard et Augustin Dupuy, qui m'entourent
de tout leur AMOUR et me soutiennent fidèlement,
ainsi qu'à ma fidèle Guiguitte.

Note de l'auteure

Chères amies lectrices, chers amis lecteurs,

J'ai le plaisir de vous présenter ce roman qui se déroule en majeure partie dans ma ville natale, Angoulême, au remarquable patrimoine historique. Cette année, j'ai eu la joie et l'émotion d'en devenir une des ambassadrices et je tenais à rendre hommage aux trésors d'architecture de cette belle cité, mais aussi à son intense vie culturelle.

C'est une mission bien agréable pour moi qui avais créé, il y a quelques années, le magazine *Promenades*, afin de mettre à l'honneur les beautés de ma région.

J'invitais mes compatriotes à parcourir la campagne à la découverte des chapelles oubliées, des lavoirs de village, des églises romanes et des châteaux, sans oublier des sites naturels incontournables, comme la splendide vallée des Eaux-Claires.

Comme point de départ de mon intrigue, j'ai choisi le Festival du film francophone, puisque chaque année depuis 2008, à la fin du mois d'août, Angoulême s'anime pour célébrer le septième art. Cette sympathique manifestation est l'occasion d'accueillir des personnalités du monde du spectacle, de mettre à l'honneur le cinéma... Un rendez-vous à ne pas manquer.

Inspirée par certains faits divers, je vous propose ce nouvel ouvrage riche en suspense, où le charme éternel de Noël jouera son rôle.

Je redirai également, comme dans chacun de mes livres, que toute ressemblance avec des personnes existantes ou ayant existé serait fortuite et indépendante de ma volonté, tous les événements de cette histoire étant fictifs, hormis l'existence du festival et certains faits signalés comme authentiques par une note en bas de page.

En vous souhaitant une agréable lecture,

Marie-Bernadette Dupuy

1

Au premier plan

Angoulême, jeudi 24 août 2017,
Festival du film francophone

Debout entre ses grands-parents, Emmie commençait à s'ennuyer. Elle tournait entre ses doigts menus un des boutons en forme de fleur de sa robe en cotonnade bleue. Elle aurait dû être contente, les sorties en ville étant rares, mais il y avait trop de gens regroupés derrière des barrières en métal et beaucoup de bruit, un mélange de rires et d'éclats de voix.

Âgée de sept ans, la petite fille ne prêtait aucune attention au grand tapis bleu étalé devant le cinéma ni aux personnes rassemblées là, que sa grand-mère appelait « des célébrités ».

— Il fait très chaud, se plaignit celle-ci au même moment. On ne va pas s'attarder, Firmin !

— Encore dix minutes, Madeleine… Pour une fois que je me distrais un peu, répondit-il.

— Toi et ta manie de photographier à tout-va, marmonna son épouse. Ce n'est guère sérieux, Firmin, on pourrait nous le reprocher. Et tu sais que je n'aime pas exposer Emmie, il y a tellement de monde.

— S'il te plaît, Madeleine, depuis que ce festival existe, j'ai envie d'y venir. Cette année, deux actrices que j'aime beaucoup sont présentes, je ne vais pas rater une chance de les voir de près.

— En tout cas, demain tu reviendras tout seul si tu tiens à retourner surveiller l'entrée des hôtels.

La discussion n'atteignait pas Emmie, habituée à entendre ses grands-parents se quereller. D'une rare sagesse, elle se mit à observer ceux qui s'alignaient le long des barrières de sécurité. Une chevelure d'un roux flamboyant relevée en chignon attira son attention, et elle aperçut le joli profil d'une jeune femme vêtue d'une robe légère. L'inconnue avait un air rêveur, ses grands yeux d'un bleu intense fixés sur l'entrée du cinéma CGR, où un film de la sélection du festival serait projeté dans une demi-heure.

Peut-être attirée par le regard de l'enfant, Ambre Chasselin tourna la tête et découvrit aussitôt qui la dévisageait.

Médecin urgentiste à l'hôpital de Girac, situé aux portes de la ville, Ambre exerçait depuis un an, après de brillantes études. Elle avait profité d'un congé de quarante-huit heures pour s'imprégner de l'ambiance du festival du film francophone. La manifestation conférait à Angoulême une animation particulière qui lui plaisait.

— Je me suis promenée un peu partout, avait-elle raconté à sa mère le matin même, au téléphone. Il y a des portraits d'actrices et d'acteurs en noir et blanc, dans les vitrines ou suspendues dans les vieilles rues. Les restaurants sont bondés, hier soir nous avons eu du mal à avoir une table dans notre pizzeria préférée, Nathan et moi. Des membres du jury y dînaient, alors la salle était pleine, même la terrasse…

Mais au moment où Ambre vit la petite fille brune qui l'observait, elle oublia ses pérégrinations de la veille, tout de suite sensible à ses traits délicats et à son regard clair où elle lut de la lassitude et de la résignation.

« Quelle idée de traîner une enfant ici, en plein soleil en plus et sans chapeau ni bob. Une insolation est dangereuse », se dit-elle, prompte à reprendre son rôle de médecin.

Dès lors, elle la surveilla, en oubliant les personnalités qui se regroupaient sur le fond blanc décoré du logo du festival et du nom des sponsors. Les journalistes se bousculaient parfois pour obtenir une interview, si bien qu'une rumeur constante s'élevait, ponctuée par des acclamations enthousiastes.

— Emmie, ne bouge pas d'ici, surtout, tu ferais mieux de me tenir la main, ordonna soudain une femme de taille moyenne, les cheveux châtains mi-longs et semés de fils gris, retenus en arrière par des pinces.

— Non, mamie, les tiennes sont toujours moites, je n'aime pas ça, répliqua la petite.

Sa repartie amusa Ambre, qui tira aisément ses conclusions. La fillette s'appelait Emmie et elle était avec ses grands-parents.

— Firmin, as-tu terminé ton reportage ? s'enquit alors la femme en effleurant l'épaule d'un homme d'environ soixante-dix ans, à la silhouette robuste et au faciès dur.

Il utilisait un appareil photo argentique, en le manipulant avec précaution.

— Oui, un peu de patience, Madeleine, rétorqua le dénommé Firmin. Je te promets qu'on s'en va bientôt.

Ambre se décida à jeter un coup d'œil de l'autre côté de la rue, où elle identifia un célèbre acteur américain, qui présidait le jury. Une partie des personnalités présentes commençait à entrer dans le cinéma.

« Je ferais mieux de m'en aller. »

Avant de s'éloigner, Ambre chercha des yeux la fillette, qui se trouvait désormais environ dix mètres plus loin, parmi la foule des curieux, car cette enfant lui inspirait de l'attendrissement, à cause de son expression un peu triste.

De son côté, Emmie souffrait de la chaleur et craignait de faire une crise, là, au milieu de tous ces gens. Elle considéra ses pieds nus dans des sandales en cuir, en espérant que ses grands-parents allaient enfin se décider à partir. Soudain deux mains la saisirent par la taille et la soulevèrent. Un homme la prit contre lui et s'éloigna d'un pas rapide.

Tétanisée par la stupeur, elle n'osa pas se débattre. Tous deux disparurent à l'intérieur de la galerie marchande édifiée quelques années auparavant sur la place du Champ-de-Mars...

Ambre avait assisté à la scène, avec l'impression que le temps s'était ralenti. Venait-elle vraiment d'être témoin d'un enlèvement, cet acte odieux qui l'avait toujours révoltée et horrifiée ? Son hypothèse fut confirmée en une poignée de secondes, quand un grand cri de détresse retentit, suivi d'un hurlement affolé :

— Emmie, où est Emmie ? Firmin, la petite a disparu !

Madeleine Royer se cramponnait au bras de son époux, dont la mine effarée trahissait l'incrédulité et une vive angoisse.

— Ce n'est pas possible, elle ne doit pas être loin, affirma-t-il en regardant autour de lui. Je t'avais dit de lui tenir la main !

— Mais elle n'a pas voulu ! Firmin, je ne comprends pas, elle était là, entre nous.

Très vite un cercle de curieux se forma autour d'eux, pour les interroger et proposer de l'aide. La masse mouvante bruissait de questions.

— Comment est-elle habillée ?

— C'est votre petite-fille ?

— Brune ou blonde ?

— Oui, nous sommes ses grands-parents, elle est brune et s'appelle Emmie, répondait Firmin Royer à la cantonade.

— Elle porte une robe bleue, avec des sandales en cuir marron, précisait Madeleine.

Consternée, Ambre s'était approchée elle aussi, les jambes tremblantes. Son cœur cognait comme un fou quand elle s'adressa au couple :

— J'ai tout vu ! Un homme assez jeune a emmené votre petite-fille. Je pourrai le décrire, il portait une casquette et des lunettes de soleil. Il est entré dans la galerie avec l'enfant.

— Impossible de le rattraper maintenant ! Il faut tout de suite prévenir la police, rétorqua Firmin Royer.

— Je connais un inspecteur, je l'appelle, proposa Ambre. Il saura quoi faire…

Elle montra son téléphone, comme pour solliciter leur accord, mais Madeleine Royer la toisa durement.

— Vous auriez dû donner l'alerte tout de suite, mademoiselle !

— Mais c'est ce que je fais ! Calmez-vous, madame, je vous en prie.

— Me calmer ? Vous n'êtes pas à ma place ! On nous a pris notre petite-fille, gémit-elle.

Sans l'écouter davantage, Ambre appela Nathan, son ex, devenu un très bon ami. Il décrocha immédiatement. Une fois au courant de la situation, il annonça qu'il arrivait au plus vite sur les lieux.

— Ce sera trop tard ! s'égosilla Firmin Royer. Si ce type était garé dans le parking souterrain, il va quitter la ville sans être repéré. C'est ta faute, Madeleine, tu n'as pas surveillé la petite.

— Ah vraiment ! Qui a voulu venir ici pour le festival ? C'est toi, pas moi… Je t'avais dit que c'était risqué, mais tu n'en fais qu'à ta tête ! Je n'aurais jamais dû t'écouter, Firmin !

— Je vous en prie, gardez votre sang-froid, l'unique responsable c'est celui qui a enlevé Emmie, prôna Ambre.

Les gens affluaient, attirés par les cris du couple et leurs gesticulations. Madeleine Royer, les traits crispés, leur donnait le signalement d'Emmie en désignant la galerie de la main, mais son mari s'écarta un peu et sortit son téléphone portable. Ambre remarqua qu'il écrivait un message.

— Vous prévenez ses parents ? supposa-t-elle, imaginant sans peine l'épreuve que cela représentait d'annoncer une aussi terrible nouvelle.

— Ils sont morts, nous élevons Emmie avec l'agrément d'un juge des tutelles, répondit-il en s'éloignant davantage.

Ces quelques mots achevèrent de consterner Ambre, qui éprouva un pénible sentiment de révolte et d'impuissance, avec l'envie illogique de pouvoir revenir en arrière et sauver l'enfant.

L'arrivée en trombe d'une voiture de police fit diversion. Trois hommes en descendirent, dont l'inspecteur Nathan Delors. En blouson de cuir et jean, de taille moyenne, robuste, il avait les cheveux châtains coupés court, des traits un peu durs. Il jeta des coups d'œil avisés sur le rassemblement qui s'était formé autour d'un couple d'un certain âge. Il déduisit à leur attitude éplorée que c'étaient les grands-parents de la fillette.

Ambre se précipita vers lui.

— Tu n'es quand même pas la seule à avoir vu celui qui a emmené la fillette ? lui demanda-t-il après un rapide bonjour.

— Je n'en sais rien, il y avait beaucoup de monde, soupira-t-elle. Quelqu'un d'autre a pu voir la scène. Tout est allé si vite. Je t'assure, c'était hallucinant. Je m'en veux, j'aurais peut-être dû poursuivre ce type !

— Tu étais à quelle distance ?

— Une dizaine de mètres environ.

— L'homme a joué sur l'effet de surprise, tu en as fait les frais, les grands-parents aussi.

Sur ces mots, Nathan haussa les épaules d'un air désabusé et laissa son amie pour aller se présenter à Madeleine et à Firmin Royer qui n'avaient pas bougé, figés sur place par le malheur qui les frappait.

Une seconde voiture de police déboula, d'où sortirent deux autres policiers. De plus en plus nerveuse, Ambre songea que la machine judiciaire se mettait en marche. Le cœur lourd, elle se remémora le délicat visage d'Emmie et son air affligé.

— J'espère qu'ils vont vite arrêter ce salaud, murmura-t-elle.

Deux heures plus tard, l'inspecteur Delors rejoignit Ambre à la terrasse d'une brasserie voisine de la galerie marchande, où il lui avait dit de l'attendre. Il avait sa mine des mauvais jours, ce qu'elle comprenait très bien.

— Je suis pressé, lâcha-t-il. Un café et je repars.

— Il n'y a encore rien sur Internet, Nathan, dit-elle d'un ton inquiet. Est-ce que vous allez lancer l'alerte enlèvement ? Plus c'est rapide, plus il y a de chance d'arrêter le coupable !

— La victime est mineure et on a deux témoignages formels, dont le tien, qui permettent de confirmer l'enlèvement, donc la procédure est en route. La grand-mère nous a donné une photo d'Emmie qui date un peu, et ce serait bien d'avoir une image de son ravisseur. Mais grâce aux quelques détails que tu as pu nous fournir, on dispose déjà d'éléments pour transmettre une description aux médias.

— Ça me rend folle ! Qu'est-ce qu'il va faire à cette petite ? Elle semble si fragile, je la revois sans cesse se laissant emmener comme une poupée de chiffon, se désola Ambre.

— Les collègues visionnent les vidéos des caméras de surveillance de la ville et de la galerie pour essayer d'obtenir une image nette de l'homme. Si on parvient à l'identifier, on saura s'il a un casier. Il n'en est peut-être pas à son coup d'essai. Et, avec un peu de chance, les caméras du parking vont nous permettre de repérer le véhicule avec lequel il s'est enfui.

— Encore un détraqué dans la nature, enragea Ambre.

— C'est possible, on va étudier les dossiers des délinquants sexuels du département, puis on étendra les recherches. J'y retourne, le commissaire est sur des charbons ardents. Ce genre d'affaire, pendant le festival du film, pourrait gâcher l'ambiance.

— Pour moi, elle l'est déjà, répliqua Ambre. J'observais les acteurs devant le cinéma, et puis il y a eu cette fillette. Nos regards se sont croisés, c'était bizarre.

— Tu es trop empathique, comme toujours.

Nathan se leva et déposa un baiser amical sur le front de la jeune femme.

— Mais tu n'as pas commandé de café, protesta-t-elle.

— Tant pis. On se voit très vite. Avec un peu de chance, on se retrouvera à la projection nocturne en plein air, tu me garderas un transat.

— Comment tu peux penser à ça ? s'indigna Ambre. Je n'irai que si cette fillette est retrouvée saine et sauve.

— Dans mon métier, il faut savoir séparer vie privée et vie professionnelle. Si je me privais de tout pendant une enquête, je deviendrais neurasthénique, décréta Nathan.

— Toujours le même refrain, ironisa-t-elle. Ne te retarde pas.

Restée seule, Ambre se força à revoir encore une fois le moment où l'homme s'était emparé d'Emmie.

— Qu'est-ce que j'aurais pu faire ? soupira-t-elle. Au moins crier, ou courir derrière lui… Est-ce que je l'aurais rattrapé ? Et ma description ne va pas beaucoup les aider. Un homme brun, assez grand, de type caucasien… Autant dire que la majorité des personnes présentes pourraient être considérées comme suspectes…

La jeune femme termina son thé au lait et quitta la terrasse. Elle prenait son service aux urgences dans quarante minutes.

Commissariat d'Angoulême, même jour, même heure

Très dignes, Madeleine et Firmin Royer étaient assis en face du commissaire Hebert qui relisait à mi-voix leurs dépositions. Le couple l'écoutait, avec la même expression de profonde détresse.

— Donc, vous habitez ici, à Angoulême, rue d'Iéna et vous êtes tous deux retraités. Vous avez la garde exclusive d'Emmie, que vous élevez depuis le décès de ses parents. Et votre petite-fille est scolarisée à l'école de l'Enfant-Jésus.

— Oui, c'est exact, approuva M. Royer. Je la conduis rue des Bézines le matin et je vais la chercher le soir. Nous veillons sur elle avec soin, commissaire. Ce qui est arrivé nous dépasse totalement. Je vous répète qu'Emmie ne s'était pas éloignée, elle se tenait entre mon épouse et moi.

— Je rappelle le procureur et nous lançons l'alerte enlèvement. La photo de la fillette sera diffusée dans les médias, sur Internet via les réseaux sociaux et également sur des panneaux, dans les gares et les aires d'autoroutes. L'image du ravisseur que nous avons pu obtenir grâce aux caméras de vidéosurveillance n'est pas de très bonne qualité, mais elle donne au moins une idée de sa silhouette et de ses vêtements, et chaque détail est crucial. Parfois nous avons vite des témoignages, mais il faut faire le tri.

Au même instant, l'inspecteur Nathan Delors fit irruption dans le bureau, un dossier sous le bras.

— Je suis à vous dans une minute, Delors ! Madame et monsieur Royer, nous ferons le maximum pour vous rendre Emmie, assura le commissaire d'un ton ferme. Maintenant vous devriez rentrer chez vous, nous vous tiendrons informés de l'évolution de la situation.

— Ce sera dur d'être à la maison sans notre petite-fille, se lamenta Madeleine Royer.

— Allons-y, lui dit son mari en la prenant par le bras.

— Si vous avez de la famille, demandez à des proches de vous tenir compagnie, recommanda Nathan.

— Nous n'avions qu'Emmie, inspecteur, lui répondit M. Royer d'un ton désespéré. C'était notre rayon de soleil…

Quand ils furent sortis, le commissaire et Nathan restèrent silencieux, touchés par le malheur qui frappait ces grands-parents. Au bout de quelques secondes, Nathan prit la parole :

— J'ai une mauvaise nouvelle. Nous avons fini de passer en revue les vidéos de surveillance du parking et elles n'ont rien donné. Les caméras ne couvrent pas toutes les places, il a dû choisir un emplacement qui lui permettait de ne pas se faire repérer. Et les images issues des deux sorties ne nous ont été d'aucune aide : l'orientation des caméras ne permet pas de voir le conducteur et les passagers.

— C'est à croire que le ravisseur avait tout planifié…

Angoulême, chez Ambre, vendredi 25 août

D'une des fenêtres de son appartement, Ambre contemplait le paysage qui s'étendait à perte de vue, au-delà du rempart Beaulieu. Du deuxième étage de la résidence, elle dominait la plaine où coulait la Charente, ainsi que les faubourgs de la ville, dont les toitures, la plupart en tuiles, composaient un camaïeu d'ocres, du brun au jaune, du rose au beige.

L'immeuble ancien où elle résidait avait été restauré avec soin et c'était ce vaste panorama qui l'avait séduite. Le Jardin Vert où elle allait courir le matin, selon ses horaires, était tout proche. Elle appréciait ces vieux quartiers pleins de charme, mais ce jour-là, son moral était au plus bas. Nathan lui avait confié qu'il n'y avait aucun signe de la petite fille depuis la veille, ni même aucun témoignage hormis des signalements farfelus.

« Où es-tu, à l'heure qu'il est, Emmie ? » se demanda-t-elle.

Ambre était rentrée de l'hôpital au petit jour, après une nuit très agitée aux urgences. En cette période de grosse chaleur et de festivités nocturnes, les accidents et les malaises étaient assez fréquents. Après une douche et une sieste, elle avait hâte de retourner travailler, afin de ne plus penser à la petite fille brune, dans sa robe bleue.

— Je dois appeler maman, murmura-t-elle.

En peignoir de bain blanc, elle alla s'asseoir en tailleur sur son canapé. D'un mouvement de tête, elle rejeta en arrière la masse souple de sa chevelure. Sa mère répondit aussitôt :

— Comment vas-tu, Ambre ? Hier soir, tu étais toute triste à cause de l'enlèvement de cette enfant.

— Malheureusement, ça n'a pas changé, je dirais même qu'à présent j'en suis malade, maman. J'espérais qu'on l'aurait retrouvée dans la nuit ou ce matin, mais non.

— Ils en parlent à la télévision, nous avons vu sa photo, papa et moi. Quel malheur, il y a eu tellement de cas semblables et qui se sont terminés de manière tragique.

— Je sais bien, mais là j'étais présente, j'ai tout vu et je suis incapable de penser à autre chose, même si j'essaie de rester positive ! Donne-moi plutôt des nouvelles de la famille, maman, ça me distraira.

— Ta sœur est toujours enchantée par sa vie parisienne et son travail, ton frère a prévu de revenir en France pour Noël. Vous avez tous les trois fait de brillantes études, papa et moi nous sommes comblés, même si vous avez quitté le nid très tôt. Surtout toi, notre benjamine. Parfois on se sent seuls !

— Je viendrai vous voir bientôt, pendant mon prochain congé, je te le promets, dit-elle gentiment.

— Tu n'es pas obligée, Ambre, fais comme tu peux.

— Vous pourriez aussi me rendre visite pendant la période de Noël, pour voir les décorations d'Angoulême. La ville en devient féerique, il y a même des petits chalets sur la place Saint-Martial, près de l'église.

— Pourquoi pas, je vais essayer de convaincre ton père. Il est devenu si casanier !

Elles discutèrent encore un peu, puis le silence revint dans l'appartement et dans le cœur de la jeune femme. Pour échapper à l'angoisse qui la taraudait, elle décida de marcher jusqu'à la place Francis-Louvel.

Ambre avait du temps devant elle, et elle savait que le palais de justice abritait des tables rondes où les personnalités invitées au festival discutaient des films en compétition.

Elle s'habilla d'une robe noire à manches courtes, et laissa ses cheveux dénoués.

La sonnerie musicale de l'interphone la fit sursauter. Comme elle n'attendait personne, elle pensa tout de suite à une visite imprévue de Nathan. Il lui avait fait comprendre qu'il aimerait bien reprendre leur relation, et Ambre cherchait un moyen de le décourager. Mais ce fut une voix masculine inconnue qui retentit dans l'appareil.

— Mademoiselle Chasselin ? Je voudrais vous parler !

— Qui êtes-vous, monsieur ?

— Charles Favier, je suis un enquêteur privé mandaté par Mme et M. Royer, les grands-parents de la petite Emmie. Vous n'avez rien à craindre, mademoiselle, je veux juste noter votre témoignage.

— J'ai déjà fait une déposition au commissariat hier après-midi. Adressez-vous à la police si vous voulez des renseignements.

— Mademoiselle Chasselin, pensez au cauchemar qu'endurent les grands-parents de cette enfant, à leur douleur morale, insista son interlocuteur. C'est votre devoir de les aider.

Partagée entre agacement et bonne volonté, Ambre actionna l'ouverture de la porte principale de la résidence. Peu après, elle se trouva en face d'un homme d'une cinquantaine d'années, en costume et cravate, d'une apparence très soignée.

— Bonjour, dit-elle d'un ton sec. Je suis pressée, alors faisons vite. Que désirez-vous savoir ?

— Je tiens à entendre votre témoignage car les Royer, sans doute égarés par le chagrin, mettent en doute votre description du ravisseur.

— La police a pu récupérer les images de la vidéosurveillance du centre commercial. Ma description et les images correspondent.

Un malaise indéfinissable oppressait Ambre, sous le regard gris de l'enquêteur. Certes, il était élégant et correct, mais elle le jugeait antipathique. Afin de s'en débarrasser au plus vite, elle fit ce qu'il demandait.

— Je répète donc : le ravisseur portait une casquette de couleur sombre et des lunettes noires. Il m'a semblé brun, assez grand, de type européen.

— C'est vague, de type européen, mademoiselle... Notre pays accueille beaucoup d'étrangers.

— Je n'ai plus rien à vous dire, au revoir, monsieur ! Je compatis sincèrement à l'épreuve que vivent les grands-parents d'Emmie, mais à l'avenir adressez-vous à la police.

Il recula par la porte demeurée ouverte et prit la direction de la cage d'escalier. Ambre referma et tourna le verrou, avant d'envoyer un message à Nathan : *Tu pourrais me retrouver place Francis-Louvel, à la terrasse où on prenait souvent notre petit déjeuner ? Je t'y attendrai jusqu'à 10 heures.*

L'inspecteur Delors rejoignit Ambre une quarantaine de minutes plus tard. Il apprécia en silence la robe noire qui mettait en valeur les jolies formes de la jeune femme.

— Merci d'être venu, murmura-t-elle en lui souriant. Je ne serai pas longue, je suppose que vous êtes sur le pied de guerre au commissariat.

— On peut dire ça, mais je peux t'accorder un peu de temps. Tu es adorable aujourd'hui, Ambre, avec tes cheveux sur les épaules et tes bras nus. Je ne me lasserai jamais de t'admirer, toi et ton joli petit nez parsemé de taches de rousseur, comme tes joues. Mais le plus beau, ce sont tes yeux, presque de la couleur des turquoises.

— Arrête, Nathan, je n'ai pas besoin de tes compliments. Tu m'en faisais moins quand nous étions ensemble. En fait, je voudrais savoir si tu connais un enquêteur privé nommé Charles Favier. Il a sonné chez moi tout à l'heure, soi-disant mandaté par les grands-parents d'Emmie.

Tout de suite, l'inspecteur fronça les sourcils en répondant non d'un signe de tête.

— J'espère que tu l'as rembarré !

— C'était mon intention, mais finalement je l'ai reçu.

— Les Royer ont le droit d'engager un enquêteur privé, mais ce type n'avait pas à t'importuner, marmonna-t-il. Est-ce qu'il t'a montré un justificatif de son métier, ? Car en principe ils sont déclarés.

— Non, mais je l'ai vite congédié, il me mettait mal à l'aise. Il voulait juste le signalement du ravisseur, je lui ai donné.

— S'il revient, appelle-moi, d'accord ?

Sur ces mots, Nathan prit la main d'Ambre dans la sienne. Il étreignit ses doigts un court instant.

— C'était mieux quand on habitait tous les deux, non ? lui demanda-t-il. Je n'aime pas te savoir seule. Tu vas toujours courir au Jardin Vert ?

— Bien sûr, je m'y sens en sécurité. J'emprunte la petite entrée que tu m'as indiquée et je fais un grand tour, sans oublier d'aller jusqu'à la grotte de l'ermite Saint-Cybard. Nathan, ne regrette rien, nous n'étions pas compatibles, toi et moi.

— Si tu le dis…

— Parlons plutôt d'Emmie, vous n'avez eu aucun appel intéressant ?

— Je ne suis pas censé t'en informer, tu n'es pas de sa famille, je te l'ai déjà dit hier soir. Mais non, aucune piste.

— Très bien, je m'en vais. Excuse-moi de t'avoir dérangé pour si peu, cela ne se reproduira pas, Nathan. Je dois apprendre à me passer de ton aide et de tes conseils.

Ambre se leva vite et mit son sac en bandoulière. Il la regarda traverser la place, se mêlant de sa démarche gracieuse à une foule de curieux. Des célébrités du septième art devaient sortir du palais de justice après avoir participé à une table ronde et on guettait leur apparition.

La vue de ces gens attroupés rappela à la jeune femme ce qui était arrivé la veille devant le cinéma et elle pressa le pas, ayant de plus en plus hâte d'enfiler sa blouse blanche et d'être dans l'enceinte désormais familière de l'hôpital.

Rue d'Iéna, chez Madeleine et Firmin Royer, même jour, une heure plus tard

Le commissaire Hebert avait refusé le siège que lui proposait Madeleine Royer d'un geste poli. Très nerveux, il se retenait de faire les cent pas et s'était posté près d'une des fenêtres du salon. Debout à ses côtés, l'inspecteur Nathan Delors étudiait le cadre où ils se trouvaient. C'était un intérieur typique de la haute bourgeoisie, avec des tableaux anciens et un mobilier de prix qui devait dater d'une centaine d'années.

— Vous n'avez toujours pas de témoignages valables ? s'enquit Firmin Royer d'une voix rauque. Il y a plus de vingt-quatre heures qu'on a enlevé notre petite-fille et personne n'a rien vu de suspect ?

— Disons rien de concordant. L'alerte est maintenue, mais si le ravisseur a emprunté des routes secondaires, il sera difficile à arrêter. J'ai fait établir des contrôles sur plusieurs axes routiers, en vain. Mais soyez patients, tout peut évoluer très vite.

— Oui, quand on découvrira le corps d'Emmie dans un fossé, morte, victime d'un malade mental comme il y en a tant qu'on laisse en liberté ! s'écria Madeleine Royer.

Elle éclata aussitôt en sanglots, recroquevillée au creux d'un fauteuil. Son mari lui caressa l'épaule.

— Allons, ne pense pas au pire, recommanda-t-il. Le Seigneur veillera sur Emmie et nous la rendra. Sois courageuse, il faut garder espoir.

— Ce sont des moments terribles à vivre et j'imagine combien l'attente est insupportable, madame, admit le commissaire.

— Nous avons déjà perdu notre fille unique, Véronique, gémit celle-ci. La maman de notre petite chérie.

— De quoi sont morts les parents d'Emmie ? interrogea alors Nathan.

— Ce n'est vraiment pas le moment d'évoquer nos malheurs passés, inspecteur, trancha Firmin Royer. Une seule chose compte, retrouver Emmie vivante.

— Et pour cela vous avez engagé un enquêteur privé, peut-être par manque de confiance en nos services, hasarda-t-il. Je viens de l'apprendre, commissaire. Cet homme a rendu visite à Ambre Chasselin, sous le prétexte d'obtenir une description plus précise du ravisseur.

— Je vois, marmonna son supérieur. Madame, monsieur, je tiens à vous mettre en garde. Vous risquez d'être la proie de pseudos enquêteurs ou même de prétendus médiums. Ils vous extorqueront de l'argent en promettant de localiser l'enfant.

Firmin Royer balaya ces propos d'un geste de la main, en bombant le torse. Ses traits empâtés, un peu sanguins, se durcirent.

— Charles Favier est un excellent ami depuis la classe de terminale. Il était dans la police avant d'ouvrir une agence. J'ai toute confiance en lui, décréta-t-il d'un ton sec.

— Si vous jugez utile qu'il enquête, c'est votre droit, répondit le commissaire. Néanmoins il dispose de moyens limités, ce qui n'est pas notre cas.

— Hier, dans nos locaux, vous avez déclaré n'avoir ni amis ni proches pour vous soutenir, fit alors remarquer Nathan. Vous aviez oublié ce M. Favier ?

— J'étais sous le choc, et sur le moment en effet je n'ai pas pensé à lui, mais Charles nous a téléphoné dès que l'alerte enlèvement a été diffusée.

Le commissaire approuva en silence. Il retint un soupir avant de demander à visiter la chambre d'Emmie.

— Pourquoi donc ? s'insurgea Madeleine. Si encore c'était une adolescente disposant d'un ordinateur, mais il s'agit d'une fillette de sept ans et demi.

— Chérie, ces messieurs font leur travail, nous devons les aider. Je vous guide, c'est au premier étage, indiqua son mari.

Les deux policiers furent introduits dans une pièce assez lumineuse, dont la fenêtre donnait sur un jardin bien entretenu. Une poupée était posée contre des coussins, au milieu d'un lit une place. La décoration était sobre mais jolie.

— Il n'y a pas beaucoup de jouets, nota Nathan.

— Tout est rangé dans cette malle en osier, rétorqua Royer. Emmie est une enfant très ordonnée et qui adore les fleurs. Vous voyez ce bouquet de renoncules, là, dans le vase en cristal ? Elle l'a fait hier matin, la pauvre chérie… Je me sens coupable : si je n'avais pas eu l'idée d'aller devant ce cinéma pour prendre des photographies, rien ne serait arrivé.

Sa voix tremblait un peu. Il quitta la chambre en contenant ses larmes.

— On y va, Delors, dit le commissaire Hebert en hochant la tête. Il faut élargir le cercle des recherches…

Hôpital de Girac, service des urgences,
samedi 26 août, 1 heure du matin

Ambre s'accordait une pause, en sirotant un thé au lait. Malgré l'heure tardive, elle était prête à voir arriver de nouveaux patients. Jade, une des élèves infirmières, vint s'asseoir près d'elle, pour croquer une pomme.

— Heureusement, nous n'avons pas eu de blessés graves ce soir, soupira-t-elle.

— La nuit n'est pas finie. Il fait chaud, les gens sortent et font la fête. Il faut surveiller les constantes de la femme qui est venue à cause de violentes douleurs au ventre.

— J'ai vérifié, elle s'est endormie, docteur Chasselin.

— Très bien, je vais retourner voir l'homme de soixante-six ans qui a fait une chute sur le trottoir. Le scanner ne révèle ni fracture du crâne ni hématome sous-dural mais je m'inquiète pour lui.

D'un mouvement souple, Ambre se leva après avoir repris son stéthoscope. Elle consulta une nouvelle fois ses fiches et sortit dans le couloir, où elle croisa un des internes de garde.

— Tout est calme, docteur, lui dit-il. La patiente souffrant de tachycardie a été admise en cardiologie.

— Ce sera peut-être une nuit tranquille, répliqua Ambre avec un léger sourire.

Elle se rendit au chevet de ses patients, toujours vigilante et disposée à les réconforter ou à discuter un peu. Dans un des box libéré une quarantaine de minutes plus tôt, une aide-soignante changeait les draps. Ambre échangeait quelques mots avec elle quand un homme entra au pas de course dans le couloir, suivi de près par l'infirmière de l'accueil. Il portait un enfant contre lui, qu'il avait enveloppé dans une couverture.

— Docteur, vite, ma fille fait une sévère crise d'asthme malgré la Ventoline, expliqua-t-il d'une voix au timbre grave.

— Venez ! Je m'en occupe tout de suite. Vous pouvez nous laisser, madame Sardin, l'administratif attendra un peu.

L'infirmière fit demi-tour aussitôt. Ambre les conduisit dans le box libre, d'où l'aide-soignante se retira en faisant coulisser la porte derrière eux. L'urgentiste jeta au père affolé un regard qui se voulait rassurant. Il la fixa quelques secondes de ses yeux bleu vert très clairs. Sous ses cheveux bruns, il avait le teint livide.

— Votre fille n'a pas un traitement de fond pour…

Sidérée, elle ne put en dire davantage, car, en écartant la couverture, Emmie lui était apparue, dans sa robe bleue, son petit visage marqué par la douleur et la peur.

2

Un dilemme

Hôpital de Girac, même soir, même heure

Le cœur survolté, Ambre scruta durant quelques secondes les traits altérés de l'enfant, puis elle regarda l'homme qui lui faisait face, de l'autre côté du lit. D'un geste instinctif, elle prit son téléphone dans la poche de sa blouse.

— Je vous en prie, n'appelez pas tout de suite la police, laissez-moi le temps de m'expliquer. Emmie est ma fille, j'ai de quoi vous le prouver. Soignez-la, elle va très mal, murmura l'inconnu.

La respiration sifflante de la petite fut soudain l'unique souci de la jeune doctoresse. Elle mit immédiatement en place une nébulisation de bronchodilatateurs, associée à de l'oxygène, avant de procéder à une rapide auscultation. Ensuite elle lui injecta un corticoïde.

— J'ai été témoin de l'enlèvement, j'ai reconnu Emmie tout de suite. Je dois faire le nécessaire, dit-elle enfin à mi-voix.

Très observatrice, Ambre avait noté la ressemblance entre le ravisseur et la fillette. Ils étaient tous les deux bruns aux yeux bleu vert étonnement clairs, avec le même dessin de sourcils. Un combat silencieux se livrait dans son esprit, où évidences et doutes s'opposaient.

— Emmie ira vite beaucoup mieux, indiqua-t-elle. Vous avez pris le risque d'amener cette enfant ici, alors que la police vous recherche, vous tenez donc beaucoup à elle. Dans ce cas, pourquoi avoir agi ainsi ? Pourquoi lui faire subir cela ? Si elle vraiment votre fille et qu'il y a un problème de garde, il existe d'autres moyens de la récupérer.

— Vous ne savez rien de moi, docteur ! Mes beaux-parents ont des principes insensés. J'ai déjà perdu ma femme, je veux sauver Emmie de leur folie. En aucun cas, ils ne doivent la reprendre si par malheur je suis arrêté. Mais je ne me suis pas présenté, Grégoire Thomas. Tenez !

Il lui tendit un bout de papier sur lequel était inscrit un numéro de portable. Ambre le prit aussitôt.

— Si vous voulez comprendre l'enfer que j'ai vécu, docteur, appelez-moi. Et donnez-moi des nouvelles de mon petit ange.

Il se pencha sur la fillette qui somnolait, pour lui caresser le front et y déposer un baiser.

— J'ignore pourquoi, mais elle n'avait pas l'air d'être effrayée. Je lui ai tout de suite expliqué qui j'étais, et elle semblait contente. Mais il y a eu cette terrible crise, je ne pouvais pas la laisser souffrir.

— Il n'y a rien de surprenant, vous l'avez arrachée à ses grands-parents et emmenée je ne sais où, en la coupant de ses repères habituels, rétorqua Ambre. Un stress intense peut générer une crise.

— Je sais, avoua Grégoire Thomas. Je ferais mieux de partir. En restant au chevet de ma fille, je perds toutes mes chances de l'aider. Docteur, j'ai confiance en vous, gardez Emmie ici, pour sa sécurité.

— Mais c'est vous qui l'avez mise en danger !

— Non, je vous assure.

Il embrassa encore le front de l'enfant et quitta le box. Ambre entendit ses pas décroître dans le couloir. Elle s'empressa de prendre son téléphone afin de contacter la police, cependant au dernier moment elle hésita.

— J'aurais dû retenir cet homme par n'importe quel moyen, j'ai commis une erreur. Mais s'il disait la vérité ?...

Il n'a même pas pensé qu'en me donnant son numéro, on pourrait le localiser.

Ambre ausculta de nouveau Emmie, qui dormait profondément.

— J'aurais dû sentir que tu étais malade, chuchota-t-elle à l'enfant. Je suis soulagée, car maintenant je peux veiller sur toi et c'est le plus important.

Une vingtaine de minutes plus tard, l'inspecteur Nathan Delors retrouvait Ambre près de la cafétéria de l'hôpital. Tout était fermé, mais la jeune urgentiste avait pris deux cafés à un distributeur. Le policier hocha la tête en prenant son gobelet.

— J'espère que tu as un motif sérieux pour m'avoir réveillé à une heure pareille, après une journée éreintante, maugréa Nathan. Tu n'as rien voulu me dire au téléphone, alors vas-y, je t'écoute.

— D'accord, seulement tu vas bondir ! Je ne sais pas quoi faire, Nathan, et c'est pour cette raison que je t'ai demandé de venir. Je ne me suis jamais sentie aussi désemparée.

— On s'assoit et tu lâches le morceau, répondit-il en lui souriant.

— Emmie est ici, aux urgences. Elle a fait une grave crise d'asthme. Je lui ai fait les soins nécessaires et elle dort sous la surveillance d'une infirmière.

— Quoi ? Ambre, tu peux m'expliquer ?

— Son ravisseur l'a amenée il y a environ une heure. Il affirme être son père et vouloir la sauver de la folie de ses grands-parents. Il me l'a confiée, alors qu'il ne me connaît même pas, sans doute parce que je suis médecin.

— Tu veux dire que ce type s'est enfui ?

— Je l'ai laissé partir, Nathan. Qu'est-ce que je pouvais faire ? J'étais sous le choc et il paraissait vraiment sincère. Emmie lui ressemble beaucoup, je t'assure. Et admets que les Royer ont très bien pu mentir en racontant que les deux parents de la petite étaient morts. C'est peut-être un conflit familial de longue date.

L'inspecteur Delors se frotta le visage à pleines mains, abasourdi par les propos d'Ambre.

— Qu'il soit le père ou non, tu devais immédiatement alerter la police ! s'enflamma-t-il. Et personne ne les a identifiés à l'accueil, la fillette et lui ? L'alerte enlèvement a été lancée jeudi soir, mobilisant plusieurs effectifs de la région, et quand le ravisseur pourrait être arrêté, tu attends une heure pour m'avertir !

— Emmie est en sécurité, il n'y a rien de plus important à mes yeux ! Je suis docteur, pas flic ! Je ferai en sorte de la protéger, surtout si c'est bien son père et qu'il dit la vérité. Fais une recherche, il m'a donné son nom, Grégoire Thomas.

— Sans doute un faux nom ! s'insurgea Nathan. Ambre, tu es une femme intelligente et en règle générale, tu sais gérer tes émotions. Pourtant ce type a réussi à te manipuler avec son histoire ! À mon avis, il avait préparé son coup. Les Royer sont fortunés, il pouvait espérer une rançon. Mais son plan a échoué, il a paniqué devant la gosse en pleine crise d'asthme et il a choisi de l'amener ici, en terrain neutre.

— J'ai la certitude que c'est bien le père d'Emmie, insista Ambre. Tu peux facilement le vérifier et interroger à nouveau les grands-parents, les confronter à leur mensonge. Cet homme semblait honnête et vraiment inquiet pour la petite.

— Dans mon métier, j'ai vu des meurtriers à la gueule d'ange qui juraient être innocents, rétorqua Delors. Lorsque tu feras ta déposition au commissariat au sujet de ce qui vient de se passer, tu peux alléguer que le ravisseur te paraissait menaçant, ça t'évitera des ennuis.

— Tu plaisantes, j'espère ? C'est hors de question !

— Très bien, à toi d'assumer... Tu m'as dit Grégoire Thomas, je lance tout de suite une recherche, mais si ce type t'a donné sa véritable identité, il pouvait aussi bien se rendre illico. À présent, je voudrais voir la gamine.

— Elle s'appelle Emmie, je déteste ce terme de gamine.

Nathan se contenta de hausser les épaules, en jetant son gobelet vide dans la poubelle la plus proche. Ambre le précéda pour rejoindre le service des urgences. Son destin venait de basculer, mais elle ne s'en rendait pas encore compte. Ce serait juste après le départ de Nathan qu'elle se demanderait pourquoi elle ne lui avait pas parlé du numéro de téléphone inscrit par Grégoire Thomas sur un bout de papier et qui était enfoui au fond de la poche de sa blouse.

Quand Ambre revit Emmie, toujours endormie, son cœur se serra devant son aspect délicat. Sous le masque à oxygène, l'enfant avait un léger sourire, comme si un rêve la rendait heureuse. Nathan cessa de regarder l'écran de son téléphone pour observer la petite malade.

— Elle a fait une grave crise d'asthme, c'est ça ! Un père digne de ce nom serait au courant des problèmes de santé de sa fille et il aurait dû prévoir des médicaments. Ses grands-parents, eux, avaient forcément le traitement indispensable.

— Il lui a donné de la Ventoline, c'était insuffisant à ce stade. Mais attends, tu viens de dire « un père digne de ce nom », tu crois donc à son histoire ?

— Je viens d'en avoir la confirmation en accédant à l'état civil, via un site de nos services. Grégoire Thomas a été marié avec Véronique Royer, décédée il y a cinq ans. Ils ont eu Emmie tous les deux. Mais cela ne le disculpe pas pour autant de son geste. Au mieux, il aura peut-être des circonstances atténuantes.

Ambre approuva, pressée d'être seule au chevet d'Emmie. Le flegme arrogant de Nathan commençait à l'agacer et ce n'était pas la première fois.

— De mon côté, je vais consulter les archives de l'hôpital afin de savoir si Emmie est déjà venue ici, dit-elle d'un ton ferme. Tu n'y vois pas d'inconvénient ?

— Au contraire, on gagnera du temps. Je n'ai plus qu'à réveiller le commissaire et à lui annoncer la bonne nouvelle.

— J'ai l'intention de faire transférer Emmie en pédiatrie et de demander des examens de routine qui ne nécessitent pas l'autorisation de la famille. Il me faudra le nom de son médecin traitant, je vais devoir contacter ses grands-parents si tu es d'accord.

Le policier acquiesça d'un geste en s'éloignant dans le couloir. Cinq minutes plus tard, Ambre réalisait qu'elle avait omis de lui révéler le numéro de téléphone de Grégoire Thomas.

« Pourquoi ? »

La réponse, fort simple, traversa son esprit. Elle avait juste envie d'écouter les explications de cet homme dont le regard limpide trahissait une immense détresse.

« Ensuite, je me ferai ma propre idée. »

Assise près du lit où dormait Emmie, Ambre enregistra le numéro dans son appareil avant d'appeler. Elle se sentait un peu coupable vis-à-vis de Nathan, mais elle chassa ce sentiment en se répétant qu'elle agissait pour le bien de sa petite patiente.

« Il ne répond pas, ce devait être un faux numéro, il s'est moqué de moi », s'impatienta-t-elle après plusieurs sonneries.

Au même instant, on décrocha. Haletant, Grégoire Thomas débita très vite quelques mots :

— Docteur, désolé, je n'ai pas le temps, ils sont là, ils ont repéré ma voiture, je dois les semer.

— Mais de qui parlez-vous ?

Ambre posa la question en vain, il avait déjà raccroché. Elle considéra l'écran lumineux de son appareil avec incrédulité.

— Cet homme souffre peut-être de troubles du comportement, soit de la paranoïa, soit des hallucinations, d'où ses accusations à l'encontre de ses beaux-parents. Nathan a raison, j'agis en dépit du bon sens, murmura-t-elle.

— Où je suis ? fit soudain une voix frêle.

Emmie s'était réveillée et s'agitait, l'air apeuré. De ses mains graciles, elle essayait d'ôter le masque à oxygène. Ambre l'en empêcha avec beaucoup de douceur.

— Tu es à l'hôpital, en sécurité, dit-elle gentiment. Tu allais très mal en arrivant, mais je t'ai soignée.

— Vous êtes docteur ? Je vous ai vue devant le cinéma.

— Moi aussi je t'ai vue, Emmie. Eh oui, je connais même ton prénom, je te dirai pourquoi un peu plus tard. Comment te sens-tu ?

— Je suis fatiguée, madame.

— Tu peux m'appeler Ambre. Est-ce que tu as souvent des crises d'asthme aussi fortes ?

La fillette fit oui d'un signe de tête. Ambre s'aperçut qu'elle se retenait de pleurer et d'un geste instinctif, elle lui caressa la joue.

— N'aie pas peur, je reste là. Tu devrais dormir encore et demain, tu seras installée dans une chambre rien que pour toi.

— Ici, à l'hôpital ? Je ne rentre pas chez moi ?

— Pas tout de suite.

Malgré toutes les questions qu'elle se posait, Ambre évita d'interroger sa petite patiente sur ce qu'elle venait de vivre. Grégoire Thomas, même s'il était son père biologique, l'avait enlevée à ses grands-parents qui avaient dû l'élever depuis le décès de sa mère. Elle aurait pourtant voulu savoir où il avait emmené et caché Emmie.

— Le monsieur m'a dit qu'il était mon papa, murmura alors l'enfant dans un sanglot. C'est vrai ?

— Je crois, oui. Nous en reparlerons quand tu seras moins fatiguée. Je te tiens la main pour t'aider à te rendormir.

Emmie cligna des paupières avant de fermer les yeux, reprise par une paisible somnolence. Ambre demeura à son chevet, jusqu'au moment où une infirmière vint la chercher, la mine affolée.

— Docteur, un adolescent de seize ans, accident de scooter avenue du Président-Wilson, le médecin du SAMU a diagnostiqué une fracture du bras gauche et un début d'hémorragie.

— J'arrive...

Commissariat d'Angoulême, samedi 26 août

Nathan en était à son troisième café noir, tandis que le commissaire venait de boire le second, non sans une grimace d'exaspération. Il broya le gobelet en carton d'une poigne nerveuse.

— Il est 6 heures, Delors, on peut aller confronter les Royer à leur mensonge, déclara-t-il. Ceci dit, je comprends les grands-parents vu le pedigree du gendre. Les renseignements obtenus sur Grégoire Thomas plaident en leur faveur. Qui confierait une enfant à un type instable, adepte des drogues dures, et sujet à des piques de violence incontrôlable.

— Je suis de votre avis, cependant cet homme a eu assez de bon sens pour conduire Emmie aux urgences, où elle a reçu les soins appropriés à son état de santé.

— Par votre amie Ambre Chasselin, qui aurait dû être plus réactive face à un individu accusé d'enlèvement.

— Elle m'a très vite alerté, commissaire. Il faut comprendre le stress qu'elle a ressenti. La situation était délicate. Son unique préoccupation était Emmie.

— Je n'en doute pas. Enfin, grâce au docteur Chasselin, nous connaissons l'identité du ravisseur. Reste à l'arrêter s'il n'est pas déjà sorti du département.

— Ambre pourrait contribuer à établir un portrait-robot, suggéra Nathan.

— Ça ne devrait pas être nécessaire. Les Royer doivent bien avoir conservé quelques photos de leur gendre. Je les ai appelés cette nuit, pour leur annoncer qu'Emmie était en sécurité à Girac et les prévenir de notre visite matinale.

— Je croyais qu'ils se précipiteraient à l'hôpital, mais ils ne l'ont pas fait, s'étonna l'inspecteur. J'ai manqué quelque chose ?

— À la suite du témoignage de votre amie Ambre, j'ai prié les Royer de se montrer patients, tout en leur assurant que leur petite-fille allait bien. On y va, Delors ? J'ai l'aval du procureur, qui se réjouit de pouvoir annoncer aux médias qu'Emmie a été retrouvée.

Située dans les quartiers bourgeois de la ville, la rue d'Iéna, où s'alignaient des immeubles anciens aux façades claires, était encore déserte à cette heure très matinale.

Firmin Royer devait guetter l'arrivée des policiers d'une fenêtre, car il ouvrit aussitôt sa porte. Il les précéda sans dire un mot jusqu'au salon, où son épouse se tenait debout, le visage meurtri par les larmes.

— Quand pourrons-nous reprendre Emmie ? demanda-t-elle d'une voix tremblante.

— Dès que je serai certain d'agir au mieux dans l'intérêt de l'enfant, rétorqua le commissaire.

— Comment osez-vous nous dire une chose pareille ? Nous avons vécu un cauchemar et j'ai besoin de voir ma petite-fille, de la prendre dans mes bras !

— Calme-toi, Madeleine, conseilla son mari. Asseyons-nous et discutons avec ces messieurs. Le plus important c'est de savoir Emmie saine et sauve, après les épouvantables heures d'angoisse que nous avons endurées. Commissaire, avez-vous pu identifier le coupable ?

— C'est justement l'objet de ma visite. Nous savons qui est le ravisseur et vous le connaissez. Il s'agit de votre gendre, Grégoire Thomas, que vous avez déclaré mort à l'inspecteur Delors, jeudi. De toute évidence, il est en vie et d'après ce qu'il a confié au médecin qui a soigné Emmie, il souhaitait, en enlevant son enfant, la protéger de votre folie.

Nathan, qui se tenait en retrait, put étudier la réaction du couple. Firmin Royer s'était figé, les lèvres pincées, tandis que son épouse était devenue livide.

— Grégoire, notre gendre ? débita celle-ci d'un ton hébété.

— Il a failli réussir son coup, commenta son mari.

— Vous n'avez pas l'air vraiment surpris, fit remarquer le commissaire. Vous saviez donc qu'il était vivant.

Madame et monsieur Royer, j'attends vos explications. Je précise que nous avons déjà consulté le dossier établi par un juge il y a trois ans, lorsque Grégoire Thomas a sollicité un droit de visite pour voir son enfant.

— Nous ne pouvions pas accepter, commissaire, au regard des problèmes qu'avait ce triste personnage. Cela aurait compromis l'équilibre de notre petite-fille, affirma Firmin Royer.

— D'accord, mais pourquoi mentir en prétendant qu'il était mort ? insista Nathan.

— Emmie devait ignorer l'existence de cet homme, débita Madeleine Royer rapidement. Nous avons pris l'habitude de dire qu'elle est orpheline, même à son école, où elle est inscrite sous notre nom de famille, celui de sa maman, notre pauvre Véronique. Ma fille serait toujours avec nous sans cet énergumène... Elle est morte par sa faute.

Le commissaire demeura silencieux, sensible à la tension qui pesait sur le couple debout en face de lui. Il s'interrogeait sur le comportement de ces retraités fortunés, qui paraissaient marqués au fer rouge par le décès de leur fille unique.

— Quand même, jeudi, après l'enlèvement, vous avez dû soupçonner votre gendre ? s'enquit-il d'un ton neutre. Au lieu de persister dans votre mensonge, il aurait été plus simple de nous parler du père de la petite. Cela aurait facilité les recherches.

— Vous vous trompez, commissaire, pour ma part je n'y ai pas pensé une minute, répondit Firmin Royer. Cet homme était censé se trouver à l'étranger depuis plusieurs mois.

— Et vous, madame ?

— L'idée m'a effleurée, puis j'ai jugé cela impossible, ayant fait la même déduction que mon mari, avoua Madeleine.

— Sur les vidéos de surveillance que nous vous avons montrées jeudi soir, vous n'avez pas reconnu votre gendre ? hasarda Nathan. Excusez-moi, mais Grégoire Thomas a fait partie de votre famille durant environ trois ans, de la naissance d'Emmie au décès de sa mère.

— Le ravisseur portait une casquette et des lunettes noires, alors non, je ne l'ai pas reconnu. C'est un comble, j'ai l'impression que vous nous traitez en coupables, pourtant nous avons été encore une fois victimes de ce malade mental, trancha Firmin Royer. Messieurs, dites-nous plutôt quand nous pourrons aller chercher Emmie.

— Nous vous le ferons savoir, mais votre petite-fille ne vous sera pas rendue aujourd'hui. Elle va être admise en pédiatrie pour passer des examens, répondit Nathan. Selon le médecin urgentiste, la crise d'asthme était sévère.

— C'est sûrement à cause de la frayeur que notre petite a vécue ! J'ai son traitement ici, Emmie n'a pas besoin d'être hospitalisée plus longtemps ! s'indigna sa grand-mère. Et si cet homme l'enlevait à nouveau ?

— Ne vous inquiétez pas, madame, assurer la sécurité de l'enfant est ma priorité. Sa chambre sera surveillée en permanence par deux agents, lui dit le commissaire. Toujours dans cette optique, il me faudrait une photographie de votre gendre, afin de diffuser son signalement.

— Je dois pouvoir vous en fournir une, mais elle datera un peu, répondit Royer. Madeleine, faisons confiance à la police et à la justice. Tu n'as pas dormi de la nuit, tu devrais monter te reposer.

— D'accord, Firmin, accompagne-moi s'il te plaît, nos albums photo sont là-haut.

Une fois seuls dans le salon, les deux policiers échangèrent un coup d'œil qui reflétait leur perplexité.

— Ce sont des gens stables et ils aiment Emmie, lâcha le commissaire tout bas.

— Oui, néanmoins s'ils ont menti sur un point, ils peuvent mentir sur autre chose.

— Le rapport du juge, lui, ne peut pas prêter à confusion. Grégoire Thomas a un lourd passif. Il faut l'arrêter au plus vite. Surtout faisons en sorte qu'il n'y ait pas trop d'informations dans la presse. Le festival bat son plein, un communiqué rassurant suffira, indiquant que tout est rentré dans l'ordre… Je vous confie l'affaire, Delors.

Hôpital de Girac, même jour, deux heures plus tard

Avant de rentrer chez elle, Ambre tenait à rendre visite à Emmie, qui avait été admise en pédiatrie une heure auparavant. Les agents chargés de surveiller sa chambre la saluèrent en la laissant passer.

— Es-tu bien installée ? demanda-t-elle à l'enfant.

Adossée à ses oreillers, le haut de son lit relevé, la fillette portait une tunique de l'hôpital. Elle semblait plus menue et fragile ainsi.

— On a pris ma robe bleue, madame, se plaignit-elle. Je ne devais pas la salir. Mamie sera fâchée.

— Ne t'en fais pas, ta grand-mère va être si contente de te retrouver qu'elle ne s'occupera pas de ta robe. L'infirmière t'a bien expliqué comment tu peux l'appeler, en appuyant sur la sonnette ?

— Oui, mais je vais m'ennuyer, toute seule. Vous ne pouvez pas rester avec moi ?

— Je reviens vite, je dois dormir un peu, j'ai passé la nuit ici. Je te rapporterai des bandes dessinées, tu sais lire n'est-ce pas ?

Emmie acquiesça, les mains nouées sur le drap blanc. Elle regarda par la fenêtre, puis fixa Ambre d'un air triste.

— Vous pourrez dire à mamie de me rapporter ma poupée, madame ? Comme ça, je pourrai jouer un peu.

— Je n'oublierai pas, c'est promis. Surtout n'aie pas peur, une doctoresse très gentille va venir t'examiner.

Le téléphone d'Ambre vibra dans la poche de sa veste. Elle adressa un sourire rassurant à l'enfant et sortit pour répondre. C'était Grégoire Thomas et elle s'éloigna dans le couloir avant de décrocher. Afin d'être vraiment tranquille, elle s'isola à l'intérieur de la lingerie de l'étage.

— Docteur, comment va Emmie ?

— Beaucoup mieux, je l'ai fait transférer provisoirement en pédiatrie. Monsieur, j'ignore ce qui se passe entre vos beaux-parents et vous, mais je vous conseille de vous rendre, cela jouera en votre faveur. La police finira de toute façon par vous arrêter.

— Leur avez-vous donné ce numéro de téléphone ?

— Non, pas encore. En fait, je tenais à entendre votre version des choses. De qui parliez-vous cette nuit ? Qui sont ces gens qui vous avaient soi-disant repéré ?

Il y eut un silence durant lequel Ambre perçut de légers bruits, venant de l'environnement de l'homme. Elle distingua des chants d'oiseaux et le clapotis d'une eau vive contre une berge.

— Je vous remercie de m'avoir accordé un peu de compassion, docteur, dit enfin Grégoire Thomas. N'importe qui d'autre se serait empressé de donner ce numéro de portable à la police.

— C'est là tout mon problème, soupira-t-elle. Maintenant, si je le fais, je risque de passer pour votre complice. Vous ne devez plus me contacter.

— Laissez-moi jusqu'à demain. Ensuite je ne vous importunerai plus. Combien de temps Emmie restera-t-elle à l'hôpital ?

— Au moins quarante-huit heures. Pourquoi ? Que comptez-vous faire ? Essayer de l'enlever à nouveau et la bouleverser davantage ? Si vous me disiez la vérité, ce serait plus simple. Je dois aller au commissariat faire une déposition, je pourrai plaider votre cause.

— Ne vous attirez pas d'ennuis par ma faute, docteur.

— Mais c'est déjà le cas ! Nous perdons du temps, car vous ne répondez pas à mes questions.

— Je ne peux pas, ce serait trop long. Protégez ma fille de ses grands-parents, je vous en supplie. Je vous rappellerai, je dois raccrocher.

Sidérée, Ambre tapa du pied en rangeant son téléphone. Elle était partagée entre la curiosité et la colère, troublée également par les intonations sincères de Grégoire Thomas. Pourtant rodée à des situations souvent éprouvantes en tant que médecin urgentiste, Ambre avait été désorientée par son entretien avec le père d'Emmie. Cet homme, qu'elle avait d'abord cru en proie à un délire paranoïaque, s'exprimait bien, avec une élocution excellente et tenait des propos cohérents. Ce qui n'était pas compatible avec des troubles du comportement.

La jeune femme, qui préférait l'action à l'analyse, se perdit en diverses réflexions, sans trouver de solution. Épuisée, elle décida de rentrer chez elle pour essayer de dormir avant sa déposition.

Après trois heures d'un profond sommeil, Ambre prit une douche et quitta son appartement, vêtue d'une robe de lin écru et de sandales. La jeune femme était perturbée depuis l'enlèvement d'Emmie. Ce drame, où elle jouait un rôle contre son gré, avait réveillé d'anciennes blessures dont elle se croyait guérie.

— Et zut, la poupée ! s'écria-t-elle une fois au volant de sa voiture. J'ai promis de lui rapporter.

Elle savait qu'elle était attendue au commissariat, mais son caractère impulsif prit le dessus. Après avoir trouvé l'adresse des Royer sur Internet grâce à son téléphone, Ambre se rendit rue d'Iéna. Elle doutait d'être bien accueillie par les grands-parents de l'enfant, mais elle ne voulait pas manquer à sa parole.

— Je vous reconnais ! s'étonna Firmin Royer en la voyant. Qu'est-ce que vous voulez ?

— Excusez-moi de vous déranger, en fait, je suis médecin. J'ai soigné votre petite-fille hier soir, quand son père l'a amenée aux urgences.

— Entrez, soyons discrets, mon épouse se repose, elle n'a presque pas dormi depuis jeudi.

— Je comprends, mais Emmie va bien. Je suis passée prendre sa poupée, qu'elle a réclamée ce matin. Je lui apporterai aussi des bandes dessinées pour son âge, qui datent de mon enfance.

— C'est très aimable à vous, docteur. Je vous remercie de veiller sur notre petite chérie, nous n'avons plus qu'elle à aimer. J'espère que nous aurons le droit de la voir demain…

— Sans doute, monsieur, concéda Ambre.

Firmin Royer l'observa d'un air amical, avec un sourire de bon grand-père. Il hocha la tête en désignant un portrait d'Emmie, encadré et posé sur la cheminée en marbre noir.

— Vous avez donc approché Grégoire, dit-il à mi-voix. Je bénis le Ciel qu'il ne vous ait pas agressée, mademoiselle. Ce malheureux paraît inoffensif, mais c'est un être toxique. Depuis des années, nous nous démenons, ma femme et moi, pour préserver le bonheur et l'avenir d'Emmie. Je considère comme un miracle le fait qu'il ait conduit notre petite aux urgences.

— C'était bien de sa part, concéda Ambre.

— Je ne suis pas méchant, mais j'estime qu'un déséquilibré comme lui devrait être interné, afin d'être soigné. Je vous laisse un moment, je vais chercher la poupée. Elle appartenait à Véro, notre fille. Emmie y tient beaucoup.

Ambre se contenta de sourire poliment. Lorsque Firmin Royer disparut dans le vestibule, elle regarda mieux le décor du salon, sobre et raffiné. Un ordre parfait régnait dans la grande pièce et elle peina à imaginer la fillette au milieu de ces meubles sombres, entre ces murs d'un vert olive qu'ornaient des peintures de paysages, dans leur cadre doré.

Soudain un cri strident retentit à l'étage, suivi par des appels à l'aide.

— Docteur, vite, venez, c'est ma femme…

Madeleine Royer se contorsionnait au milieu du lit conjugal, les yeux révulsés, la bouche ouverte sur des râles d'agonie. Quand Ambre tenta de l'examiner, elle se débattit en la repoussant. Son mari la saisit à bras-le-corps pour la maintenir.

— C'est une crise de nerfs, docteur, balbutia-t-il. Je lui ai pourtant fait prendre un calmant ce matin, après le départ des policiers.

— Votre épouse a-t-elle souvent de telles crises ?

— Non, enfin elle en a souffert après la mort de Véro, mais, par la suite, il n'y a eu aucun épisode de ce genre.

Les plaintes incessantes de Madeleine, pareilles à celles d'une bête blessée, vrillaient le cœur sensible d'Ambre, qui lui prenait le pouls.

— Calmez-vous, madame ! Respirez profondément, cela vous aidera.

Hagarde, Madeleine Royer renversa la tête en arrière, puis elle se réfugia contre Firmin, qui l'étreignit tendrement.

— Je veux ma petite Emmie, parvint-elle à articuler en guise de réponse. Il va lui faire du mal, tant de mal...

— Emmie est en sécurité, personne ne peut lui nuire, affirma Ambre. Madame, ayez confiance en moi.

— Mais oui, chérie, tout va s'arranger, renchérit son mari.

— Firmin, tu me le promets ? Je dormais et j'ai fait ce rêve horrible. J'ai revu notre Véro dans la baignoire, l'eau toute rouge, ses veines tailladées. Elle était si pâle ! Je me suis approchée et là, j'ai vu que c'était Emmie. Je voulais la sortir de tout ce sang mais je ne pouvais pas, elle glissait entre mes doigts. Je me suis réveillée en hurlant et la crise s'est déclenchée.

— Votre fille s'est suicidée de cette façon ? s'enquit Ambre dans un souffle.

— Oui, et c'est mon épouse qui l'a découverte. Le choc a failli la rendre folle, avoua Royer d'un ton pathétique.

— Je comprends, cela a dû être une terrible épreuve.

Soudain Madeleine la dévisagea d'un air inquiet. Elle se tourna vers son mari.

— Qu'est-ce que cette femme fait chez nous, Firmin ? Je la reconnais, elle était devant le cinéma, le jour de l'enlèvement.

— Ne craignez rien, madame, je suis le médecin qui a pris en charge Emmie hier soir. Je venais récupérer la poupée d'Emmie.

Après les spasmes de panique et les cris, ce furent des sanglots déchirants. Madeleine Royer paraissait suffoquer, en jetant des regards tragiques autour d'elle.

— Vous mentez, vous êtes la complice de Grégoire, j'en suis sûre, hoqueta-t-elle. Appelle la police, Firmin...

— Docteur, vous feriez mieux de partir, conseilla celui-ci. Je vais raisonner mon épouse et tout lui expliquer. Elle n'a pas retrouvé sa lucidité, je suis navré.

— D'accord, je m'en vais, monsieur. Et la poupée ?

— La chambre d'Emmie est juste à côté, prenez-lui aussi un pyjama et un gilet si vous le voulez bien.

— Merci, je vous donnerai vite des nouvelles de votre petite-fille. Vous aurez sûrement le droit de lui rendre visite demain matin, assura Ambre en quittant la pièce.

Cinq minutes plus tard, assise au volant de sa voiture, elle faisait le point sur sa propre situation, qui l'angoissait jusqu'au malaise. Un message de Nathan n'avait fait qu'accroître son stress.

— Dans quelle galère je me suis mise ? soupira-t-elle.

La poupée si précieuse pour Emmie était posée sur le siège passager, ainsi qu'un pyjama rose et un petit gilet, tous deux soigneusement pliés.

— Je ne sais même pas ton nom, dit-elle au jouet. Et j'ai complètement oublié de demander aux Royer le nom du médecin traitant d'Emmie. Je dois pourtant en apprendre plus sur ses antécédents, son asthme a l'air très sévère. En plus, je dois passer au commissariat sans faute avant ce soir. Au fond, Madeleine Royer voit juste, je suis devenue la complice de Grégoire Thomas. Personne ne peut m'aider ! Si je me confie à Nathan, il sera furieux, mais je n'ai plus le choix, je dois tout lui dire.

Ambre se résigna à démarrer. Elle roula au ralenti vers le rempart de l'Est, afin de rejoindre la place du Champ-de-Mars. Cependant, dès qu'elle vit se dessiner sur sa droite le clocher effilé de l'église Notre-Dame d'Obézine, elle se gara à nouveau.

« Mon Dieu, que dois-je faire ? Pourquoi ça m'est arrivé, alors que ma vie était bien ordonnée ! Et qu'est-ce qui s'est passé dans cette famille ? La mère d'Emmie a mis fin à ses jours d'une manière atroce. Ces gens sont des victimes, bien sûr, mais Grégoire Thomas prétend le contraire et malgré tout, j'ai tendance à lui faire confiance. Pire encore, je le protège en quelque sorte. »

L'esprit en ébullition, elle se sentit à la fois effrayée et exaltée en prenant enfin une décision.

« Je raconte à la police l'irruption de Grégoire aux urgences avec Emmie et je m'en tiens là. Ensuite, je tente de le joindre et j'exige de le rencontrer. Je ne peux pas le juger sans l'écouter. »

Son dilemme résolu, Ambre éprouva un réel soulagement, sans se douter qu'elle se jetait la tête la première dans un redoutable engrenage.

3

À l'ombre du mensonge

Place du Champ-de-Mars, même jour,
samedi 26 août

Nathan ne décolérait pas. Il s'était appuyé contre la voiture d'Ambre, bloquant ainsi la portière avant du côté conducteur.

— Qu'est-ce qui t'est passé par la tête, nom d'un chien ? dit-il assez bas, après s'être assuré qu'aucun de ses collègues ne se trouvait à proximité. Et pourquoi tu m'en parles pendant que je te raccompagne ? Tu aurais dû m'en informer en présence de mon adjoint, après ta déposition.

— Je n'ai rien fait de mal en allant chez les Royer prendre la poupée d'Emmie, se défendit Ambre.

— Je suis chargé de l'enquête, il fallait me téléphoner pour avoir mon feu vert ! Le dossier s'annonce complexe et toi, tu décides de rendre visite à ces gens.

Exaspérée, ayant de plus mauvaise conscience, elle évita son regard gris qui devait être inquisiteur.

— Excuse-moi, Nathan, je ne pensais qu'à faire plaisir à Emmie.

Le policier alluma une cigarette en s'écartant un peu de la voiture. Toujours amoureux d'Ambre, il tempéra sa contrariété.

— C'est bon, on oublie ça, dit-il en lui effleurant l'épaule. Je compte retourner chez les Royer tout à l'heure. Tu m'as fourni un renseignement intéressant sur Véronique Royer, car j'ai obtenu son rapport d'autopsie en début d'après-midi. Elle serait morte d'une overdose de tranquillisants. Maintenant sa mère prétend autre chose. Je dois savoir la vérité, et a priori le légiste n'a pas pu se tromper.

— Selon M. Royer, son épouse n'était pas totalement lucide lorsqu'elle m'a dit de partir. Peut-être qu'elle a confondu les affreuses images de son cauchemar avec ses véritables souvenirs. De toute évidence, cette personne souffre d'un sérieux traumatisme lié au deuil de sa fille unique. Nathan, je suis désolée, mais je dois aller travailler.

Ambre ouvrit sa portière, mais Nathan la retint par le bras. Quand elle voulut se dégager, il resserra sa prise.

— Sois prudente, méfie-toi de Grégoire Thomas s'il tente d'approcher Emmie. C'est un type violent, adepte des drogues dures. Tu m'appelles au moindre doute, et surtout n'agis pas sous le coup de tes émotions. Je te reconnais à peine, depuis jeudi. Qu'est-ce qui t'arrive ?

— Rien de grave, je m'en remettrai. Chacun de nous garde des plaies intimes, mal cicatrisées.

— Dont j'ignore tout, bien sûr.

— Nous sommes restés ensemble presque trois ans, Nathan. Mais à cause de nos métiers respectifs, nous étions rarement disponibles. Je n'ai jamais trouvé le moment pour évoquer mon passé ni t'interroger sur le tien.

— Si on s'accordait une seconde chance, Ambre ? Je suis prêt à attendre, prends ton temps, mais penses-y...

— D'accord, j'y réfléchirai, lâcha-t-elle en souriant.

Cette réponse la tourmentait encore quand elle se gara sur le parking de l'hôpital. Une fois le moteur éteint, elle s'adressa tout bas des reproches.

— J'ai menti à Nathan, je lui ai donné de faux espoirs. Moi qui critiquais les grands-parents d'Emmie, je ne vaux pas mieux. Et s'il découvre en plus que j'ai le numéro de téléphone du père d'Emmie et que je veux le rencontrer, il ne me pardonnera jamais. Pourtant je ne peux plus faire marche arrière, je dois m'en sortir toute seule.

Elle ferma les yeux pour évoquer les souvenirs de sa relation avec l'inspecteur Delors. Ils avaient passé de bons moments, dînant souvent en ville et se promenant le long des rues dans les vieux quartiers. Mais leurs corps s'étaient toujours mieux compris que leurs cœurs.

Un bruit de pas tout proche la tira de sa songerie. Une grande femme brune, d'une cinquantaine d'années, se pencha un peu pour être à sa hauteur. Ambre baissa sa vitre, ayant reconnu une des secrétaires du service administratif.

— Ce sont les documents que vous m'avez demandé de chercher, docteur Chasselin, lui dit-elle, un dossier cartonné à la main. Je partais, mais j'étais sûre de vous trouver sur le parking à cette heure-ci.

— Merci beaucoup, je les consulterai ce soir.

— J'ai vu que ça concernait la petite qui a été enlevée jeudi. Heureusement, son ravisseur l'a ramenée. Ce genre d'affaires ne se terminent pas toujours aussi bien. Les médias n'ont pas encore diffusé d'infos sur l'identité du coupable, ce sera peut-être pour demain matin.

— Sans doute…

Ambre salua la secrétaire, puis elle descendit de voiture. Des nuages voilaient le soleil, dispensant une luminosité grise qui aggrava sa mélancolie.

— Déjà dix ans, marmonna-t-elle. Non, non, je ne dois pas penser à ça.

Emmie l'accueillit d'un timide sourire, mais elle s'empara de sa poupée avec une joie fébrile.

— Tu es contente ? demanda Ambre.

— Oui, je m'ennuyais beaucoup sans elle.

— Quel prénom lui as-tu donné ?

— Véro, comme ma maman. Enfin, c'est mamie qui voulait. Moi, en cachette, je l'appelle Doudoune.

— Les deux sont jolis. Regarde, je t'ai apporté des bandes dessinées. Elles m'amusaient beaucoup quand j'avais ton âge.

— Je n'en veux pas, madame.

Un peu surprise, Ambre rangea les albums dans la table de chevet. De même, le choix du prénom Véro pour la poupée qui avait appartenu à sa mère lui paraissait presque malsain.

— Je dois te laisser, Emmie. Je reviendrai te voir si je peux.

L'enfant approuva d'un marmonnement, comme fascinée par sa poupée. La pédiatre se préparait à entrer au moment où Ambre quittait la chambre.

— Docteur Chasselin, notre petite patiente n'est pas du tout en bonne santé. Pouvons-nous en discuter ?

— Volontiers, son asthme m'inquiète.

Elles marchèrent le long du couloir, afin de s'éloigner des agents de police en faction devant la porte d'Emmie.

— La prise de sang effectuée ce matin révèle une anémie et, à l'auscultation, j'ai diagnostiqué un souffle au cœur, annonça la pédiatre. Il faut faire une échographie pour savoir de quoi il s'agit précisément.

— Avez-vous eu son dossier médical et son carnet de santé ? s'enquit Ambre d'un ton soucieux. Je voulais demander à ses grands-parents le nom de leur médecin traitant, je n'ai pas pu.

— Vous connaissez ces gens ?

— J'étais sur les lieux quand Emmie a été enlevée, à quelques mètres d'eux, et aujourd'hui, je leur ai rendu visite.

— Et moi j'ai eu M. Royer en ligne, un homme très affecté par la situation, mais désireux de m'aider. Il vient tout à l'heure avec un inspecteur de police et j'en saurai plus sur le suivi médical de la fillette.

Ambre dissimula son embarras en consultant son téléphone, comme s'il avait vibré dans sa poche.

— On a besoin de moi aux urgences, je descends, dit-elle très vite à sa consœur.

Dans l'ascenseur, elle écrivit un message à Grégoire Thomas : *Je dois absolument vous rencontrer. J'ai déjà pris trop de risques, ça ne peut pas continuer.* Ambre, qui espérait une réponse rapide, fut soulagée de recevoir aussitôt un texto de six mots : *Je vous rappelle plus tard, Greg.*

Firmin Royer poussa un cri de joie lorsqu'il revit sa petite-fille, sous l'œil sagace de l'inspecteur Delors. Il avait pu venir à condition d'être accompagné par le policier.

— Emmie, ma petite chérie, papi est là. Si tu savais comme nous avons eu peur de te perdre, mamie et moi.

Il se pencha pour embrasser l'enfant sur le front, puis il prit place dans le siège près du lit.

— Tu es bien installée, dis-moi, nota son grand-père. Et on doit bien te soigner. Ne t'inquiète pas, tu rentreras vite à la maison. Mamie t'embrasse fort, mais elle est malade, parce qu'elle a eu beaucoup de chagrin. Il faudra la consoler.

— Oui, papi, souffla Emmie.

Témoin de la scène, Nathan estima l'attitude et les paroles de Firmin Royer un peu déroutantes. Néanmoins, il semblait bouleversé, comme le prouvait le tremblement de ses mains et de sa voix.

— Tu as ta poupée, ajouta ce dernier. Fais-y attention, il ne faut pas l'égarer ni la salir.

— Je sais, papi. Mais je suis contente, parce que la jolie dame rousse me l'a apportée. Tout le monde est gentil avec moi.

— Tant mieux, ma chérie.

La pédiatre fit irruption, très souriante. Elle jeta un rapide coup d'œil sur la pochette en cuir que tenait le grand-père d'Emmie.

— Bonsoir, monsieur Royer, pouvez-vous me suivre dans mon bureau ? dit-elle aimablement.

— Allez-y, je reste avec votre petite-fille. Je vais en profiter pour lui poser quelques questions, déclara Nathan. Je suis tenu de vous le dire.

— Faites donc, inspecteur, marmonna Royer.

Nathan demeura debout près de la fenêtre, secrètement mal à l'aise d'interroger une enfant aussi jeune. De surcroît, il craignait de la troubler en lui parlant de Grégoire Thomas.

— Emmie, te souviens-tu de l'endroit où cet homme t'a emmenée ? attaqua-t-il d'emblée.

— Non, monsieur.

— Tu avais les yeux bandés ?

— Non, mais je n'ai pas fait attention.

— C'était en ville ou à la campagne ?

La fillette serra sa poupée contre son cœur, en fixant la porte entrouverte de sa chambre. Nathan eut l'impression qu'elle espérait le retour de son grand-père ou l'entrée d'une infirmière.

— Tu peux me parler, insista-t-il. Je dois retrouver celui qui t'a enlevée, ma puce.

— Je ne suis pas une puce, monsieur ! protesta-t-elle. Et c'était mon papa, alors au début je n'avais pas peur.

— Tu l'as reconnu ?

— Non, c'est lui qui me l'a dit à l'oreille, quand il m'a portée pour monter dans sa voiture.

Le policier finit par s'asseoir au bout du lit, avec un sourire qu'il voulait rassurant.

— Tu l'as cru tout de suite ? Il pouvait te mentir...

Emmie fit non de la tête en pinçant les lèvres. Elle était prête à se refermer et Nathan le sentit.

— Très bien, essaie de te rappeler où tu as passé la journée d'hier ? Je voudrais retrouver ton père, pour écouter ses explications. Il t'a enlevée, il n'avait pas le droit. Tu viens de me dire qu'au début, tu n'avais pas peur. Ensuite, est-ce qu'il t'a fait quelque chose de mal ?

Ta crise d'asthme a pu être déclenchée par la frayeur, la doctoresse des urgences me l'a dit.

— La jolie dame rousse ? Ambre ?

— Exactement. Nous sommes très bons amis. Alors, tu peux me raconter ce qui s'est passé ?

— On a dû se cacher, il faisait noir, après j'ai dormi. Quand je me suis réveillée, je toussais beaucoup.

Soudain Emmie se mit à pleurer sans bruit, la bouche crispée par un rictus de détresse. Sa respiration devint sifflante et elle se cambra, le regard affolé. Nathan sonna une infirmière, en se relevant précipitamment.

— Calme-toi, petite, jeta-t-il d'un ton inquiet. On va venir te soigner.

Ambre s'attendait à la visite de Nathan, sachant qu'il avait accompagné Firmin Royer en pédiatrie. Elle lui fit signe de patienter à l'accueil, occupée avec un patient.

— Je n'ai pas beaucoup de temps à t'accorder, soupira-t-elle lorsqu'elle le rejoignit. Mais je peux faire une courte pause et discuter un peu, même si tu n'es pas censé me tenir au courant de ton enquête.

— J'ai obtenu de maigres renseignements en questionnant Emmie, pour subir ensuite les foudres de ta consœur et celles du grand-père. La petite a fait une nouvelle crise d'asthme.

— Tu n'aurais pas dû l'obliger à te répondre ! s'indigna Ambre.

— Je ne l'ai pas forcée à parler, rétorqua Nathan. J'ai quand même un minimum de psychologie.

— Vraiment ? se moqua-t-elle.

— De toute façon, elle n'ose rien dire. Soit on lui a demandé de se taire, soit on l'a droguée et elle n'a aucun souvenir précis. Quant aux retrouvailles avec son grand-père, aucun des deux n'était très démonstratif. Sur ce, je retourne en ville faire mon rapport au commissaire. Je te laisse, jolie dame rousse ! Emmie te dépeint ainsi, et je suis de son avis.

— Merci, Nathan. À très vite.

Il l'observa attentivement, intrigué par son intonation trop douce qui ne s'accordait pas à l'éclat anxieux de ses yeux si bleus.

— Il y a un problème, Ambre ?

— Pas du tout. J'ai juste de la peine pour Emmie.

— D'accord, mais tu ne me caches rien ?

— Non, rien du tout, mentit-elle avec aplomb.

Angoulême, dimanche 27 août, 6 heures du matin

Grégoire Thomas avait rappelé Ambre au milieu de la nuit pour lui donner rendez-vous devant la grotte de l'ermite Saint-Cybard, située à l'extrémité du Jardin Vert, ce grand parc arboré très prisé par les Angoumoisins. Le lieu choisi ne semblait pas très sûr à la jeune femme, mais il avait l'avantage d'être aisément accessible depuis la place Turenne, où elle était domiciliée.

— Est-ce qu'il connaît mon adresse ? se demanda-t-elle en empruntant en foulées rythmées le chemin récemment aménagé qui descendait vers la grotte de l'ermite, en longeant le rempart du Nord et des pans de falaise.

Le soleil venait de se lever, mais il faisait encore très frais. Ambre s'engagea dans l'escalier qui s'arrêtait à quelques pas de l'entrée de la grotte, fermée par une grille.

— Il n'est pas là…

Déçue, elle chercha en vain une silhouette masculine dans les environs.

— Levez la tête et venez, lui dit-on peu après.

Grégoire Thomas se trouvait en surplomb de l'épais rideau de lierre tapissant le rocher, accoudé à la rambarde en fer d'un autre accès à l'ermitage. Il portait un sweat noir à capuche et le vent d'été faisait danser une boucle brune sur son front.

Ambre acquiesça et monta vers lui au pas de course. Son cœur battait trop vite, sous l'effet d'une légitime appréhension teintée cependant d'une étrange exaltation. Elle fut bientôt à ses côtés, en tenue de jogging et une casquette blanche sur ses cheveux flamboyants.

— Je ne vous ai pas vu en descendant, dit-elle en essayant de dominer sa nervosité.

— J'ai appris à devenir invisible, ces dernières années, dit-il d'un ton amer. J'achète des téléphones prépayés sur Internet, je bricole de fausses plaques d'immatriculation. Reculons un peu, il vaudrait mieux s'asseoir au pied de la falaise, ce serait plus discret.

— Si vous voulez... À mon tour de me présenter, Ambre Chasselin. Je tenais à vous voir, car j'ai besoin de savoir la vérité. Vous me devez bien ça, monsieur Thomas, puisque je ne vous ai pas dénoncé alors que j'aurais dû le faire.

— Déjà, appelez-moi Grégoire, ou Greg, ce sera plus simple. Et je suis peut-être tombé dans un piège en acceptant ce rendez-vous ! Mais si les flics déboulent, j'ai deux options de fuite. Par chance, je cours très vite.

Ambre cala son dos contre la pierre calcaire. Elle respira avec avidité l'air parfumé, aux fragrances végétales.

— À propos des flics, comme vous dites d'un ton méprisant, l'enquête vous concernant vient d'être confiée à mon ex, inspecteur de police, expliqua-t-elle. Nous sommes restés amis et je me demande encore pourquoi je ne lui ai pas dit que j'avais votre numéro de portable.

— Donc, en toute logique, il ne sait pas non plus que je vous ai téléphoné ni que vous teniez à me voir ce matin.

— Voilà, vous avez tout compris ! Alors désolée, mais pour le moment, c'est moi qui suis prise au piège. J'assume le fait d'avoir pris un risque insensé. En retour, soyez honnête envers moi. Qu'espériez-vous en enlevant Emmie ? Avec les moyens actuels, vous aviez peu de chance de la garder longtemps.

— Déjà, dites-moi comment va ma fille ! Est-elle toujours à Girac ?

La voix grave de Grégoire était apaisante et suave. Encore une fois, malgré les avertissements de Nathan, Ambre pensa que cet homme n'était ni désaxé ni dangereux.

— Emmie est dans une chambre particulière, surveillée par des agents. Mais hier soir, la pédiatre qui s'occupe d'elle m'a communiqué les résultats de l'échographie de votre fille. Emmie souffre d'une communication interauriculaire, c'est une malformation cardiaque : il y a un trou dans la cloison qui sépare normalement les oreillettes et donc les deux oreillettes communiquent entre elles. Il serait préférable de l'opérer. Cela se passe par cathétérisme, une technique récente qui évite d'ouvrir le patient. Elle pourrait sortir le lendemain. Il s'ajoute à ce diagnostic son asthme, jugé sévère par ma consœur.

Accablé, Grégoire se frotta le front du bout des doigts. Il se tourna vers Ambre en la scrutant d'un air effaré.

— Véronique, ma femme, avait la même pathologie, mais elle n'a pas été soignée. Un triste héritage pour Emmie. Vous m'avez demandé ce que j'espérais en enlevant mon enfant... Au départ, je souhaitais me faire entendre, alerter l'opinion publique via les médias en créant des remous afin de démasquer les manigances des Royer. Mais c'était voué à l'échec. Finalement, j'ai décidé de renouer des liens avec ma fille, pour l'emmener et ne plus jamais la quitter. Je vous assure que j'ai eu soin de ne pas l'effrayer, je lui ai juste dit combien je l'aimais. Je commençais à gagner sa confiance.

— Que reprochez-vous à ses grands-parents ? Au téléphone, vous disiez vouloir sauver Emmie de leur folie... Et qui vous menaçait, la nuit dernière ?

— Si je réponds, vous me prendrez pour un malade mental, trancha-t-il en surveillant les alentours.

— Pas forcément ! Grégoire, la police serait en mesure de vous protéger si vous êtes en danger !

— Peut-être, à condition de lui fournir des éléments valables, ce que je n'ai pas.

— Moi aussi, j'aurais besoin de ces éléments, murmura Ambre. On n'accuse pas les gens sans preuve et les grands-parents d'Emmie me semblent très attachés à elle. Ils ont été dévastés à l'idée de la perdre.

— Je n'ai aucun doute là-dessus. Le souci est ailleurs.

— Mais où ? Emmie a été suivie régulièrement sur le plan médical. M. Royer a remis le carnet de santé de la petite à la pédiatre, et nous avons le nom de leur médecin traitant. Il doit envoyer par mail les antécédents de votre fille au service pédiatrie.

— Tout sera faux ! Faux, vous m'entendez ! Ils sont habitués à le faire, ce ne serait pas le premier dossier qu'ils falsifient, ils se sont fait la main avec leur fille. Et ils ont du soutien dans ce domaine, moyennant finance.

— Vous divaguez complètement ! J'ai pu consulter les archives des urgences pour ces huit dernières années. Véronique Thomas, votre épouse, a été soignée par un ancien confrère, après une tentative de suicide. La seconde lui a été fatale, n'est-ce pas ? Ou tout ceci ne serait qu'un immense mensonge ? Avouez que c'est difficile à croire.

— J'ignore ce qu'on vous a raconté, mais je vous le répète, tout est faux ! s'insurgea-t-il. Je dois m'en aller, ce serait trop long de vous convaincre. Nous nous reverrons un autre jour, d'ici là, je vous en prie, gardez Emmie à l'hôpital.

— Rassurez-vous sur ce point. Si son opération est programmée rapidement, elle sera transférée à Bordeaux, où elle passera une semaine environ, avant d'être envoyée en centre de convalescence. Mais si vous étiez si inquiet pour votre fille, où étiez-vous pendant toutes ces années ? Depuis le décès de votre épouse, vous avez eu largement le temps de revendiquer votre statut de père, mais vous vous droguiez, il me semble… Je suis au courant, hélas, ce qui me pousse à la méfiance. Certaines substances rendent paranoïaques ou provoquent des délires.

Grégoire Thomas se releva brusquement. Il jeta un regard consterné à Ambre.

— Je vous croyais différente, je me trompais, lui dit-il. Effacez mon numéro, je ne vous importunerai plus. Fiez-vous au dossier bien ficelé que les Royer ont monté contre moi.

Il sortit un téléphone de la poche de son sweat et le lança contre la roche, avant de le piétiner rageusement. Enfin il s'élança sur le sentier goudronné qui montait vers le rempart du Nord, sans daigner se retourner une seule fois.

— C'était un échec total, murmura Ambre quand il eut disparu de son champ de vision.

Une sirène de police retentit au même instant, en provenance de l'avenue de Cognac, toute proche.

— En plus, il va sûrement penser que je l'avais dénoncé et piégé…

Le cœur serré, Ambre bondit sur ses pieds. Elle s'éloigna d'une démarche vive, en préférant traverser le Jardin Vert, d'où elle pourrait remonter jusqu'à l'esplanade du lycée Guez-de-Balzac. Le parc était désert à cette heure matinale, seulement animé par des nuées d'oiseaux, pigeons, moineaux et mésanges.

Elle était au niveau du pittoresque Théâtre de la Nature, construit à l'aide de rocailles, quand un homme l'appela sèchement.

— Docteur Chasselin !

Ambre reconnut l'enquêteur privé Charles Favier. Il avait une paire de jumelles à la main.

— Qu'est-ce que vous me voulez ? lui cria-t-elle sans chercher à se rapprocher.

Il la rejoignit en quelques pas, en la toisant d'un regard dédaigneux.

— J'ai des questions à vous poser, sur votre ingérence dans la vie de mes clients, déclara-t-il.

— Et moi je n'ai rien à vous dire !

— Pourtant hier, vous êtes allée à leur domicile, contre l'avis de la police. Mme Royer ne se remet pas de votre incursion, d'autant plus que vous avez pris la poupée de sa fille Véronique, un jouet qui représente beaucoup pour cette dame.

— Mais son mari n'y a vu aucune objection, comme c'était pour Emmie. Maintenant, laissez-moi tranquille. L'inspecteur Delors m'a recommandé de vous éviter.

— Est-ce que vous courez toujours aussi tôt, docteur? Vous ne craignez pas de faire de mauvaises rencontres?

— Je devrais à l'avenir, si vous continuez à me surveiller sans y être habilité, rétorqua Ambre.

Elle lui tourna le dos, tout en s'interrogeant sur la présence insolite de l'enquêteur, le matin même où elle venait de parler à Grégoire Thomas. Cependant le Jardin Vert était ouvert à tous, nuit et jour, et ce pouvait être une coïncidence.

— Vous comptiez me rendre visite? demanda-t-elle en lui faisant face à nouveau.

— En effet, je passais par là pour regagner la place Turenne.

— D'accord! Avez-vous autre chose à me dire?

— Une dernière. J'ai été chargé de vous signifier que mes clients font faire appel à un avocat, afin d'obtenir une mesure d'éloignement à votre encontre. Mme Royer est certaine de votre complicité dans l'enlèvement de sa petite-fille.

— Pauvre femme, je la plains. Cette accusation est ridicule et je n'aurai aucune peine à le démontrer. Au revoir, je prends note des consignes de ces gens.

La mine réprobatrice, Charles Favier fit demi-tour, sans avoir rangé dans son étui sa paire de jumelles. Ambre songea qu'il pouvait travailler pour plusieurs personnes et qu'il épiait peut-être un couple illégitime.

— Les adultères doivent lui rapporter, à ce fouineur, enragea-t-elle tout bas. Heureusement, il ne nous a pas surpris, Grégoire et moi. S'il avait avancé jusqu'à l'ermitage, c'était la catastrophe.

Songeuse, elle revit soudain les yeux si clairs du jeune homme, d'une limpidité d'aigue-marine, une pierre précieuse qu'elle aimait beaucoup.

— Coupable ou non coupable ? ironisa-t-elle en soupirant.

Chez Ambre, même jour, quelques heures plus tard

Dès son retour chez elle, Ambre s'était douchée et allongée sur son lit, en peignoir de bain. Elle fut réveillée par des coups de sonnette insistants.

— Oh non, qui est-ce ? Je ne réponds pas.

Somnolente, elle apprécia le silence revenu, lorsque son téléphone portable vibra sur sa table de nuit.

— Évidemment, c'est Nathan…

Elle décrocha sans conviction, tout de suite anxieuse à l'idée de lui mentir encore s'il parlait de Grégoire Thomas.

— Ambre, j'étais inquiet ! Ta voiture était garée sur la place, mais tu n'as pas répondu à l'interphone.

— Tu as dû oublier que je dors quelques heures la journée, si je suis de garde la nuit, et c'est le cas.

— Ouvre-moi, s'il te plaît.

— Il n'y a rien de grave, Nathan ?

— On en discutera face à face.

Son ton glacial alarma Ambre, qui attendit près de sa porte, en imaginant une nouvelle tragédie, dont la petite Emmie serait la victime. Elle ne songea même pas à s'habiller, figée sur place par l'angoisse.

— Charmant tableau, commenta le policier en entrant.

Il jeta un regard nostalgique dans l'échancrure du peignoir, avant de dévisager la jeune femme froidement.

— On a reçu un appel anonyme au commissariat, c'est mon adjoint qui l'a pris. D'après un témoin, tu aurais rencontré un homme très tôt ce matin devant la grotte de l'ermite Saint-Cybard. Un mec d'une trentaine d'années, de type caucasien, brun aux yeux clairs. Ce ne serait pas Grégoire Thomas, par hasard ? La description correspond, alors joue franc-jeu et ne me prends pas pour un imbécile.

L'inspecteur Delors désigna la tenue de jogging, grise et noire, qui gisait sur la moquette, au milieu du salon.

— Tu es allée courir ?

— Oui, à l'aube, comme toujours quand je reviens de Girac. Je te l'ai déjà expliqué, ça m'aide à me détendre après avoir été confrontée à certains patients en danger de mort. Cette nuit, nous avons eu des blessés graves à la suite d'un accident de la route.

— Laisse-moi deviner ! Thomas t'a abordée, après t'avoir épiée depuis hier et tu as accepté de lui parler, malgré mes conseils ?

Ambre secoua ses cheveux roux, encore un peu humides. Elle pouvait nier de toutes ses forces et s'enfoncer dans le mensonge ou bien tout avouer. Incapable de se décider, elle baissa la tête en se mordillant les lèvres.

De son côté, Nathan brûlait d'envie de l'enlacer, de lui ôter le peignoir qui soulignait ses seins ronds et la courbe de ses hanches. Le désir cognait en bas de son ventre, au point d'espérer n'avoir aucune réponse, hormis une invitation explicite à faire l'amour immédiatement.

— Oui, c'était le père d'Emmie, dit-elle très vite. Quant à votre informateur, ce doit être Charles Favier, l'enquêteur engagé par les Royer. Je l'ai croisé dans une allée du Jardin Vert, près du Théâtre de la Nature.

— Je te remercie de me dire la vérité, concéda Nathan.

Réellement soulagé, le policier s'assit dans le canapé. Ambre en profita pour s'enfermer dans sa chambre.

— Je reviens tout de suite ! cria-t-elle. Je m'habille.

— Dommage, marmonna-t-il. Fais vite, je suis pressé.

Elle réapparut vêtue d'une jupe en jean et d'un corsage blanc, coiffée d'une queue-de-cheval sur la nuque.

— On boit un café, Nathan ?

— Sans façon, je suis suffisamment nerveux. Je t'écoute, Ambre. Comment Thomas a-t-il réussi à te trouver ? Ceci dit, il est malin et il s'y est pris à temps, car dès demain son signalement sera en première page du quotidien régional et diffusé sur Internet.

— Ce sera mieux pour lui si on l'arrête, puisqu'il se prétend menacé, dit-elle en s'asseyant près de Nathan. Je n'en peux plus de te mentir, aussi je vais tout te raconter. D'abord, sache que je tiens à assumer mes actes et que j'irai parler au commissaire.

— Ambre, tu m'inquiètes, là !

— Tu vas vite comprendre pourquoi je refuse de t'impliquer. À présent, ne m'interromps pas, même si tu as envie de hurler de rage. C'est vrai, je suis trop empathique et, crois-moi, je n'ai pensé qu'au bonheur d'Emmie.

Un peu pâle, les mains jointes sur ses genoux, Ambre se confia à Nathan. Il l'écouta en silence, de plus en plus crispé, prêt à exploser de colère.

— Voilà, tu sais tout. Madeleine Royer n'a pas vraiment tort, on pourrait me considérer comme la complice de cet homme.

— Bon sang ! Tu es totalement irresponsable ! vociféra-t-il. Quand je pense que tu m'as berné, en me regardant droit dans les yeux. Je t'estimais douée de logique et de sens pratique, mais non, tu as cédé au romanesque de l'histoire. Ambre, ce type t'a manipulée avec brio. Sans doute parce qu'il est beau gosse. Ne nie pas, j'ai sa photo…

— Ne sois pas idiot, je viens de te dire qu'il m'a paru instable, sûrement sujet à la parano.

— Je n'y crois pas, tu avais son numéro de portable, il t'a entraînée dans son délire ! Qui pouvait le repérer et le mettre en danger ? Ses beaux-parents ? Ils n'ont pas quitté leur domicile. Hier, Emmie m'a dit qu'elle était enfermée dans le noir, tant pis pour la confidentialité de l'enquête, tu es largement concernée, désormais. Thomas est le père de cette gamine, mais qui sait de quelle façon il lui a prouvé son amour à retardement !

Horrifiée, Ambre poussa un petit cri de panique. Elle refusait de tout son être cette épouvantable éventualité.

— La pédiatre a procédé à un examen en ce sens, par prudence, dit-elle tout bas. Emmie n'a subi aucun attouchement, aucune violence physique. Plus un mot sur ce point, je te prie.

— Très bien, tu seras convoquée demain matin, le patron te recevra en personne. J'encaisse ta trahison, elle a le mérite de m'avoir flanqué une sacrée douche froide, moi qui rêvais d'une réconciliation sur l'oreiller.

— Je suis désolée, Nathan.

— Tu peux, d'autant plus que je ne pourrai rien faire pour te tirer du pétrin où tu t'es mise.

— Peu importe, mais je voudrais t'avouer autre chose, qui t'aidera à me comprendre. J'avais dix-huit ans et j'étais fiancée au fils d'un ami de mon père. Il était militaire de carrière, comme mon père et le sien. Nous étions follement amoureux... Je commençais mes études de médecine, lui, il était dans l'aviation. Je suis tombée enceinte avant le mariage, et ça ne dérangeait pas nos familles, qui s'en réjouissaient. Lors d'un entraînement, Pierre s'est tué en plein vol, un défaut technique. J'ai cru mourir de chagrin, au point de faire une fausse couche, condamnant ainsi mon bébé, celui de Pierre. C'est la croix que je porte, car à l'époque, je me suis sentie soulagée. Pour moi, il était hors de question d'élever seule un enfant. J'avais une relation merveilleuse avec mon père, je ne concevais pas d'expliquer à ma fille ou à mon fils qu'il ou elle n'aurait jamais de papa.

— Tu n'as pas su le sexe du bébé ?

— Non, c'était trop tôt. Quand Grégoire Thomas est arrivé aux urgences, Emmie blottie contre lui, j'ignorais leur identité. Sur le coup, j'ai été désemparée, mais il s'est montré tellement tendre envers sa petite, tellement soucieux de sa santé, que je lui ai accordé des circonstances atténuantes, comme tu dis souvent. Et ce qu'il m'a raconté m'a tout de suite rappelé ces tristes souvenirs. Peut-être aussi que les Royer m'ont été d'instinct antipathiques.

Nathan prit Ambre par l'épaule, en l'attirant vers lui. Il lui adressa un sourire attristé.

— Pourquoi tu m'as caché tout ça, le deuil de ton fiancé, le bébé perdu ? chuchota-t-il en caressant ses cheveux.

— J'ai du mal à parler de mon passé, de mes chagrins. J'essaie de me concentrer sur le présent et l'avenir. C'est plus difficile depuis l'enlèvement. Emmie me fait tant de peine, c'est à croire que le sort s'acharne contre elle : orpheline de mère, privée d'un père bien vivant dont on lui a tu l'existence et, de surcroît, atteinte d'un problème au cœur et d'un asthme sévère, ce qui la rend très fragile.

— N'aie pas peur, ta protégée est entre de bonnes mains. Elle sera soignée et elle se rétablira... Mais je préfère te prévenir, le commissaire sera sûrement moins facile à attendrir que moi.

4

Le cœur à vif

Commissariat d'Angoulême, lundi 28 août

Perplexe, le commissaire faisait tourner son stylo entre ses doigts, tout en regardant Ambre, assise en face de lui. Il avait écouté sans broncher sa déposition, enregistrée par ses soins. Un peu à l'écart, adossé au montant de la porte vitrée, Nathan attendait le verdict, les bras croisés sur sa poitrine.

— Mademoiselle Chasselin, êtes-vous vraiment consciente de votre situation ? Je suis tenu de vous inculper pour obstruction à la justice et faux témoignage.

— Je le sais, oui.

— Vous êtes médecin urgentiste, très appréciée si j'en crois l'inspecteur Delors. Pourquoi avoir agi ainsi ?

— Mais je viens de vous l'expliquer, commissaire. Je vous le répète, j'ai cédé à un trop-plein d'empathie, tout en suivant mon intuition. Cet homme était en détresse et il montrait une tendresse évidente pour son enfant.

Soudain des mots lui revinrent, qu'elle avait dû oublier sous l'effet du stress.

— « Si vous voulez comprendre l'enfer que j'ai vécu », débita-t-elle à mi-voix. C'est à cause de cette petite phrase de Grégoire Thomas ! Je n'en avais pas le droit, sans doute, mais j'ai eu envie de savoir… et de l'aider, s'il disait la vérité. D'autant plus que les Royer avaient menti en le prétendant mort.

— Vous auriez dû coopérer avec nous, docteur ! s'indigna le commissaire. Une fois arrêté, soutenu par un avocat, Thomas pouvait se défendre. Et vous avez été crédule, l'enfer auquel il faisait allusion était peut-être bien celui des drogues dures. Admettons qu'il soit désintoxiqué et guéri de ses addictions pour de bon, rien ne justifie un enlèvement. Nous devons appréhender Thomas au plus vite. Et en ne nous signalant pas votre rendez-vous au Jardin Vert hier matin, vous avez une nouvelle fois entravé notre action.

— Mon adjoint a récupéré les débris de son téléphone, indiqua Nathan. On ne sait jamais, on pourra peut-être en tirer quelque chose.

Son supérieur approuva sans conviction, puis il fixa Ambre à nouveau. Elle endura son regard brun, plein de réprobation.

— Je suis sincèrement désolée de m'être comportée de façon aussi inconsidérée, commissaire, cependant cet homme se dit en danger. Et puis les Royer ne m'inspirent pas confiance. Ils m'ont encore envoyé leur enquêteur privé, comme je vous l'ai précisé tout à l'heure. Si j'avais réussi à faire parler Grégoire Thomas, j'en saurais sûrement davantage sur son expérience avec ses beaux-parents.

— Ambre, ce n'est pas ton travail, tu es médecin ! lui lança Nathan d'un ton irrité.

— Mademoiselle Chasselin a pu se tromper de vocation, ironisa le commissaire.

— Qui sait ? répliqua-t-elle avec un léger sourire.

— Sur les conseils de l'inspecteur Delors, je tiendrai compte de votre bonne volonté, puisque vous êtes venue de votre plein gré avouer vos torts envers la loi. Votre témoignage nous apporte peu d'éléments intéressants, mais votre assurance que Thomas est sobre et a priori sain d'esprit me porte à croire que sa volonté de démasquer ses beaux-parents n'est pas le fruit d'un délire paranoïaque. Ce qui m'incline à étudier de très près les faits et gestes des Royer ces dernières années.

Mal à l'aise, Ambre demeura silencieuse, en s'interrogeant sur la décision que prendrait le commissaire en ce qui la concernait.

— Je suis disposé à me montrer indulgent, docteur Chasselin, à condition que vous nous aidiez. Grégoire Thomas, sachant que l'état de santé de sa fille nécessite une opération, ne va pas s'éloigner d'Angoulême. Il vous recontactera, car vous êtes l'unique personne susceptible de l'informer sur Emmie. Quand il vous appellera, exigez un autre rendez-vous sous n'importe quel prétexte, et, cette fois, nous pourrons l'arrêter. Attention, il faudra faire en sorte qu'il n'ait aucun soupçon. Soyez tranquille, nous procéderons en douceur.

— Commissaire, c'est risqué, ce type peut s'en prendre à elle ! s'insurgea Nathan. Le casier judiciaire de Thomas est quand même éloquent. Il a deux agressions à son actif, trois plaintes pour harcèlement.

— Je sais aussi bien lire que vous, inspecteur, mais nous n'avons pas le choix. Le procureur exige une résolution rapide de l'affaire.

— Rapide, comme si c'était simple, rétorqua Nathan. Depuis la diffusion de la photo de Grégoire Thomas, on est bombardés d'appels. Des gens affirment même avoir vu Emmie ces dernières heures, alors qu'elle n'a pas quitté l'hôpital.

Le ton allait monter entre les deux policiers. Ambre le sentit et elle s'empressa de donner sa réponse.

— Je le ferai, commissaire, dit-elle à haute voix, d'un ton net. Je tiens à réparer mes erreurs et je pense que ce sera préférable pour cet homme. Même inculpé, il aura la possibilité de se faire entendre.

— Très bien, reste à souhaiter que Thomas se manifeste vite. Inspecteur, je vous laisse mettre Mlle Chasselin au courant de la meilleure conduite à tenir quand notre suspect lui téléphonera. Je vous laisse, j'ai rendez-vous avec le préfet.

Ambre se retrouva en la seule compagnie de Nathan, dont l'exaspération était visible.

— Je ne m'en sors pas trop mal, soupira-t-elle. De quoi as-tu peur ? Tu ne seras pas loin quand je le rencontrerai, si toutefois il accepte de me revoir. Je t'offre un café crème dans notre brasserie ?

— Pourquoi pas ? Celui d'ici est infect. Tu ne chercherais pas à m'amadouer ? hasarda-t-il.

— Non, j'ai juste besoin de me changer les idées. Il y a eu un décès cette nuit, aux urgences. Un motard, nous n'avons pas pu le sauver. Ce n'était pas facile de venir là, ensuite, pour affronter ton supérieur. Tu te souviens de son prédécesseur, Paul Jacquet ?

— Un patron en or, à qui je dois beaucoup. On l'avait invité à réveillonner avec nous, c'était notre premier Noël ensemble.

Nathan remit son blouson en cuir. Soucieux d'être galant, il devança Ambre pour lui ouvrir la porte du bureau. Dans le couloir, il posa une main affectueuse sur son épaule.

— Je n'ai jamais oublié ce réveillon, ajouta-t-il. Tu avais acheté un sapin en cachette et tu l'avais décoré à ton idée, une gamme de vert étincelant et de doré. Le soir, tu m'as fait la surprise. Je te revois encore, toute souriante, dans la lumière tamisée des guirlandes dorées. Tes beaux yeux brillaient de joie.

— Pendant quelques minutes, j'ai cru que tu allais me dire de tout enlever, moi qui étais si fière, se souvint-elle. Tu avais l'air tellement bizarre.

— Au fond, j'étais ému, car je ne fêtais plus Noël depuis que j'avais coupé les ponts avec ma famille.

— Chez mes parents, cette période est sacrée. Ma sœur et mon frère viennent à la maison avec leurs conjoints respectifs et maman cuisine des merveilles. Cette année, je rêve de les inviter ici, à Angoulême. On se promènerait tous dans les rues, pour admirer les vitrines et les illuminations. Enfin, si je ne finis pas en prison.

Elle eut un petit rire désabusé. Attendri, Nathan lui effleura la joue du dos de la main.

— Non, ça n'arrivera pas, surtout si l'enquête est bouclée par mes soins. Ambre, reconnais qu'on était heureux, nous deux. Je comptais te parler mariage quand tu as rompu. Mais il n'est pas trop tard, on pourrait repartir de zéro.

— Peut-être, Nathan.

Ils traversèrent la grande cour de l'hôtel de police pour marcher jusqu'à la brasserie du Champ-de-Mars où ils avaient l'habitude de se retrouver.

— Que se passera-t-il si Grégoire Thomas ne me rappelle pas ? s'inquiéta Ambre. Je serai inculpée ?

— Tout dépendra de la suite des événements, mais ne crains rien, je ferai en sorte d'arranger les choses.

Ils s'installèrent sur la terrasse, entourée d'arbustes en pot qui isolaient les tables de la chaussée voisine. Nathan, plein d'espoir, admirait l'adorable profil de son ancienne compagne, au nez mutin, aux lèvres charnues bien dessinées et d'un rouge attirant.

— Le serveur ne nous a pas vus, j'entre commander, dit-il en se levant. Café crème et croissant ?

— Je veux bien, je n'ai rien pu avaler au réveil.

En pleine confusion sentimentale, Ambre observa les voitures qui circulaient au ralenti près de la brasserie. Un des conducteurs lui jeta un regard insistant, assorti d'un rictus moqueur. Elle reconnut tout de suite Charles Favier.

— Il me surveille encore, se dit-elle dans un murmure. Si ce n'est pas une preuve que les Royer souffrent eux aussi de paranoïa.

En revenant s'asseoir, Nathan nota la pâleur et l'expression anxieuse de la jeune femme.

— Qu'est-ce que tu as, Ambre ? Thomas t'a contactée ?

— Non, c'est cet enquêteur, Favier, il vient de passer devant la terrasse. Il m'a fixée d'un air narquois, comme pour me défier. Personnellement, cet homme me fait beaucoup plus peur que Grégoire Thomas.

— À ce point ? Ne t'inquiète pas, je vais me renseigner sur lui. Sur le plan juridique, il doit avoir une assurance responsabilité professionnelle et être agréé auprès de la préfecture. S'il ne respecte pas certaines conditions de son engagement, on pourra sans doute le condamner pour atteinte à la vie privée. Allons, détends-toi, tout va s'arranger.

Malgré ces bonnes paroles, Ambre fut incapable de savourer son petit déjeuner. Nathan hérita du croissant et elle but juste la moitié de son café au lait.

— Ta matinée commence mal, fit-il remarquer. Tu prends ton service à quelle heure ?

— En fin d'après-midi. Excuse-moi, je ferais mieux d'aller dormir. J'irai un peu plus tôt à Girac, pour rendre visite à Emmie.

— Et mes instructions si Thomas te rappelle ?

— Ah oui, c'est vrai, je t'écoute, Nathan…

— D'abord, tu l'amadoues avec des nouvelles de sa fille. Tu prétends être désolée de l'avoir vexé hier matin au Jardin Vert. Ensuite, il faut que tu obtiennes un autre rendez-vous, mais tard le soir, dans un endroit peu fréquenté, un parking de grande surface, où l'on pourra se positionner. Et surtout, transmets-nous immédiatement le numéro depuis lequel il t'a contacté. D'après ce qu'il t'a dit, il est prévoyant et utilise des téléphones prépayés, mais cela pourra nous aider à le localiser si jamais il n'accepte pas le rendez-vous.

Il égrena maintes autres recommandations. Ambre approuvait de discrets signes de tête, désolée à l'idée de trahir la confiance d'un père désespéré, qui menait seul une lutte improbable.

Hôpital de Girac, même jour, le soir

Une pluie fine présidait à l'arrivée d'Ambre sur le parking de l'hôpital. Le ciel assombri par les nuages était digne d'un paysage d'automne, d'autant plus que certains arbres perdaient déjà quelques feuilles d'un jaune d'or.

— J'aime bien ce temps, dit-elle en sortant de sa voiture.

En jean et pull à col roulé, la jeune femme pensait aux souvenirs que Nathan et elle avaient évoqués le matin même. Encore une fois, l'anecdote de leur premier sapin de Noël s'imposa à son esprit.

— Je voudrais être déjà en décembre et attendre mes parents, dans mon appartement tout décoré, du moins si l'enquête a été résolue. Vraiment, je supporte mal le stress... Mais je n'aurais pas dû.

Finalement, le policier était venu chez elle, sous le prétexte de vérifier si le détective ne rôdait pas près de la place Turenne. Il y avait eu cet instant où Ambre s'était cognée à l'angle d'un placard et où Nathan l'avait enlacée, parce qu'elle contenait des larmes de douleur. Un baiser avait suivi, puis un deuxième et un troisième, jusqu'à l'éveil du désir.

— Non, je n'aurais pas dû, se répéta Ambre dans son vestiaire, en enfilant sa blouse blanche.

Leurs corps s'étaient retrouvés au cours d'une étreinte fébrile. Exaltés par leur nudité, ils avaient fait l'amour comme s'ils se noyaient au fond d'un océan et se raccrochaient l'un à l'autre.

— Encore une erreur, je les accumule. Nathan va s'imaginer qu'on est de nouveau ensemble, marmonna-t-elle.

— Docteur Chasselin, on vous demande en pédiatrie, lui cria Alice, une jeune infirmière en stage aux urgences.

— Très bien, merci, j'ai dix minutes devant moi, j'allais monter voir Emmie.

Une profonde déconvenue guettait Ambre. Lorsqu'elle entra dans la chambre de la fillette, ses grands-parents s'y trouvaient, en compagnie de la pédiatre et d'un inconnu très élégant. Au milieu de ces quatre adultes, Emmie paraissait toute frêle et perdue.

— Bonsoir, lança-t-elle. Qu'est-ce qui se passe? Où sont les agents de police?

— Ils ont reçu l'ordre de partir, expliqua sa consœur, la mine embarrassée.

— Je vous présente notre avocat, docteur Chasselin, lui dit Firmin Royer. Maître Bonneau, du barreau d'Angoulême. Grâce à lui, nous avons eu le droit de rendre visite à Emmie et nous l'emmenons demain matin.

— Et son opération ? s'alarma Ambre.

— Notre petite-fille subira cette intervention dans le meilleur hôpital de Bordeaux, annonça Madeleine Royer, un éclat de triomphe au fond de ses yeux verts.

L'avocat, un homme grisonnant de haute taille, acquiesça d'un signe de tête. Il se tenait debout, une mallette en cuir sous le bras gauche.

— Vous semblez surprise, docteur Chasselin, déclara-t-il. En raison des circonstances, Emmie n'est pas en sécurité ici. Elle sera mieux chez ses grands-parents. Tant que le ravisseur n'est pas en état d'arrestation, la plus grande prudence s'impose.

— Le ravisseur ! Vous voulez dire son père, protesta Ambre.

— Cet homme ne mérite pas d'être défini ainsi ! s'écria Firmin Royer. Nous avons pu récupérer des documents qui le prouvent.

— Vous devriez en discuter plus tard et pas ici, intervint la pédiatre. Emmie a besoin de calme.

Exaspérée par ce retournement de situation inattendu, Ambre s'aperçut que Madeleine Royer avait la poupée entre les mains et l'enveloppait d'un foulard.

— Je ramène Véro à la maison, ma chérie, souffla-t-elle à la fillette qui paraissait prête à pleurer. On pourrait nous la voler dans cet hôpital. Je te dis à demain, Emmie, sois très sage. Et ne parle pas à n'importe qui.

— Oui, mamie.

Sa grand-mère eut une mimique satisfaite. Elle se leva pour se tourner vers son mari.

— Allons-y, Firmin. Maître Bonneau, vous venez dîner chez nous comme prévu. Nous avons beaucoup de détails à mettre au point.

Les deux doctoresses ne quittèrent pas immédiatement la chambre. Elles échangeaient un regard consterné, quand une aide-soignante entra, apportant le plateau du dîner.

— Je reviens te voir bientôt, dit gentiment la pédiatre à la petite fille. Vous me suivez, docteur Chasselin ?

— Oui, tout de suite. Bonsoir, Emmie. Tu vas pouvoir dormir sans ta poupée ?

— Je crois, mais tu vas revenir aussi, Ambre ?

Le tutoiement et l'emploi de son prénom touchèrent en plein cœur la jeune femme. Elle s'approcha du lit pour embrasser l'enfant sur le front.

— Je te le promets, souffla-t-elle à son oreille.

— Et le monsieur qui est mon papa, il va revenir aussi ?

— Tu voudrais le revoir ?

— J'sais pas, on a dû se cacher, parce qu'il y avait des méchants dehors, alors ça faisait peur, chuchota Emmie.

— Je comprends, répondit Ambre tout bas. Tu dois manger ton repas, maintenant. Je remonte te dire bonne nuit dès que je peux.

Derrière son sourire très doux, elle s'interrogeait sur ces fameux « méchants » qu'évoquait la fillette. Grégoire avait pu inventer ces présences menaçantes ou bien il disait vrai et c'était encore plus inquiétant.

Elle rejoignit la pédiatre qui l'attendait dans le couloir, en consultant le dossier de l'enfant.

— Pauvre petite, soupira sa consœur. Ses grands-parents l'ont à peine embrassée ou câlinée.

— Il n'y a pas un moyen de la garder encore un peu dans votre service, docteur ?

— Appelez-moi Sophie, on se connaît depuis un an, Ambre. J'apprécie votre intérêt pour Emmie, qui à mon avis, est un pion malléable au centre d'un conflit parental. Hélas, je ne peux pas m'opposer à son départ. La police a tranché, en raison du dossier accablant monté par l'avocat des Royer.

— Vous savez de quoi il s'agit ?

— Succinctement ! Selon maître Bonneau, le père de la fillette aurait eu un comportement tendancieux, quand elle avait moins de trois ans et durant les heures où il l'a retenue prisonnière la semaine dernière.

— Mais vous l'avez examinée sans rien déceler d'anormal sur ce plan-là ! s'insurgea Ambre.

— Certaines pratiques ne laissent pas de traces, vous me comprenez, murmura la pédiatre. Mais une psychologue a interrogé Emmie en début d'après-midi sur ce point précis, et d'après elle, l'enfant n'a pas subi de sévices sexuels.

— Ils ont décidé d'attaquer Grégoire Thomas par ce biais, c'est trop souvent le recours en cas de problèmes de garde alternée. Ensuite, il est difficile de découvrir la vérité.

— J'ai été confrontée à des cas complexes, en effet. Ambre, je suis navrée, mais je me sens impuissante.

— Je me mets à votre place, Sophie, et je vous remercie de m'avoir parlé. À présent, les Royer ont tous les atouts en main pour séparer à jamais cet homme de sa fille.

Le téléphone d'Ambre vibra. On la demandait aux urgences.

— Je dois descendre, peut-être à plus tard, dit-elle avant de se précipiter vers l'ascenseur.

Penchée sur une respectable dame de soixante-seize ans, mordue au mollet par un chien, Ambre priait pour recevoir un appel de Grégoire Thomas. Elle réfutait d'instinct les affreuses accusations de l'avocat des Royer.

« Il ne peut pas être ce genre d'homme, je l'aurais senti. Ce sont encore des mensonges, songeait-elle. Je voudrais le prévenir, mais il n'a plus confiance en moi. Pourtant il voulait des nouvelles d'Emmie. »

Vers 20 heures, au moment de sa pause repas, elle décida de remonter voir la fillette. Auparavant, elle fouilla un placard où les infirmières rangeaient des jouets, parfois indispensables pour réconforter un petit patient blessé. Son choix se porta sur une figurine de cheval assez réaliste.

— Pas de peluche à cause de l'asthme, regretta-t-elle tout bas en admirant un nounours blanc.

Le silence régnait dans le service de pédiatrie. Ambre croisa deux infirmières qui la saluèrent poliment. Parvenue devant la chambre d'Emmie, elle trouva la porte entrebâillée et hésita à entrer. Une aide-soignante était là, veillant au confort de la petite patiente pour la nuit :

— Personne ne dort près de toi ? demanda-t-elle.

— Non, mamie a repris ma poupée. Elle avait peur que je la perde.

— Tu y faisais pourtant très attention. Bonne nuit, Emmie, j'éteins la lumière. Si tu te sens mal, tu appuies sur la sonnette. Ah, tu as de la visite. Bonsoir, docteur Chasselin.

L'aide-soignante sortit et referma derrière elle. Ambre alla s'asseoir près du lit.

— Est-ce que tu aimes les chevaux, Emmie ? s'enquit-elle d'une voix câline.

— Je n'en ai pas vu en vrai, mais sur des photos.

— Regarde, je t'ai apporté une figurine, pour que tu aies un jouet jusqu'à demain.

La petite fille s'empara avec fébrilité du cheval gris, dont la crinière était presque noire. Elle le tourna dans tous les sens, un éclat de joie dans les yeux.

— Je l'aime beaucoup, je pourrai le garder ?

— Mais oui. Je peux te poser une question maintenant ? Ce sera un secret entre toi et moi…

— Un secret qu'il ne faut pas répéter ?

— Ce serait mieux, sinon tes grands-parents m'en voudraient. Voilà, j'ai rencontré ton papa, ce monsieur qui t'a enlevé. Il était malheureux, alors il a cassé son téléphone. Pourtant il m'a demandé de lui donner de tes nouvelles. J'aimerais le voir, pour lui expliquer que tu vas être opérée à Bordeaux. Emmie, tu ne te souviens pas du tout de l'endroit où il t'a emmenée ? Tu as dit à la police que tu n'avais rien vu pendant le trajet.

Emmie considéra le cheval qu'elle tenait entre ses doigts d'un air triste.

— Je ne sais pas où c'est, Ambre.

— Excuse-moi, je ne devrais pas t'ennuyer avec nos histoires de grands, dit Ambre gentiment.

— Le monsieur, c'est mon papa. Il m'a montré une photo, où il avait maman, lui et moi. Mes grands-parents ont la même, cachée dans un livre. Je l'ai trouvée un jour sans faire exprès.

— Tu as quel âge sur la photo ?

— Trois ans, je souffle les bougies de mon anniversaire. Papa, quand on était dans le noir, il m'a dit qu'il voulait m'emmener très loin, en voyage. J'étais contente... Mais si papa va en prison, on ne pourra pas partir.

— D'abord tu dois être en bonne santé, Emmie. Les médecins vont te soigner. Je repasserai demain matin très tôt, je ne peux pas rester plus longtemps. On a besoin de moi aux urgences. Et je crois que tu as sommeil.

Sans réfléchir, Ambre se pencha et l'embrassa sur les deux joues, en lui caressant les cheveux. La fillette eut un sourire ébloui. Vite, elle ferma les yeux, la figurine de cheval nichée dans sa main droite.

Une heure plus tard, la jeune femme et un de ses confrères durent s'occuper de trois accidentés sévèrement blessés dans une collision frontale. Il était près de minuit lorsqu'elle put téléphoner à Nathan.

— Inspecteur Delors, votre chevalier servant, plaisanta-t-il.

— Je n'ai pas envie de rire, rétorqua Ambre. J'ai essayé en vain de te joindre plus tôt et je t'ai laissé des messages. Tu aurais pu me rappeler.

— Désolé, je ne pouvais pas. On a vérifié une piste avec mon adjoint. Thomas aurait été vu du côté d'Aubeterre, mais ce n'était pas lui, évidemment. Qu'est-ce qui ne va pas ?

— Les Royer et leur avocat. Ils accusent à présent le père d'Emmie d'attouchements envers sa fille. Ces gens continuent à mentir, j'en suis certaine, mais du coup ils ont obtenu d'emmener la petite dès demain matin. Ils veulent la faire opérer à Bordeaux alors que c'est possible ici, à Girac.

— Le principal, c'est qu'elle soit opérée ! Ambre, pour la sécurité de l'enfant, on doit arrêter son père, enfin si on peut toujours appeler ce type un père. Qui t'a communiqué ces informations ?

— La pédiatre qui suit la petite, et elle a également de sérieux doutes sur la véracité de ces accusations, tout comme la psy qui a interrogé Emmie. Les Royer ont trouvé le meilleur moyen de détruire leur ancien gendre !

— Calme-toi, où es-tu ?

— À l'hôpital, sur le parking. C'est plus intime, je suis rarement seule aux urgences. Nathan, tu acceptes d'emblée les allégations de l'avocat ?

— Je n'ai pas le choix, Ambre. Toi qui aimes bien cette gamine, tu devrais admettre la réalité, aussi répugnante soit-elle. Les Royer n'iraient pas inventer des horreurs pareilles. Respire, détache-toi de l'affaire. On se voit aux aurores, je t'apporterai des croissants et tu prendras ton petit déjeuner au lit.

L'allusion était claire. Nathan avait l'intention de renforcer sa position d'amant, avec la perspective de reprendre sa place dans le cœur d'Ambre.

— Non, ne viens pas, j'ai trop de sommeil en retard, et ce qui s'est passé ce matin ne se reproduira pas ! répliqua-t-elle en raccrochant.

La pluie avait cessé, mais des nappes de brouillard se répandaient entre les bâtiments de Girac. Nerveuse et irritée, Ambre marcha le long d'une allée goudronnée, dont le sol humide luisait sous la lumière des lampadaires.

— J'en ai assez, assez, marmonna-t-elle.

Soudain un homme lui barra le passage, la capuche de son sweat noir baissée au niveau des sourcils. Elle reconnut son regard très clair.

— Grégoire ? Vous êtes là !

— J'étais prêt à entrer aux urgences, quitte à me faire arrêter, avoua-t-il.

— Moi, j'attendais un appel de vous. Je dois vous parler, mais je travaille toute la nuit.

— Tant qu'il n'y a pas de sirène d'ambulance ou de pompiers, vous pouvez rester un peu dehors, suggéra-t-il.

— Oui, nous sommes trois médecins ce soir et il n'y a pas eu de nouvelles admissions. Si on ne s'éloigne pas d'ici, ça ira.

— Dites-moi vite comment va Emmie ? Est-ce qu'une date a été fixée pour l'opération ?

— On pourrait nous voir, venez par-là, à l'ombre du mur. Et cette fois, gardez votre sang-froid. Ce que je vais vous dire a de quoi vous mettre en rage. Grâce à leur avocat, vos beaux-parents vont pouvoir emmener Emmie dès demain. La justice considère qu'elle n'est pas en sécurité ici tant que la police ne vous a pas appréhendé. Ils ont prévu de la faire opérer dans un hôpital bordelais.

Grégoire Thomas secoua la tête en soupirant. Il eut pour Ambre un regard d'une poignante détresse.

— Ce sont de bons comédiens, lâcha-t-il. Ils dupent tout le monde, et je suis persuadé qu'ils ne feront pas opérer Emmie.

— Ils n'ont pas le choix, et le plus tôt sera le mieux, il y a un facteur de risque.

— Les Royer lui font mener une existence au ralenti. Pas de sport, pas de promenades à la campagne, aucun animal de compagnie. Véro, ma femme, a grandi ainsi, presque cloîtrée. Et surtout, ils refusent catégoriquement qu'Emmie reçoivent le moindre traitement médical. Ambre, je suis sincère, ces gens sont sous emprise. J'ignore qui les manipule et qui leur dicte une conduite aussi aberrante, mais j'en ai la conviction. Ceci dit, vous pouvez encore me taxer de drogué paranoïaque.

— Non, j'ai tendance à vous croire et j'espérais savoir enfin la vérité, du moins votre vérité. Mais il y a un souci, je devais vous tendre un piège si vous me contactiez, en vous donnant rendez-vous. La police aurait été là, bien sûr.

Bizarrement, cet aveu spontané eut le don de faire rire tout bas Grégoire Thomas.

— Ce n'est pas drôle ! s'indigna Ambre. Les Royer ont engagé une sorte de détective. Il a dû nous voir ensemble au Jardin Vert et il m'a dénoncée, par un coup de fil anonyme. J'ai dû tout raconter au commissaire.

— Je devine la suite : pour passer l'éponge, on vous a proposé de collaborer, en aidant à coincer le méchant de l'histoire.

— Vous m'avez évité ça en venant ici cette nuit. Mais si je n'étais pas sortie, qu'auriez-vous fait ?

— Je comptais attendre le moment où vous quitteriez votre service. Ce n'était pas seulement pour avoir des nouvelles de mon enfant, je tenais à vous présenter des excuses.

Touchée, Ambre dévisagea Grégoire en souriant. Son âme sensible et son intuition la poussaient à le juger innocent.

— Je ne vous trahirai pas, déclara-t-elle. Vous allez avoir besoin d'aide, car je ne vous ai pas dit le pire, vos beaux-parents vous accusent de faits très graves, des attouchements qui se seraient produits quand Emmie avait trois ans mais également pendant les quelques heures où elle était avec vous.

— Non, non, ce n'est pas possible, ils n'ont pas fait ça ! Je n'ai jamais touché ma fille, se défendit-il avec véhémence, les traits altérés par une poignante indignation. En fait, j'aurais dû m'y préparer. Je m'étonne même qu'ils n'aient pas brandi cette arme redoutable bien plus tôt. Moi, m'en prendre à mon petit ange et lui faire du mal ? Je préférerais mourir, comme j'en avais envie après le décès de Véro. J'ai souffert d'une grave dépression, avec des idées suicidaires. La guérison a été fastidieuse, d'autant plus que je m'étais accoutumé aux médicaments qu'un psychiatre m'avait prescrits. Ce sont là mes uniques problèmes de drogue. Moi qui étais paysagiste, j'avais laissé de côté mon métier. Je n'étais plus que l'ombre de moi-même. Les Royer ont profité de ma situation déplorable pour me priver d'Emmie, qui était pourtant devenue ma seule raison de vivre. Ils sont fortunés, ils avaient de solides appuis...

— Et vous ? Votre famille ne vous soutenait pas ?

— Non, j'étais seul. Mes parents se sont tués dans un accident de la route, quand j'avais quinze ans. Ma sœur aînée m'a pris sous sa tutelle, mais dix-huit mois après ma majorité, elle est partie vivre en Nouvelle-Calédonie avec son mari.

— Si vous aviez parlé de votre détresse à votre sœur, elle aurait pu vous conseiller.

— Je ne voulais pas la perturber, j'ai tenté de m'en sortir sans son aide. Comme vous le constatez, j'ai échoué. Ambre, je peux vous poser une question ?

— Oui.

— Vous m'écoutez et vous restez ici, près de moi, alors que l'on m'attribue un comportement pervers, le plus odieux qui soit, envers un enfant. Vous doutez ou vous n'y croyez pas ?

— Pour être sincère, je ne peux pas y croire. Et la pédiatre qui suit votre fille est de mon avis, ainsi qu'une psychologue d'expérience dans ce domaine.

— Pourquoi ?

— Déjà l'attitude d'Emmie. Quand je lui ai parlé ce soir, j'ai senti qu'elle souhaitait vous revoir. Mes consœurs ont eu à traiter des cas de maltraitances et de sévices sexuels sur les enfants. Selon elles, votre fille ne montre aucun des symptômes révélateurs ou significatifs.

Grégoire ôta sa capuche et passa ses mains dans ses épais cheveux bruns. Il leva ensuite son visage vers le ciel sombre.

— Par quel miracle êtes-vous là, Ambre, en train de discuter et même de me sourire ? Et si j'étais l'homme que dépeignent les Royer, que feriez-vous ?

— Je l'ignore, puisque vous ne l'êtes pas.

— Merci pour ces mots… Un oncle de Véro s'est suicidé, désespéré d'être lui aussi accusé d'inceste. Ma femme me l'a confié peu de temps après notre mariage. C'était Vincent, le frère de Firmin. Il avait eu le tort d'emmener Véro chez un médecin pour son asthme, s'opposant ainsi à la volonté des Royer. Elle avait onze ans et ce drame l'a profondément marquée.

— Mais qui l'accusait ?

— Madeleine et Firmin, sous le prétexte que Véro avait dormi chez lui, en l'absence de l'épouse de ce dernier. Comme le lendemain, de retour chez ses parents, elle s'était plainte de douleurs au ventre, ils ont porté plainte. Ce pauvre homme ne l'a pas supporté, il s'est pendu. J'en aurais tant à dire.

La sirène d'un camion de pompiers retentit dans la nuit. Tout de suite alarmée, Ambre regagna l'allée goudronnée qui la ramènerait à l'entrée des urgences.

— Attendez-moi, Grégoire, je termine vers 5 h 30. Où est votre voiture ?

— Je suis garé au bord d'un chemin, de l'autre côté de la route de Bordeaux. Retrouvons-nous devant l'église de Saint-Michel, c'est plus prudent qu'en ville.

— D'accord, je connais, ce n'est pas loin d'ici…

Les pompiers avaient conduit aux urgences un homme âgé, victime d'un AVC. Son fils les avait suivis en voiture. Ambre se consacra à son nouveau patient avec le dévouement qui la caractérisait. Cependant, en toile de fond du moindre de ses gestes et de chacune de ses paroles, s'inscrivait le séduisant visage de Grégoire Thomas, l'éclat limpide de ses yeux, son douloureux sourire. L'avoir revu lui conférait une énergie insolite et une exaltation indéfinissable.

« Je prends des risques insensés, tant pis, car il est innocent, j'en suis sûre », se dit-elle en se réfugiant cinq minutes dans le vestiaire.

Si elle avait pu se confier à une amie ou à sa mère, elle aurait reçu des avis affolés et des appels à la raison. Mais sa nature réservée, peu communicative, entravait ses relations familiales et professionnelles. Depuis des années, Ambre gérait sa vie en suivant ses propres principes, ce qui l'avait notamment poussée à quitter Nathan.

« Il me traitait en femme un peu fragile, il se mêlait de tout, jusqu'à vouloir changer ma façon de m'habiller », se souvint-elle.

Le combat intérieur qui l'agitait prit fin vingt minutes avant l'heure de son rendez-vous devant l'église de Saint-Michel, un édifice assez particulier, de forme octogonale, dont le clocher se dressait à l'écart. Dès sa nomination à Girac, Ambre avait passé ses jours de congé à visiter Angoulême et ses environs, si bien qu'elle connaissait parfaitement la cité et ses faubourgs.

— J'espère que Charles Favier n'est pas tapi quelque part, marmonna-t-elle une fois au volant de sa voiture.

Inquiète, elle observa les autres véhicules garés à proximité du parking réservé au corps médical. Si l'enquêteur la suivait et la dénonçait encore à la police, elle était perdue.

« Pourquoi je me conduis ainsi ? s'interrogea-t-elle. Je peux être radiée de l'ordre des médecins, me retrouver sans travail, ou même écoper d'une sévère amende assortie d'une peine de prison. Oui, je suis folle ! Tout le monde le considère comme un malade mental, un drogué. Il aurait dû se défendre bien avant… Pourquoi n'a-t-il rien fait ? »

Après avoir hésité longuement, Ambre finit par démarrer, en refusant de penser davantage aux conséquences de sa décision. Le cœur à vif, elle était persuadée d'agir pour le bonheur de la petite Emmie, dont la voix flûtée et l'air triste l'obsédaient.

5

Réminiscences

Commune de Saint-Michel, mardi 29 août

Un jour gris s'était levé sur les toits d'ocre de l'église de Saint-Michel. Ambre se gara près de l'édifice, en cherchant des yeux une autre voiture. Elle vit seulement la camionnette d'une entreprise d'électroménager, stationnée près du clocher. Un homme était assis au volant, coiffé d'une casquette. Son téléphone sonna au même instant. Un numéro inconnu s'afficha, mais elle décrocha aussitôt.

— C'est moi dans la camionnette, venez vite, fit la voix de Grégoire.

Surprise, Ambre s'empressa de le rejoindre. Il démarra dès qu'elle prit place sur la banquette avant, à ses côtés.

— J'aurais dû vous avertir du subterfuge, je suis désolé. Vous avez l'air désemparée.

Il portait une combinaison de travail grise, au col rouge, où figurait sur la poitrine le sigle de l'entreprise.

— Le véhicule, votre tenue, cela fait partie de vos ruses pour ne pas être reconnu ?

— Oui, j'use de ce stratagème depuis plus de six mois. Il m'a permis d'apercevoir Emmie dans la rue d'Iéna et à la sortie de son école. J'avais besoin de m'assurer qu'elle allait bien, qu'on la laissait fréquenter d'autres enfants de son âge.

— Où m'emmenez-vous ?

— Déjà, je vérifie qu'on n'est pas suivis. Je ne vous ai pas demandé tout à l'heure, mais le détective dont vous parliez est Charles Favier, n'est-ce pas ?

— C'est ça. Vous le connaissez ?

— C'est un vieil ami de mon beau-père, mais également un ancien flic, révoqué pour une faute professionnelle. Je n'ai jamais su laquelle. Rien d'étonnant s'il m'a facilement identifié samedi matin. Et à mon avis, il n'exerce pas dans la légalité !

— Et vous, Grégoire, pourquoi agissez-vous en coupable ? J'admets que la justice commet des erreurs et que des innocents en sont victimes, mais je ne vous comprends pas. Si vous avez des preuves contre vos beaux-parents, revendiquez vos droits avec l'aide un bon avocat. C'est un problème d'argent ?

— Pas vraiment, je pourrais bénéficier de l'aide juridictionnelle si mon dossier n'était pas aussi lourd, à cause des mensonges des Royer et de leurs faux documents. Et les dernières accusations qu'ils ont lancées ne vont rien arranger.

— Mais il faut vous battre quand même, insista Ambre. Je vous crois, et je suis sûre que d'autres personnes vous soutiendront. Des pères dans votre situation ont mené des actions fortes, relayées par les médias.

Il ne répondit pas tout de suite, concentré sur l'itinéraire qu'il empruntait.

— Je ne peux rien faire pour l'instant, hormis vous raconter comment et pourquoi j'en suis arrivé là, dit-il enfin. Si vous pouviez vous assurer que ma fille sera opérée, ce serait déjà beaucoup.

Après avoir traversé l'agglomération de La Couronne, il roulait à présent sur une route de campagne.

— Où m'emmenez-vous ? Je vous rappelle qu'Emmie doit sortir de l'hôpital à 11 heures. Je lui ai promis de lui dire au revoir.

— Nous allons dans la vallée des Eaux-Claires.

— Vous y habitez ? Je l'ai visitée l'été dernier, c'est très joli. Je me suis même inscrite à un cours d'escalade.

En prononçant ces mots, Ambre eut l'impression d'avoir renoncé depuis des mois à se distraire. Elle alternait ses gardes de nuit avec des heures de sommeil, sans s'offrir de sorties en plein air.

— J'étais encore en couple à l'époque, avoua-t-elle tout bas.

— Avec l'inspecteur de police ?

— Oui ! S'il me savait en votre compagnie, il serait furieux. Je fais le contraire de ce qu'il m'a recommandé. D'après lui, vous êtes dangereux, d'une violence incontrôlable et sans grande moralité.

— Le portrait établi par les Royer ! Si c'était le cas, je vous prendrais en otage et j'exigerais qu'on me rende Emmie en échange.

Ils longeaient une chaussée étroite, mal goudronnée. Un frisson d'appréhension parcourut le dos de la jeune femme. Elle jeta un regard anxieux sur le profil de Grégoire Thomas.

— Vous ne seriez pas assez stupide pour envisager une chose pareille ? Je vous ai fait confiance, mais je n'ai pas aimé le ton sur lequel vous venez de dire ça. Ramenez-moi à Saint-Michel, vous entendez ? Au fond, vous ne m'avez toujours rien expliqué de cohérent ni de précis !

— De quoi avez-vous aussi peur, Ambre ? s'étonna-t-il sans s'arrêter. Nous sommes presque arrivés.

— Je n'en sais rien, mais je suis folle de vous suivre !

— Je vous promets que je ne vous ferai aucun mal… Calmez-vous.

En dépit de sa bonne volonté, la jeune femme fut incapable de refouler ses craintes. Elle devina entre les arbres une maison basse, aux volets fermés, sûrement une fermette rénovée, car une grange jouxtait le bâtiment. Grégoire se gara à l'intérieur, coupa le moteur, puis il descendit vivement pour refermer la double porte en bois grisâtre, qu'il bloqua d'une barre en fer.

Un lointain traumatisme enfoui dans l'inconscient d'Ambre refit surface. Elle poussa un petit cri effrayé et se mit à pleurer convulsivement.

Commissariat d'Angoulême, même jour, une heure plus tard

En charge de l'enquête sur Grégoire Thomas, Nathan devait tenir son supérieur informé du moindre élément. Il suivit donc le commissaire, dès que celui-ci entra dans son bureau.

— Vous êtes aussi matinal que moi, Delors, nota-t-il. Auriez-vous du nouveau à propos du docteur Chasselin ?

— Rien, à part un coup de fil hier soir, où elle m'a exprimé son indignation à cause des allégations de l'avocat des Royer.

— Des allégations difficiles à contester, et je compte sur vous pour vite coffrer ce type.

— Difficile à prouver également, rétorqua Nathan. N'oublions pas que ce genre d'accusations est fréquent dans les litiges entre conjoints, afin de précipiter un divorce ou priver l'un des parents de la garde alternée.

— Peut-être mais, en cas de doute, il faut protéger l'enfant. J'ai tranché en ce sens, Emmie sera plus en sécurité chez ses grands-parents qui l'élèvent depuis bientôt cinq ans.

— Je suis d'accord avec vous, commissaire, cependant si les Royer mentaient, comme quand ils ont déclaré que leur gendre était mort ? hasarda Nathan. Et s'il y avait eu maltraitance, voire pire, de la part du père, pourquoi ne l'ont-ils pas versé au dossier après le décès de leur fille Véronique ? C'était une méthode radicale. Mais non, leur avocat sort ça de sa manche juste après l'enlèvement de la fillette, et surtout au moment précis où on les empêche de la récupérer. Personnellement, ça me tracasse. Je préférais vous le dire.

— Le plus habilité à démêler ce nœud de vipères, c'est Thomas, trancha le commissaire. Durant cinq ans, il a joué l'homme invisible. Puisqu'il s'est décidé à agir, nous devons avoir son témoignage au plus vite. J'espère que Mlle Chasselin se montrera à la hauteur s'il la contacte. Entre nous, vous étiez ensemble, n'est-ce pas ?

— Vous le savez très bien, je ne m'en suis pas caché. Lorsque vous avez succédé à Paul Jacquet, nous étions encore en couple, Ambre et moi. Mais rien n'est vraiment fini.

— Tant mieux pour vous. Revenons à notre affaire, Delors.

— Accordez-moi une minute, je viens de recevoir le message d'un collègue, aussi matinal que nous.

— De quoi s'agit-il ?

— Je voulais des renseignements sur l'enquêteur privé engagé par les Royer. C'est intéressant, il n'est pas en règle et par conséquent il n'avait aucun droit d'importuner Ambre à son domicile.

— Son nom ?

— Charles Favier, commissaire, il a été dans la police du côté de Poitiers, mais révoqué pour une bavure. Je le convoque sans tarder. Il aura peut-être des choses à nous dire.

Vallée des Eaux-Claires, même jour, même heure

De la grange plongée dans l'ombre, une porte donnait sur l'intérieur de la maison. Ambre et Grégoire étaient installés dans une cuisine au décor de style rustique, mais dont le mobilier et l'équipement paraissaient assez récents.

— Je vous fais du café ? Vous êtes ma première invitée ici.

— D'accord, je veux bien, mais léger. Je suis suffisamment nerveuse.

Ambre venait d'être victime d'une crise d'angoisse dont elle se remettait doucement. Des souvenirs qu'elle avait préféré occulter étaient remontés à la surface lorsque Grégoire les avait enfermés dans la grange. Il lui avait semblé sombrer dans un abîme de désespoir où toute sa vie volerait en éclats et elle avait perdu tout contrôle sur elle-même, allant jusqu'à frapper le jeune homme. D'abord paniqué, celui-ci était finalement parvenu à la raisonner en prenant le temps de la rassurer et elle avait accepté de le suivre dans la maison.

Tout en préparant le café, Grégoire lançait des coups d'œil attristés à Ambre. Il avait réussi à la calmer en racontant l'essentiel de son histoire, avec un débit très rapide. La jeune femme l'avait écouté en pleurant, mais elle l'avait écouté.

— Est-ce que vous me permettez de relater votre version des choses à l'inspecteur Delors ? demanda Ambre, de nouveau maîtresse d'elle-même. Je le connais bien, il sera capable de mieux analyser votre situation et peut-être en mesure de vous aider.

— Ambre, vous deviez contribuer à mon arrestation si je vous contactais. Comment allez-vous faire ? Je refuse de vous attirer à nouveau des ennuis. Cette fois, ce sera beaucoup plus grave.

— Je trouverai un moyen.

Elle étudia plus attentivement le cadre qui les entourait, en imaginant une petite fille dans cette pièce aux volets clos, éclairée par une lampe à pétrole.

— C'est étrange, votre fille n'a pas voulu me dire où vous l'aviez emmenée. Pourtant je suis sûre qu'elle s'en souvenait. Elle a parlé à Nathan d'un endroit où il faisait très noir, là où sa crise d'asthme s'est déclenchée.

— Ce n'est pas loin, marmonna-t-il. Je regrette amèrement d'avoir conduit Emmie là-bas, mais je n'ai pas eu le choix, je devais brouiller les pistes. Je procède toujours de la même manière, en claquemurant la grange où sont ma voiture et la camionnette. Cette maison doit paraître inhabitée, aussi dès que j'entends des bruits de moteur sur le chemin, je m'éclipse.

— Qui est le propriétaire ? interrogea Ambre.

— Un de mes seuls amis d'enfance. Il s'est exilé aux États-Unis il y a une dizaine d'années et il m'avait confié ses clefs. C'était lui aussi qui gérait la petite entreprise de dépannage d'électroménager. Nous venions souvent là le week-end, lorsque Véro était enceinte.

— Alors, vos beaux-parents connaissent l'endroit ?

— Non, nous ne leur en avons jamais parlé. C'était notre refuge, un endroit où ils ne pouvaient pas nous surveiller. J'ai vécu ici les meilleurs moments de mon existence.

Grégoire servit une tasse de café à Ambre, ainsi qu'un verre d'eau. Elle le dévisagea, partagée entre la gêne et une douce émotion.

— J'ignore si je fais une si bonne alliée, soupira-t-elle. Je me félicitais d'avoir du sang-froid et de savoir me contrôler, j'avais tout faux.

Il eut un grand sourire chaleureux, qui le rendit soudain très séduisant.

— Vous êtes un peu une tête brûlée, comme disait mon père. On me taxe des plus ignobles travers, pourtant vous n'avez pas hésité à me suivre, et plus important pour moi, à me croire. Vous êtes très courageuse, Ambre.

— Sincèrement, j'ai eu des doutes, mais je me suis fiée à mon intuition. Ainsi, je suis certaine que vous vous êtes cachés dans une cave avec Emmie.

— Pas tout à fait. La prochaine fois que vous viendrez, je vous emmènerai.

— Je ne pourrai pas revenir, ce serait trop risqué pour vous si on me suivait, la police ou même ce détective. Et ceux qui vous traquaient, l'autre nuit, ont-ils découvert cette maison ?

— Rassurez-vous, je les ai semés en empruntant une petite route. Je concentre toute mon énergie retrouvée à leur échapper. J'ai été au plus bas durant des mois après la mort de Véro. Je ne veux plus être cet homme faible, abattu, plus jamais. Le chemin sera long, mais un jour Emmie sera fière de son père et je lui prouverai à quel point je l'aime, vous verrez.

— J'espère le voir, en effet, répondit Ambre, fascinée par le regard clair de Grégoire.

Hôpital de Girac, même jour, deux heures plus tard

De retour à l'hôpital, Ambre s'était rendue directement en pédiatrie, après être passée à son domicile pour se changer. Les cheveux dénoués, en tailleur de lin vert clair, elle éprouvait la sensation singulière d'être différente de la veille.

— Vous revoilà, docteur Chasselin ? s'étonna gentiment une infirmière en la croisant dans le couloir.

— Je voulais dire au revoir à Emmie.

— Ah oui, sa sortie est prévue vers 11 h 30. Sa grand-mère est déjà là.

Le renseignement tombait à point, permettant à Ambre de se préparer. Elle s'estimait chargée d'une mission presque sacrée et ne devait commettre aucune erreur en présence de Madeleine Royer. Auparavant, elle se mit en quête de Sophie, la pédiatre qui s'occupait de l'enfant.

— Ambre, j'étais sûre de vous revoir avant midi, lui dit celle-ci en souriant. J'ai presque fini mes visites.

— Je suis revenue sur un coup de tête, pour Emmie.

— Vous vous êtes vite attachée à cette petite, nota sa consœur. Elle me touche beaucoup moi aussi. Ce n'est pas juste à cause de ses problèmes de santé, mais elle paraît tellement triste. On la dirait résignée à son sort, un peu éteinte aussi.

— Pourtant je pense qu'elle a du caractère sous son allure fragile. Elle n'a pas eu de nouvelle crise d'asthme ?

— Ce serait surprenant, avec le traitement en cours. J'aurais vraiment préféré la garder ici quelques jours supplémentaires.

— Et vous ne pouvez pas trouver un moyen ?

— Non, hélas. J'ai demandé à sa grand-mère qu'elle nous donne le nom de l'hôpital bordelais où aura lieu l'opération d'Emmie. Elle a promis de me le faire savoir.

— Très bien… Sophie, je souhaite rendre visite à Emmie avant son départ, pourriez-vous m'accompagner ? Sinon je crains d'être repoussée par Mme Royer. Elle ne m'apprécie pas.

— Bien sûr, allons-y, mais il faut ménager cette fillette. Si sa grand-mère s'oppose à votre présence, n'insistez pas. Tant que le père est suspect, la vigilance de ces gens se justifie. Dans ce genre d'affaire, la vérité s'avère difficile à établir.

Ambre approuva d'un signe de tête, secrètement révoltée par les manigances tissées autour de Grégoire Thomas afin de le détruire.

— Re-bonjour, Emmie. Bonjour madame, dit la pédiatre en entrant dans la chambre et en saluant Madeleine Royer. Je suis avec le docteur Chasselin.

— Est-ce utile ? Ce ne sont pourtant pas les urgences, à cet étage, fit remarquer l'irascible grand-mère.

— Je venais juste dire au revoir à Emmie, précisa Ambre.

Le fin visage de la fillette s'éclaira d'un doux sourire et ses yeux exprimèrent une timide joie. Sa ressemblance avec son père en fut d'autant plus frappante.

— Je t'attendais, chuchota-t-elle.

— Emmie, tu oublies les bonnes manières ? On ne tutoie pas les grandes personnes, la reprit Madeleine Royer.

— Ce n'est pas grave du tout, madame, loin de là, beaucoup d'enfants me tutoient d'emblée dans mon service. Cela les aide à moins craindre les piqûres et les perfusions.

La femme se raidit d'un mouvement involontaire. Les lèvres pincées par la réprobation, elle lissa d'un geste nerveux ses cheveux d'un châtain terne, parsemé de mèches grises. Ambre capta le regard anxieux d'Emmie à sa grand-mère.

— Au revoir, tu vas être bien soignée, murmura-t-elle. Et puis tu vas retrouver ta poupée.

— Oui, mais mamie ne veut pas que j'emporte ton cadeau, le joli cheval.

— Mon mari et moi nous n'achetons aucun jouet en plastique à notre petite-fille. Elle peut s'amuser avec ceux en bois qui appartenaient à sa mère, décréta Madeleine Royer. Ne fais pas de caprice, Emmie.

La pédiatre évita d'intervenir. D'une mimique, elle indiqua à Ambre qu'elles feraient mieux toutes les deux de quitter la chambre.

— Au revoir, Emmie, dirent-elles en chœur, avant de fermer la porte.

Comme elles s'éloignèrent aussitôt le long du couloir, ni l'une ni l'autre n'entendit les sanglots étouffés de l'enfant.

— Cette femme est la méchanceté incarnée, dit Ambre.

— N'exagérez pas, elle est de la vieille école, et parfois la sévérité a ses bons côtés. J'essaie moi aussi d'imposer des règles à mes fils, expliqua la pédiatre.

— Mais Emmie aurait besoin de tendresse et de gaîté ! Les Royer l'élèvent de la même manière que leur fille.

— Comment le savez-vous ? s'enquit Sophie d'un ton curieux.

Prise au piège, Ambre différa sa réponse, le temps de trouver une justification.

— Firmin Royer y a fait allusion, quand je suis allée chez eux pour prendre la poupée. En l'écoutant, j'ai deviné que ces gens avaient des principes très stricts en matière d'éducation. Bien, je m'en vais vite, je ne peux pas me priver de mes heures de sommeil. Et merci de m'avoir escortée, Sophie…

La pédiatre suivit Ambre des yeux, jusqu'à l'instant où elle entra dans l'ascenseur. Leur brève conversation lui laissait une impression un peu désagréable, à l'instar d'une fausse note dans un morceau de musique.

Place Turenne, chez Ambre, même jour,
quatre heures plus tard

Ambre n'avait pas réussi à s'endormir, obsédée par les révélations de Grégoire. Elle guettait l'arrivée de Nathan, à qui elle avait demandé de venir. Lorsque la mélodie de l'interphone résonna, elle prit une profonde inspiration, afin de vaincre son stress.

« Je n'avais jamais autant menti de ma vie », se dit-elle en actionnant l'ouverture automatique de la porte principale.

Le policier se présenta armé d'un bouquet de roses rouges. À peine entré, il voulut l'embrasser sur la bouche.

— Non, arrête, s'il te plaît, je dois te parler, protesta Ambre en reculant prestement.

— J'avais envie de t'offrir des fleurs, ça ne t'engage à rien, plaida-t-il en souriant.

— Nathan, je t'en prie, il faut m'écouter. Viens t'asseoir, j'ai fait du thé, mais si tu préfères une bière, j'en ai aussi.

— Pas à cette heure-ci. Mets quand même les roses dans l'eau, ma...

Il retint in extremis le mot « chérie », qui venait spontanément sur ses lèvres. Ambre s'empara du bouquet d'un air agacé.

— C'est au sujet de Grégoire Thomas, annonça-t-elle.

— Quoi ? Pourquoi tu ne m'as rien dit au téléphone ? Tu as un rendez-vous avec lui ?

— Non, je n'ai rien pu faire, il n'a plus confiance en moi. Mais il m'a raconté la vérité sur le décès de Véronique Royer et sur ses beaux-parents. Il m'a priée de transmettre toute son histoire à la police, dans l'espoir que cela oriente différemment l'enquête.

— Je rectifie, Ambre : ce type t'a débité sa vérité à lui ! s'insurgea Nathan. Je parie qu'il a essayé de t'apitoyer, en demeurant prudemment à l'écart. Tu devais obtenir une rencontre, c'était convenu avec le commissaire. Mais une minute, tu as au moins son numéro dans ton historique d'appel. On a l'accord du juge pour le localiser donc tout n'est pas perdu.

En apparence très calme, la jeune femme sirota sa tasse de thé au lait.

— Il avait pris ses précautions. Il m'a appelée d'un numéro masqué, et de toute façon il m'a précisé tout de suite qu'il détruirait le téléphone après son appel. Pour le rendez-vous, j'ai beaucoup insisté, mais sans résultat. S'il m'a contactée, c'est dans le but de me révéler l'enfer qu'il a vécu après la mort de sa femme, qu'il adorait.

— À quelle heure t'a-t-il appelée ?

— Ce matin, lorsque je suis rentrée de l'hôpital, vers 11 heures. Il m'a parlé longtemps.

Le cœur d'Ambre cognait fort dans sa poitrine devant la mine suspicieuse de Nathan. Il restait debout, les mains dans les poches de son blouson en cuir.

— Et tu m'avertis en début d'après-midi ? enragea-t-il. Tu aurais dû m'envoyer immédiatement un message.

— Je dois dormir quand je suis de garde la nuit. Au lieu de vociférer, tu devrais m'écouter et même m'enregistrer pour n'oublier aucun détail. D'après ce que j'ai appris, c'est Grégoire Thomas la victime, pas les Royer. Maintenant, ce couple me fait horreur et je suis très inquiète pour Emmie.

— D'accord, vas-y, j'ai hâte de démêler le vrai du faux.

— Inutile de me parler sur ce ton, Nathan !

Revigorée par la colère, Ambre le toisa d'un air de défi. Le policier le constata et en fut troublé.

— Ne te fâche pas, je suis déçu et ça me rend maussade, expliqua-t-il d'un ton radouci. Tu n'es pas la seule en cause, j'ai convoqué Charles Favier, l'enquêteur, car il agissait sans agrément. Mais c'est un type rusé, je n'ai rien pu en tirer. Il s'en est tenu aux faits, en niant être l'auteur de l'appel anonyme. Selon lui, il t'a surveillée par amitié pour Firmin Royer, et il ne t'aurait jamais vue en compagnie de mon suspect. Il s'est engagé à ne plus t'approcher et à se mettre en règle au plus vite.

— C'est déjà bien, concéda-t-elle.

— J'espérais en tirer davantage. L'enquête piétine et le commissaire me met la pression à cause du procureur qui exige la résolution de l'affaire. J'ai intérêt à découvrir très vite où se planque Thomas. Je comptais un peu trop sur toi, mais en effet ce n'est pas ta faute s'il a refusé de te rencontrer.

Gênée, Ambre se servit une autre tasse de thé. Nathan se décida à prendre une bière dans le réfrigérateur.

— Alors, vas-y, je t'écoute, lança-t-il sans conviction.

— Véronique et lui se sont rencontrés par hasard, lors d'une soirée chez un ami qu'ils avaient en commun. C'était ici, à Angoulême, dans un appartement rue de l'Évêché. Ils ont été tout de suite attirés l'un par l'autre, mais Véronique était plus jeune que lui et, en règle générale, elle n'avait pas le droit de sortir.

— Une seconde, elle était majeure à l'époque? demanda Nathan.

— Elle venait d'avoir vingt ans et Grégoire était son aîné de trois ans. Mais les Royer boycottaient la majorité à l'âge de dix-huit ans, il était hors de question qu'elle fréquente un garçon. Par conséquent, elle désobéissait pour le revoir, elle a été jusqu'à fuguer trois fois en six mois. Quand ses parents se sont aperçus qu'elle était enceinte, ils ont accepté le mariage. Mais à une condition: Véronique et Grégoire devaient s'installer rue d'Iéna, chez eux. Et cela s'est mal passé.

— Ce n'est pas surprenant. Bien des couples n'ont pas résisté à ce genre de cohabitation.

— Là, les circonstances étaient vraiment spéciales. Véronique n'osait jamais s'opposer à ses parents et, comme elle était de santé très fragile, la grossesse l'épuisait. Sa mère en a profité pour la clouer au lit, en calomniant Grégoire au quotidien et en le harcelant de critiques et de reproches dès qu'il se trouvait à la maison. Firmin Royer a ensuite raconté à sa fille que son jeune mari la trompait et qu'il en avait des preuves. Véronique refusait d'y croire mais, petit à petit, ses parents sont parvenus à ébranler sa confiance. Grégoire, écœuré, a décidé de déménager le plus vite possible. Il travaillait tard dans ce but, ce qui n'a rien arrangé.

— Stop, je t'arrête, Ambre, ce pourrait être l'histoire de n'importe quels jeunes un peu irresponsables, prêts à avoir un bébé. La famille s'en mêle et cause des dégâts, ça, je valide. Les Royer devaient détester leur gendre et ils tentaient de protéger leur fille.

— Si tu m'interromps sans cesse, on n'en finira pas.

— Tout ce mélo, Thomas nous le déballera lui-même quand il sera coffré. Je me fais déjà une idée du loser qui réclame justice après avoir viré du mauvais côté. Comment savoir la vérité ? Peut-être qu'il trompait vraiment sa femme parce qu'il se sentait étouffé par ce mariage précipité...

Ambre fut tentée de renoncer. Elle avait conscience qu'en remontant aux sources du problème, elle desservait Grégoire.

— Très bien, je résume, déclara-t-elle. Tu seras peut-être plus intéressé par la suite. Les Royer seraient sous l'emprise de personnages dangereux, qui leur ont inculqué une doctrine aberrante, et cela date de l'enfance de Véronique. Leur fille ne s'est pas suicidée en se tailladant les veines ni en faisant une overdose, soi-disant par la faute de Grégoire. Son cœur a lâché un jour où elle se querellait violemment avec ses parents. Elle n'avait jamais été opérée pour sa cardiopathie, ni même soignée pour son asthme, à part avec des inhalations de plantes. Ils feront pareils pour Emmie. Tout est faux, le carnet de santé de la fillette, les traitements qu'ils prétendent lui donner. Les accusations d'attouchement ne sont qu'un solide argument pour faire de leur ancien gendre un criminel.

Cette fois, Nathan l'avait écoutée attentivement. Il paraissait même aux aguets, les traits tendus, à l'image d'un chasseur ayant débusqué un gibier inespéré.

— Ces gens seraient manipulés par une secte ? hasarda-t-il. Ceci dit, ils sont fortunés et, moyennant finance, ils peuvent en effet falsifier des documents ou détourner la loi.

— Grégoire Thomas n'a pas parlé d'une secte, mais c'est une possibilité. Il a avoué avoir fait une grave dépression après le décès de Véronique. On l'a même hospitalisé en psychiatrie et il a perdu son travail. Les Royer en ont profité pour le séparer d'Emmie. Sans emploi, sans un sou, assommé par des médicaments, il n'a pas pu lutter contre eux. Mais il a su remonter la pente, avec la volonté de reprendre sa fille un jour. Parfois, il la voyait devant l'école ou dans la rue. Récemment, il a perdu patience et il l'a enlevée afin de renouer le contact.

— C'est déjà mieux, concéda Nathan. Mais on peut se demander ce qu'il a fait ces trois dernières années. Pourquoi n'a-t-il pas pris un avocat, contacté une association de pères privés de leur enfant... ? Tiens, une grève de la faim, ça aussi, ça attire l'attention !

Songeur, il termina de boire sa bière en déambulant dans le salon. Ambre le vit considérer son téléphone pensivement.

— Il est menacé depuis qu'il a écrit aux Royer il y a trois mois, affirma-t-elle. Nathan, j'ai senti qu'il était sincère à sa voix, à ses intonations.

— Menacé par qui ? De quelle manière ? Et pourquoi il t'a raconté ça, à toi seule ? Non, ça ne tient pas debout. Un homme digne de ce nom aurait fait valoir ses droits au grand jour. Ce type est détraqué, mais assez intelligent pour t'avoir jugée d'une empathie extrême et prompte à la compassion. Il joue sur ta corde sensible en mettant en avant son amour pour sa fille.

Découragée, Ambre se contenta de hausser les épaules. Elle connaissait suffisamment Nathan pour deviner qu'il cédait à un début de jalousie. Elle se leva du canapé pour débarrasser la table basse. Tout de suite, il la saisit par la taille et chercha à l'embrasser.

— Hier, j'ai eu tort de coucher avec toi, dit-elle en se libérant de son étreinte. Je t'ai donné de faux espoirs et j'en suis désolée. Je t'ai dit que ça ne se reproduirait plus ! Tu ne me comprendras jamais, alors inutile de recommencer une relation vouée à l'échec.

— D'accord, on a refait l'amour et ça ne signifie rien pour toi, ironisa-t-il. Très bien, je te fiche la paix. On en revient au point de départ, je dois coincer Grégoire Thomas, innocent ou coupable.

— Tu ne tiens pas compte de ce qu'il m'a dit ? Nathan, réagis en inspecteur de police, pas en ex possessif et frustré. Privilégie la petite Emmie. Ses grands-parents ont menti sur plusieurs points...

— Ou bien c'est leur gendre qui affabule. Mais je vais faire de nouvelles recherches par conscience professionnelle. Tu peux jeter les roses, ou les offrir à une de tes collègues des urgences. À quoi bon garder les fleurs d'un ex ? Salut...

Nathan sortit en claquant la porte. Désemparée, Ambre alla s'allonger sur son lit.

— Je ne sais plus où j'en suis, se dit-elle tout bas. Je n'ai même pas pu tout raconter. C'était devenu confus, j'avais peur aussi de me trahir. Et maintenant je dois dormir, sinon je ne serai pas performante ce soir. Un médecin ne peut pas se permettre d'être épuisé ni distrait.

Elle ferma les yeux, après avoir programmé l'alarme de son téléphone. Mais perturbée par de douloureuses réminiscences, le sommeil la fuyait encore.

— Je ne veux pas me souvenir, non, pitié !

Malgré sa prière, Ambre fut ramenée dix ans plus tôt, à l'époque de sa jeune existence où elle avait la conviction d'être sur le seuil d'un immense bonheur.

— J'allais épouser Pierre et il s'est tué. On m'a interdit de voir son corps, son cher corps d'homme amoureux. J'ai cru devenir folle de chagrin. J'ai refusé d'assister à son enterrement.

Haletante, le visage ruisselant de larmes, Ambre se revit enfermée dans sa chambre d'adolescente, les volets clos, avide d'obscurité et de silence.

— Mes parents et mon frère étaient partis aux obsèques, j'ai pu hurler, me griffer les joues, me cogner le front contre les murs... Mais aussi me meurtrir le ventre pour perdre notre enfant. J'ai réussi, je me suis mise à saigner et, en me réveillant à l'hôpital, le verdict est tombé. C'était comme si Pierre mourait une seconde fois, par ma faute.

Ambre sanglota de plus belle. La sonnerie de son téléphone la tira de son désespoir. C'était Grégoire.

— Je ne vous dérange pas, Ambre ?

— Pas du tout, je suis seule.

— Avez-vous pu voir Emmie ?

— Deux minutes à peine, Mme Royer était dans la chambre et ma présence l'insupportait. Quant à votre histoire, elle n'a pas convaincu l'inspecteur Delors. Il continue à vous prendre pour un malade mental. Oh, pardonnez-moi, je ne vais pas bien.

— Je l'entends à votre voix... Vous pleuriez ?

— Oui, sur mon passé. Je n'ai envie de rien tellement je suis lasse et contrariée. Ni de travailler ce soir et une partie de la nuit, ni d'imaginer Emmie entre Madeleine et Firmin Royer.

Elle l'entendit respirer plus vite, comme s'il était excédé ou souffrant.

— Je suis navrée, Grégoire, mais en voulant vous aider, j'ai l'impression d'avoir aggravé les choses. J'ai été maladroite en relatant vos explications. Enfin, je me trompe peut-être, puisque Nathan va faire de nouvelles recherches, sûrement sur vos beaux-parents. Je vous le dis en confidence, j'ai mis des années à me reconstruire après une tragédie personnelle. Mes études de médecine ont été une bouée de sauvetage, et peu à peu je me suis sentie forte, efficace. Sauver des blessés graves me valorisait, réconforter des enfants malades aussi, mais aujourd'hui mon armure s'est comme disloquée.

— J'en suis responsable, n'ayez pas peur de me le dire ! J'ai bouleversé votre vie avec mes problèmes. Ambre, oubliez-moi, je vous serai toujours reconnaissant de m'avoir accordé votre confiance et votre compassion. Je m'en voudrais trop si vous avez de graves ennuis par ma faute.

— Et Emmie ? Vous ne devez pas l'abandonner, elle a besoin de vous, de son papa. Si les Royer diffèrent sans cesse l'opération du cœur qui lui est nécessaire, elle sera de plus en plus fragile. Je vous parle sincèrement, le mieux serait de vous rendre à la police et de vous faire entendre, de leur permettre de réduire à néant les fausses preuves accumulées contre vous.

Il y eut un temps de silence, pendant lequel chacun ressassa ses idées noires. Ambre s'affolait d'avoir une telle envie de revoir Grégoire, qui lui, de son côté, réfléchissait à sa suggestion.

— J'aurais sans doute eu une faible chance de convaincre un avocat ou un juge avant les accusations sordides proférées par mes beaux-parents. Maintenant, j'irai droit en prison en attente d'un procès durant des mois. Ambre, je ne serai pas à l'abri une fois incarcéré. Ne vous inquiétez plus pour moi, je vous en prie. Je vais trouver une solution. Je vous dis au revoir, ou adieu…

— Non, ne raccrochez pas ! s'écria-t-elle. Et si vous rédigiez un texte, une sorte de lettre ouverte que vous enverriez à la presse, que vous publieriez sur les réseaux sociaux ? Il faudrait un récit simple et émouvant, structuré, ce que je n'ai pas su faire de vive voix. J'aurais été plus performante par écrit.

— Dans ce cas, nous pourrions y travailler ensemble… Vous accepteriez, Ambre ? Ce serait prendre encore de gros risques.

— Tant pis, parfois il faut vivre dangereusement ! répondit-elle d'un ton exalté. J'ai mémorisé l'itinéraire de ce matin, je saurai retrouver le chemin. Je reviendrai demain.

6

Les silences du passé

Place Turenne, chez Ambre, même jour, mardi 29 août

Ambre avait réussi à s'endormir, apaisée par la perspective de revoir Grégoire. Elle refusait d'analyser les sentiments qui agitaient son âme et son cœur, certaine d'agir uniquement pour le bien d'Emmie. La sonnette de l'interphone la réveilla avant l'alarme qu'elle avait programmée.

— Qui est-ce ? s'inquiéta-t-elle en quittant son lit à regret.

La voix de Nathan retentit dans l'appareil qu'elle avait décroché.

— Ouvre-moi, il me manque des éléments.

Deux minutes plus tard, Ambre le faisait entrer, sans même lui accorder un regard.

— Tu as une sale mine, déclara le policier.

— Je sais, je dois être échevelée, le teint brouillé et les yeux cernés. Je serai plus présentable après avoir pris une douche. Alors, qu'est-ce que tu veux savoir ?

— J'ai eu droit aux déboires de Thomas après son mariage, mais il ne t'a pas parlé de la naissance d'Emmie. Véronique et lui sont restés ensemble jusqu'aux trois ans de leur fille… Ils vivaient toujours chez les Royer ou ils avaient déménagé ?

Troublée par la question, Ambre s'aperçut que Grégoire n'avait guère évoqué cette période. Il lui avait juste confié que sa femme et lui se réfugiaient les week-ends dans la maison où il se cachait actuellement.

— Non, il n'a rien dit. J'admets que c'est bizarre.

— J'ai l'aval du commissaire pour interroger les Royer, sans faire état de ce que Thomas t'a raconté. S'ils s'empêtrent dans leurs explications, ça démontrera qu'ils ne sont pas blancs comme neige.

— C'est pourtant évident. Selon ses parents, Véronique se serait suicidée, le rapport d'autopsie évoque une overdose, mais Grégoire dit que son cœur a lâché. Tu devrais te pencher sur cette énigme en priorité. S'ils peuvent s'acheter des complicités dans le milieu médical, ils ont aussi pu rémunérer largement leur avocat, maître Bonneau, afin de salir la réputation d'un innocent.

— C'est une éventualité, mais là encore il faudrait des preuves. Pardonne-moi, Ambre ! Je n'ai pas été assez objectif tout à l'heure, comme si je voulais te faire payer ton attitude. Ce n'est pas professionnel du tout. Maintenant j'ai les idées claires et je vais agir en conséquence.

— Ton commissaire est au courant pour mon échec ?

— Oui, je lui ai téléphoné, il était en rendez-vous avec le procureur. Il pense que Thomas finira par céder, car, dans sa situation, tu représentes une médiatrice s'il veut des nouvelles de sa fille. Je te laisse prendre ta douche, sinon tu seras en retard à l'hôpital.

— Tu me tiendras au courant, au sujet des Royer ?

— Je ne pourrais pas, même si tu étais très gentille avec moi ! Ne fais pas ces yeux farouches, je blaguais.

Nathan eut un sourire moqueur, où transparaissait une pointe de tendresse. Ambre fut soulagée de le retrouver sous les traits de l'ami fidèle qu'il avait été depuis leur rupture.

— Je te demande pardon, moi aussi, de t'avoir donné de faux espoirs hier matin, murmura-t-elle.

— Tant pis, j'en garde un merveilleux souvenir. Et puis tu peux encore changer d'avis.

Au fond de son cœur de femme, Ambre savait qu'il n'en serait rien. Contre sa volonté, en dépit de tout, un autre homme hantait désormais ses pensées et elle n'avait qu'une hâte, le revoir et subir le charme étrange de ses yeux si clairs.

Après sa douche, Ambre mit un pantalon en toile beige et une tunique blanche en broderie anglaise. Elle prit un sac à dos dont elle se servait rarement pour y ranger son ordinateur portable, un pull et, par habitude, une trousse de pharmacie.

— Je me demande comment il fait des courses. Depuis l'enlèvement, son signalement est diffusé partout, il ne peut pas aller dans les grandes surfaces. Il avait sûrement fait des provisions, mais il lui manque peut-être quelque chose.

Fébrile, elle fouilla ses placards pour y prendre du thé, du sucre en morceaux et deux paquets de biscuits.

— J'emporte aussi du chocolat, c'est réconfortant.

Elle se sentait soudain très jeune, envahie d'une joie presque puérile. Son expédition du lendemain matin avait un parfum d'aventure qui la survoltait.

— Qu'est-ce que j'ai ?... Nathan disait vrai, je ne suis plus tout à fait la même.

Revigorée, elle partit pour Girac prête à affronter une soirée et une nuit où il lui faudrait accueillir des patients blessés ou des malades affolés. C'était sa vocation, qui lui procurait de hautes doses d'adrénaline et lui permettait de se dévouer pour autrui.

Angoulême, rue d'Iéna, chez Madeleine et Firmin Royer, même jour

Nathan se présenta au domicile des Royer, escorté par son adjoint, Xavier Martin. Ce fut l'avocat du couple, maître Bonneau qui leur ouvrit.

— Messieurs ? Vous n'avez pas annoncé votre visite, or nous sommes en plein conseil de guerre, si je puis dire.

— Eh bien, ça m'intéresserait d'y participer, cependant j'ai des questions pour vos clients, trancha Delors.

— Suivez-moi, un vieil ami de la famille est là aussi.

Les deux policiers furent introduits dans le salon où Madeleine et Firmin étaient assis côte à côte sur un canapé en cuir ivoire. Charles Favier occupait une bergère Louis XV, une tasse de thé fumant à la main.

— En effet, c'est une réunion au sommet, commenta Nathan.

— J'espère que vous venez nous annoncer l'arrestation de Grégoire Thomas, inspecteur, avança l'avocat d'un air hautain.

— Pas encore, mais j'ai besoin d'éclaircissements sur des points sujets à controverse dans les déclarations de madame et monsieur Royer.

— Nous sommes à votre disposition, lui répondit Firmin.

— Je préfère rester, dans ce cas, précisa maître Bonneau.

Charles Favier, lui, s'était levé, après avoir posé sa tasse. Il prit une mallette calée contre le pied de son fauteuil et salua d'un signe de tête.

— Courage, mes chers amis, marmonna-t-il. Mon épouse m'attend, je ne m'attarde pas davantage.

Nathan et son collègue échangèrent un regard perplexe, tandis que l'enquêteur s'esquivait discrètement. Après un temps de silence, Madeleine Royer leur proposa de s'asseoir.

— Nous vivons dans la peur d'un nouveau drame, inspecteur, dit-elle ensuite. N'est-ce pas, Firmin ?

— On peut le dire, renchérit son mari. Tant que Grégoire sera en liberté, nous redoublerons de précautions.

— Et où est votre petite-fille ? s'enquit Nathan sans relever leurs propos.

— Dans sa chambre bien sûr, elle doit rester au lit, la pédiatre nous l'a conseillé. Et nous avons engagé une infirmière, une dame très bien qui avait veillé sur

Véronique après la naissance d'Emmie. Nous avions préconisé l'accouchement à domicile pour respecter la tradition familiale.

— Là encore, évidemment, Grégoire s'y opposait, maugréa Firmin Royer.

— On peut le comprendre, c'était sans doute risqué pour une jeune femme de santé délicate, asthmatique et atteinte d'une cardiopathie, décréta Nathan.

— D'où tenez-vous ces informations ? demanda l'avocat.

— Je n'ai pas à le spécifier, maître Bonneau, riposta le policier. Madame Royer, comment se passait la cohabitation avec votre gendre devenu papa ?

— Grégoire travaillait comme paysagiste. Il partait très tôt et rentrait tard. Mais, de toute façon, j'ai pris en charge Emmie, même bébé. Véro était trop fatiguée pour allaiter, j'ai nourri notre petite-fille au biberon. Je n'allais pas laisser un drogué s'occuper d'un nouveau-né.

— Donc, selon vous, il se droguait sur son lieu de travail ? s'étonna Nathan. Peu d'employeurs toléreraient ça. Vous avez le nom de l'entreprise qui l'avait engagé à l'époque ?

— Non, car nous ne tenions pas à le savoir, bougonna Firmin. Il ne contribuait en rien aux frais du ménage. À mon avis, son salaire passait dans l'achat de substances illicites.

— Madame et monsieur Royer, ne répondez plus, recommanda leur avocat. L'inspecteur Delors cherche à vous déstabiliser pour d'obscures raisons.

À cet instant précis, Nathan comprit qu'il y avait une part de vérité dans le récit de Grégoire Thomas. De même, Ambre, avec son intuition féminine, ne se trompait guère sur ce couple dont la mesquinerie et l'autoritarisme l'écœuraient.

— Je n'insisterai pas, dit-il d'un ton désinvolte. Quant à mes obscures raisons, maître Bonneau, ce sont les nécessités de mon enquête. Je vous donne un exemple : je me demande notamment comment Grégoire Thomas a pu se rendre coupable de gestes déplacés sur sa fille s'il ne pouvait pas être seul avec elle. Je suppose qu'il ne la changeait pas ni ne procédait à sa toilette.

Interloquée, Madeleine Royer se crispa, la bouche déformée par un rictus de colère.

— Ce n'est pas le rôle d'un père, enfin ! s'insurgea-t-elle. Hélas, Véro lui disait trop souvent de prendre la petite dans ses bras. Mais je le surveillais du coin de l'œil.

Atterré, Nathan secoua la tête. Il commençait à concevoir l'enfer au quotidien qu'avait évoqué Grégoire Thomas.

— Ce sera difficile de contrecarrer vos affirmations pour la petite enfance d'Emmie, mais le rapport de la psychologue est formel en ce qui concerne les heures où elle était avec son père, la semaine dernière. Il n'y a pas eu de sévices sexuels.

— Comment se fier à la conclusion d'une personne qui a dû effrayer notre petite-fille ? fulmina Firmin Royer. Même avec nous, elle refuse de parler. Pourquoi inventerions-nous de telles horreurs ?

— Sans doute parce que vous n'avez rien trouvé de mieux pour nuire à votre ancien gendre. Je vais demander une nouvelle expertise psychologique d'Emmie, et j'y assisterai. Sur ce, je vous laisse en compagnie de maître Bonneau, répliqua Nathan. Xavier, on y va.

Son adjoint, qui n'avait pas dit un mot, le suivit après avoir jeté un « au revoir » à peine audible. Mais quand ils furent sur le trottoir de la rue d'Iéna, le jeune homme livra son ressenti.

— Ces gens me font froid dans le dos, inspecteur.

— Moi, ils me hérissent, ça revient un peu au même. Je ne leur fais plus confiance, et je n'aurais pas aimé être à la place de Grégoire Thomas à l'époque où il vivait sous leur toit. On reviendra tôt demain matin pour ne pas avoir l'avocat dans les pattes. Il ne va quand même pas dormir chez eux…

Hôpital de Girac, mercredi 30 août,
quatre heures du matin

Alice, la jeune infirmière stagiaire, avait apporté un gobelet de café à Ambre, qui prenait une pause. La soirée s'était avérée agitée ainsi que la nuit.

— Vous devez être pressée de rentrer chez vous, docteur Chasselin ? hasarda-t-elle gentiment.

— J'ai connu pire, Alice. Et nous étions trois médecins, alors c'était gérable. Mais j'apprécie ce moment de calme.

— Ah, ça ne va pas durer, écoutez ! Les pompiers arrivent.

Le bruit d'une sirène se rapprochait, annonçant un nouveau patient. Ambre éprouvait toujours un pincement au cœur lorsqu'elle entendait ces sons d'alarme, devenus pourtant familiers. Ils étaient liés à la souffrance humaine, à la peur et à un possible décès.

— On y va, Alice !

Bientôt elle se pencha sur l'homme qu'on transportait sur une civière. Il avait le visage en sang et geignait de douleur.

— Suspicion de côtes fracturées, épaule démise, le nez est cassé, indiqua un des pompiers. Il a été agressé près de l'église du Sacré-Cœur alors qu'il rentrait chez lui.

Abasourdie, Ambre approuva d'un signe de tête, tout en vérifiant les constantes du blessé. Elle avait reconnu Charles Favier, l'enquêteur privé engagé par les Royer.

— On va faire un scanner, murmura-t-elle. Qui a prévenu les secours ?

— Sa femme ! L'agression a eu lieu dans leur rue, elle l'a entendu crier. La police est encore sur place.

Favier semblait inconscient, cependant entre ses paupières tuméfiées, il jeta un regard hébété sur la doctoresse qui l'avait examiné.

Une heure et demie plus tard, Ambre discutait du cas de leur nouveau patient avec l'interne de troisième année qui s'apprêtait à lui succéder dans le service des urgences.

— M. Favier souffre de multiples contusions, il a trois côtes fêlées et le nez cassé. Je lui ai donné de la morphine, mais vous pourrez passer au paracétamol dans la matinée, expliqua-t-elle.

— On vit une drôle d'époque, commenta-t-il. Se faire tabasser à vingt mètres de son domicile !

— Son épouse nous a appelés, les agresseurs auraient pris une grosse somme d'argent à son mari, ainsi que son portable.

— Ces types devaient savoir qu'il transportait des liquidités.

— Peut-être, la police le déterminera.

Désorientée par cet incident, Ambre craignait surtout de ne pas pouvoir aller chez Grégoire si Nathan apprenait l'agression dont le détective avait été victime.

— Paul, ça m'arrangerait de partir un peu plus tôt, avoua-t-elle à son confrère.

— Pas de souci, vous devez être épuisée. Alice m'a dit que c'était intense, hier soir et cette nuit. Allez vite dormir.

— Merci, vous pouvez me joindre s'il y a un problème.

— Je m'adresserai à mon référent, ne craignez rien.

Ambre se retrouva enfin sur le parking de l'hôpital. Le jour se levait et un oiseau invisible lançait des trilles mélodieux. Son chant était en accord avec la joie secrète de la jeune femme. Même si elle déplorait sincèrement ce qui était arrivé à Charles Favier, elle était au moins sûre qu'il ne la suivrait pas.

La sonnerie de son téléphone l'empêcha de démarrer. Le numéro de Nathan s'affichait sur l'écran. Elle répondit, après avoir coupé le moteur.

— Tu dois être au courant pour Favier, dit-il aussitôt. C'est un peu bizarre : quand je suis allé chez les Royer hier soir, il était là, en train de boire du thé. Le commissaire et moi soupçonnons Thomas d'avoir fait le coup avec l'aide d'un acolyte. J'ai envoyé la scientifique sur le lieu de l'agression, on a une chance de trouver des indices concluants.

— Pourquoi l'accuser tant que tu n'as pas de preuves ?

— Quand on se planque, on a besoin d'argent. Et puis Thomas connaissait forcément Charles Favier, un ami de longue date de ses beaux-parents. En tout cas, ma visite chez les Royer m'a convaincu d'une chose : ils ont sans doute une lourde responsabilité dans les dérives de leur gendre. Il doit avoir de la haine pour eux, et c'est réciproque. Ambre, tu m'entends ?

— Pas très bien, mentit-elle. Je ne suis pas surprise que tu m'aies appelée, c'est moi qui ai pris en charge Favier, aux urgences.

— Il t'a parlé ?

— Non, il était inconscient à son admission et, une fois sous morphine, il a dormi. Tu peux contacter une infirmière, elle te passera l'interne qui a pris le relais. Je n'en peux plus, Nathan, il y a eu beaucoup de stress cette nuit, des cas sérieux. Et cela m'a choquée aussi de découvrir Charles Favier dans cet état. On s'est vraiment acharné sur ce pauvre homme. Quand tu pourras l'interroger, tu sauras si c'était Grégoire Thomas, mais je n'y crois pas.

— Ambre, ton empathie te perdra. Maintenant je comprends pourquoi tu te soucies autant des enfants, et je sais que tu t'es attachée à Emmie, mais son père s'est déjà rendu passible de violences. Descends de ton petit nuage et va vite te reposer. Si tu m'y autorises, je passerai te voir en milieu d'après-midi.

— Vers 17 heures, pas avant.

Agacée, elle raccrocha et redémarra sa voiture. Tout en sortant de l'enceinte de l'hôpital, elle déclara à haute voix :

— Je resterai si je veux sur mon petit nuage, Nathan. Je suis libre de mes choix.

Vallée des Eaux-Claires, même jour

Son sac de randonnée sur le dos, Ambre suivait une petite route surplombée par de majestueux pans de falaise. Elle s'était garée à prudente distance de la maison où habitait Grégoire même si la vallée semblait déserte à cette heure matinale. Grisée par la beauté sereine du paysage, la jeune femme marchait d'un pas tranquille.

« Il doit m'attendre », se dit-elle, saisie d'une douce émotion.

Ambre osa se demander si Grégoire guettait son arrivée avec impatience. Pourtant lorsqu'elle aperçut les toits de tuile de l'ancienne ferme, l'image de Charles Favier, le visage en sang, la fit ralentir.

« Et si Nathan avait raison ? Non, il est incapable d'une telle violence, les Royer ont menti et ils mentent encore. »

La porte de la grange s'entrebâilla dès qu'elle s'en approcha. Tout de suite, le regard fascinant de Grégoire la captura et elle ne put retenir un grand sourire chaleureux.

— Entrez vite, murmura-t-il. Vous êtes sûre que personne ne vous a suivie ?

— Oui, j'ai été prudente et, si j'avais eu un doute, j'aurais évité de venir jusqu'ici.

Il acquiesça et remit la barre en fer qui bloquait les battants. Ils se retrouvèrent dans la pénombre fraîche, où flottait une odeur particulière, mélange de cambouis et de poussière.

— J'ai déjà rédigé un brouillon de lettre, dit Grégoire. Ambre, on pourrait se tutoyer ?

— Bien sûr ! Emmie l'a fait spontanément, et souvent ça brise les barrières.

Ambre fit glisser son sac à dos de ses épaules et le posa à ses pieds. Elle était si près de lui que son cœur cognait à grands coups. Il aurait dû l'inviter à passer dans la maison, par la porte de communication restée ouverte, mais il ne bougeait pas. Soudain de la main droite, il rejeta une mèche brune qui effleurait son front. Ambre vit nettement ses phalanges meurtries, où un peu de sang avait séché.

— Tu t'es blessé ? demanda-t-elle d'une voix moins ferme.

— Ce n'est rien !

Reprise par une angoisse irraisonnée, elle recula d'un pas, prête à supposer qu'il avait agressé le détective.

— Il y a un problème ? s'étonna-t-il.

— Peut-être, oui ! Comment t'es-tu fait mal ?

— En bricolant une serrure du siècle dernier. Ne t'inquiète pas, je me suis désinfecté. C'est le médecin qui parle ?

— Si tu veux, mais aussi celle qui a décidé de te faire confiance et de t'aider. Et je me demande si j'ai eu raison. Grégoire, à la fin de la nuit, les pompiers ont amené Charles Favier aux urgences avec des côtes et le nez cassés mais aussi de sérieuses contusions sur tout le corps. Il était presque méconnaissable. Il a été agressé près de chez lui. Ceux qui ont fait ça l'ont dépouillé d'une grosse somme d'argent. Nathan m'en a informée tout à l'heure. Il te soupçonne et, comme par hasard, tu as ces plaies à la main !

— Tu crois que c'est moi, Ambre ? À cause de mes doigts égratignés !

— La coïncidence est troublante, non ? J'ignore ce que tu fais de tes nuits et de tes journées. Tu pouvais avoir un compte à régler avec Favier.

— Je vois ! Au fond, tu n'as pas vraiment confiance en moi. Écoute, si tu me crois capable de violence et si je te fais peur, il vaut mieux t'en aller immédiatement. Autre chose, je n'ai pas besoin d'argent.

— J'ai quand même le droit de me poser des questions, Grégoire. Tu connaissais Charles Favier, et je l'ai accusé de m'avoir dénoncée à la police.

— Et alors, ce serait une raison pour le frapper et le voler ? J'ignore où habite cet homme, je me souviens à peine de son visage.

— Je suis désolée, Grégoire, mais je ne sais plus où j'en suis. Si seulement tu n'avais pas eu ces plaies aux doigts… Je venais ici tout heureuse, et je t'avais apporté du chocolat, des biscuits…

Sa voix tremblait, tandis qu'elle essuyait des larmes de nervosité. Grégoire la considéra sans rien dire, puis, d'un geste câlin, il l'enlaça gentiment, à la façon d'un grand frère plein de compassion.

— Tu peux pleurer, je ne me moquerai pas, soupira-t-il. Si tu savais combien de fois j'ai sangloté, seul dans le noir, avec l'envie de mourir. Ambre, en quatre ans, tu es l'unique personne qui m'a vraiment écouté et soutenu. Je comprends ta réaction et tes doutes, mais je te promets que j'étais là, tout heureux moi aussi à l'idée de te revoir. Je n'allais pas gâcher ma chance de passer un peu de temps avec toi ni prendre le risque de me faire arrêter. Viens, j'ai fait du thé.

Grégoire relâcha sa douce étreinte et, sans rien ajouter, il prit le sac de la jeune femme. Elle le suivit, profondément troublée par les sensations qu'elle avait éprouvées, blottie contre lui.

— Je n'étais pas comme ça ces derniers mois, se justifia-t-elle une fois assise sur un des bancs, devant une tasse de thé au lait.

— Comment étais-tu ?

— On me qualifiait de jeune femme forte, indépendante, très équilibrée. Travailler aux urgences exige beaucoup de sang-froid et de pouvoir prendre des initiatives sans faire d'erreurs.

— Tu n'as pas dû changer, Ambre !

— Récemment, de mauvais souvenirs sont remontés à la surface, des moments de mon passé que j'avais enfouis au fond de mon cœur et j'en suis devenue hypersensible. Ne te vexe pas, mais c'est lié à Emmie. J'avais rarement été confrontée à une petite fille aussi triste, aussi résignée.

— Je faisais le même constat quand j'arrivais à l'apercevoir, toute menue entre ses grands-parents. Elle avait une expression morose qui paraissait étrange sur une enfant de cet âge. Je rêve de l'entendre rire aux éclats, de lui offrir de la joie, du bonheur et de l'insouciance. Véro en rêvait également pour notre bébé, quand elle la berçait dans ses bras.

— Quelle enfance ta femme a-t-elle eue ?

— Jusqu'à ses neuf ans, tout allait bien, disons que ses parents l'élevaient avec des principes démodés et une certaine sévérité, mais ils l'emmenaient en vacances au bord de la mer. Elle se rappelait également des Noëls où ils assistaient à la messe de minuit, du sapin illuminé, des cadeaux le matin. Mais il y a eu une cassure nette, l'été de ses dix ans. Les Royer ont commencé à se comporter différemment, en renonçant à leurs pratiques religieuses puis, plus graves, en cessant de soigner Véro, qui souffrait d'un asthme sévère. Il n'y avait plus de fêtes ni de jouets, excepté cette poupée qu'ils lui ont laissée.

— Tu attribues ce revirement à ces gens qui auraient de l'emprise sur eux ?

— J'en suis persuadé et je voudrais monter un dossier avec tous les éléments en ma possession. Je fais des recherches sur Internet depuis des mois, en consultant les forums consacrés aux nuisances que peuvent causer les sectes. Il y en a beaucoup de répertoriées, mais aucune ne correspond, à mon avis. Il peut s'agir aussi d'une sorte de gourou capable d'endoctriner ceux qui se fient à ses délires.

— Les Royer ne me font pas l'effet de personnes naïves ou faibles, sur le plan moral. D'après Nathan, ils sont assez riches, une fortune datant de plusieurs générations. Leur argent a pu attirer les convoitises. L'extorsion de fonds fait malheureusement partie des pratiques courantes pour les sectes et les gourous de tout genre. Si les Royer commettaient un impair, la police pourrait consulter leurs comptes bancaires, et repérer des mouvements d'argent suspects, mais c'est loin d'être le cas.

— Je sais, ils ne font aucun faux pas, donc sur le plan officiel ils sont irréprochables. Pour l'opinion publique, ce sont des grands-parents exemplaires, qui élèvent avec amour leur petite-fille et qui la protègent de son abominable père.

Songeuse, Ambre croqua un biscuit. Grégoire l'imita en lui souriant.

— C'est vraiment gentil d'avoir apporté tout ça, en plus j'adore le chocolat. Dès que j'en mange, j'ai l'impression de redevenir le petit garçon qui se régalait des figurines en chocolat du calendrier de l'Avent.

L'allusion à la période de Noël eut le don d'émouvoir la jeune femme. Une fois encore, elle se sentit en accord avec Grégoire.

— Excuse-moi de t'avoir soupçonné à propos de Charles Favier, murmura-t-elle.

— Oublie ça, Ambre !

— Mais pourquoi t'accuse-t-on d'être violent ? Je préfère le savoir, je ne te jugerai pas.

— Quand Véro est morte, Emmie venait d'avoir trois ans. Mes beaux-parents l'ont confiée le soir même à une infirmière de leur connaissance, pour la tenir loin de la rue d'Iéna pendant les obsèques. Même si j'étais sous le choc de ce brusque décès, j'avais envie de veiller sur ma fille, mais je n'ai pas pu. Firmin refusait de me donner l'adresse. Je l'ai supplié. Je sanglotais, je criais, rien ne l'a fait céder. Je revois encore son regard méprisant, où il y avait de la haine. Sais-tu ce qu'il m'a dit ? Ces mots m'ont hanté durant des semaines : « Tu as tué notre Véronique, nous pourrons prouver qu'elle a succombé à une overdose ! »

— Quelle horreur ! se révolta Ambre.

— Je suis devenu comme fou, et là, oui j'ai failli le frapper, mais j'ai pensé à Emmie. Si je craquais, ça se retournerait contre moi. Madeleine m'a surpris tandis que je repoussais rudement son mari. Il a tout de suite titubé, en gémissant. Voilà toute la violence dont j'ai été capable. Mes chers beaux-parents ont déposé une plainte avant même l'enterrement de Véro.

— J'espère que tu t'es défendu ? Une expertise médicale pouvait démontrer ton innocence !

— Pas avec eux. Ils avaient déjà le soutien inconditionnel d'un avocat, d'un docteur et de cette infirmière soi-disant diplômée qui a gardé Emmie plus d'une semaine. J'ai revu ma fille lorsqu'elle l'a ramenée rue d'Iéna. Les Royer m'avaient mis dehors, alors j'ai dû passer deux nuits dans ma voiture, garée à proximité de chez eux. Cette harpie a poussé des cris d'alarme, mais elle n'a pas pu m'empêcher de prendre mon enfant dans mes bras et de la cajoler. Elle avait noué ses petits bras à mon cou et me donnait des baisers sur les joues. Je lui ai promis de venir la chercher, ensuite Madeleine s'est ruée sur le trottoir et me l'a prise en hurlant au secours.

Un long frisson d'indignation secoua Ambre, effarée par ces nouvelles révélations.

— Comment une telle injustice est-elle encore possible à notre époque ? s'écria-t-elle. Grégoire, tu dois absolument rédiger ce texte et le faire publier. Raconte tout en détail. Il faudrait retrouver cette infirmière et l'obliger à témoigner.

Son ton passionné eut le don de le faire sourire. Il se leva pour débarrasser leurs tasses.

— Je voudrais bien te recevoir ici les volets grands ouverts sur la campagne, les arbres, les fleurs de la fin d'été ! Il y a des rosiers centenaires près d'un muret à demi écroulé. Mais je t'accueille dans la pénombre, et nous discutons autour d'une lampe à pétrole.

— Dans d'autres circonstances, ce serait assez romantique !

Ambre regretta aussitôt la remarque qui lui avait échappé. Afin de fuir le regard amusé de Grégoire, elle se leva également.

— Tu devrais me montrer le brouillon de ton texte, proposa-t-elle. Je peux rester jusqu'à midi, même 13 heures, on a le temps de le revoir ensemble.

— D'abord, je tiens à t'emmener dans mon ultime refuge, là où je me suis caché avec Emmie. Si elle n'avait pas eu cette terrible crise d'asthme, elle serait toujours avec moi. Quand j'ai décidé de l'enlever, j'ignorais qu'elle avait hérité du problème cardiaque de Véro. Nous en reparlerons, tu es la mieux placée pour me renseigner et me tenir au courant de son état de santé.

— À condition de pouvoir l'approcher… Ses grands-parents semblent déterminés à la faire opérer à Bordeaux. Mais je ferai tout pour obtenir de ses nouvelles.

— Je te remercie, Ambre. Grâce à toi, j'ai l'impression que le sort commence à jouer en ma faveur. Es-tu prête pour explorer les profondeurs de la terre ?

— Tout dépend s'il y a de la boue ! J'ai déjà fait de la spéléo, je suis ressortie couverte d'argile.

Ambre eut un rire très gai, dont l'écho cristallin résonna dans le cœur de Grégoire. Elle était près de lui, avec ses cheveux d'un roux doré relevés en chignon, ses beaux yeux bleus où brillait une mystérieuse promesse.

— Non, il n'y a pas de boue, mais du rocher, des cailloux, des gouttes d'eau pure le long des pierres, répondit-il d'une voix douce.

— Alors, allons-y, souffla Ambre.

Angoulême, rue Archambault, même jour, même heure

Nathan s'était rendu au domicile de Charles Favier, toujours escorté de son adjoint. Son épouse les avait reçus avec amabilité et elle venait de leur offrir du café.

— Vous avez bien fait de passer de bonne heure, inspecteur, j'ai prévu d'aller à l'hôpital en début d'après-midi. Ma sœur va m'y conduire, moi je n'ai pas le permis.

— Pour ma part, madame, je compte interroger votre mari en fin de matinée. On lui a administré des calmants car il souffrait beaucoup, mais il sera bientôt en état de répondre à mes questions.

Valérie Favier, qui devait avoir la cinquantaine, poussa un gros soupir. De taille moyenne, brune et potelée, elle sembla très agitée au policier.

— Mon pauvre Charles, je lui avais pourtant dit qu'un jour il aurait des ennuis. Et c'est arrivé !

— Pourquoi ? À cause de sa profession qu'il exerçait récemment sans agrément ?

— Mais non, il avait prévu de se mettre en règle... Prenez-vous du sucre, inspecteur ?

— Un seul, merci... Madame Favier, il faut m'aider à arrêter ceux qui ont agressé votre mari. Il s'en sort bien, mais cela aurait pu être beaucoup plus grave. C'est vous qui avez alerté les pompiers et la police, avez-vous vu ou reconnu ces hommes ? Pouvez-vous me les décrire ?

— Vous savez, inspecteur, il faisait sombre dans la rue ! J'ai entendu Charles crier, ça oui. Quand j'ai ouvert la fenêtre, il y avait ces types qui le rouaient de coups de pied, et lui, il était au sol, tout recroquevillé. J'avais trop peur pour sortir.

Désabusé, Nathan jeta un regard de côté à son adjoint. Xavier comprit qu'il devait le relayer.

— Pourquoi votre mari avait-il sur lui une telle somme d'argent en espèces ? demanda-t-il un peu trop timidement au goût de son supérieur.

— Certains clients le rémunèrent en liquide. Pardi, ça laisse moins de traces.

— Notamment sur les déclarations de revenus, décréta Nathan. Pendant son transfert, M. Favier répétait à l'un des pompiers qu'on lui avait volé vingt mille euros. C'est exact ?

Valérie Favier fit la moue, en triturant une serviette de table qu'elle avait prise au coin de son buffet.

— Si Charles l'a dit, c'est sûrement ça, je ne me mêle pas trop de ses affaires.

— Madame, hier soir vers 18 heures, nous étions mon adjoint et moi chez Mme et M. Royer, de vieux amis de votre mari, mais aussi des clients justement.

— Des amis, c'est vite dit, marmonna-t-elle. Enfin, ce que j'en pense, mon mari s'en moque.

Sur le qui-vive, Nathan eut soin de ne pas solliciter tout de suite une explication. Il pressentait que, sur sa lancée, Valérie Favier pouvait leur fournir sans le vouloir de précieux indices.

— Je ne savais même pas que Charles était là-bas, hier soir ! s'indigna-t-elle. Il n'a pas dîné ici, de toute façon.

— Pourtant hier, il nous a faussé compagnie, car selon lui, vous l'attendiez, précisa Xavier. Vraiment, votre mari n'est pas venu dîner ? Donc, au moment de l'agression, il rentrait chez vous, à 4 h 45 du matin !

— Ce n'était pas la première fois, avoua-t-elle. Au début je me plaignais et on se fâchait, maintenant je suis habituée. Après tout, il travaille dur.

— Et s'il rapporte des milliers d'euros à la maison, ça aide à se montrer conciliante, ironisa Nathan. Madame, pourquoi étiez-vous presque sûre que votre mari finirait par avoir des ennuis ?

Les bras croisés sur sa poitrine, Valérie Favier semblait chercher la meilleure réponse à donner.

— J'ai dit ça en règle générale, déclara-t-elle. Les enquêteurs privés, comme Charles, peuvent se mettre en danger, surtout dans les cas d'adultère. Dans ce métier, il fréquente parfois des individus peu recommandables et je ne suis jamais tranquille. À mon avis, ceux qui l'ont agressé sont les mêmes qui l'ont payé. Ils voulaient récupérer l'argent.

L'hypothèse était aléatoire pour Nathan, mais il s'y attarda, par acquit de conscience.

— Est-ce que cela s'est déjà produit ? s'enquit-il.

— Une fois, il y a trois ou quatre ans. Il avait empoché trois mille euros et on l'a dépouillé le soir même, pas loin d'ici.

— D'accord, il me renseignera sur ce point ! Sinon, votre mari connaissait-il un dénommé Grégoire Thomas ? Ce nom vous dit quelque chose ?

— Évidemment, c'est ce sale type qui a enlevé une pauvre petite gamine la semaine dernière, place du Champ-de-Mars ! Il paraît que ce pervers aurait abusé d'elle. J'ai lu ça sur Internet… Et il y a sa photo dans le journal.

La réponse de Valérie Favier intrigua Nathan. Il s'accorda un temps de réflexion avant de formuler une question en rapport.

— Madame, votre mari ne vous avait jamais parlé de Grégoire Thomas, lui qui fréquentait les Royer depuis des années ?

— Non, pourquoi ? Et comment Charles connaîtrait un type pareil ?

— Mais c'était le gendre de Madeleine et Firmin Royer, et, jusqu'à preuve du contraire, il n'a fait aucun mal à son enfant.

— Le gendre des Royer ? Ben, ça alors ! Mais je croyais qu'il était mort. Et je ne savais pas comment il s'appelait, cet homme.

— Vous ne saviez pas ou vous me jouez la comédie ?

— Si je vous le dis, inspecteur ! Mon mari m'a parlé du gendre des Royer après le décès de leur fille, ça oui. Mais il prétendait qu'il était mort à cause de la drogue.

— Non, il est bien vivant, et j'ai de plus en plus hâte de le rencontrer.

7
Peurs et colères

Vallée des Eaux-Claires, même jour,
mercredi 30 août

Grégoire venait d'ouvrir une porte en planches au fond d'un cellier encombré de cageots, de caisses et de tonneaux. La porte en elle-même, une fois fermée, était dissimulée par des étagères fixées sur le bois grisâtre.

Ambre aperçut aussitôt des troncs d'arbre et des feuillages de laurier, que le soleil matinal ourlait d'or

— Vois-tu, je sors par là et je donne un tour de clef de l'extérieur. Quelqu'un entrant dans le réduit ne peut pas deviner qu'il y a une issue.

— C'est astucieux, admit-elle.

— Mon ami, qui a acheté la maison il y a une quinzaine d'années, m'a expliqué que des Juifs étaient cachés ici pendant la guerre, d'où ce stratagème leur procurant une chance de s'enfuir, en espérant atteindre la ligne de démarcation.

— Pauvres gens, murmura Ambre. Et où allons-nous ensuite ?

— Suis-moi et ne crains rien, ce n'est pas dangereux.

Une petite construction s'adossait au mur du corps de logis, qui abritait un puits à la margelle tapissée de mousses. Grégoire enjamba le rebord, en tendant la main à la jeune femme.

— Il y a des échelons en fer, solidement rivés entre les pierres, indiqua-t-il.

— On doit descendre là-dedans ? s'inquiéta-t-elle.

— Juste pendant trois mètres, pour emprunter un autre passage. Viens, c'est facile.

— Grégoire, c'est par là que tu as emmené Emmie ? Elle devait être terrifiée…

— Pas du tout, elle était sur mon dos, les bras noués autour de mon cou. Je lui ai dit qu'il s'agissait d'un jeu, qu'on faisait semblant de fuir des méchants, un peu comme dans les livres d'aventure. Cela l'amusait beaucoup et elle n'a pas eu peur.

Perplexe, Ambre se pencha sur le gouffre sombre, d'où s'élevait l'odeur particulière des grottes humides. Déjà en contrebas, Grégoire lui dédia un sourire encourageant, d'un tel charme qu'elle se décida à le suivre.

— Pose un pied sur le premier échelon, sans lâcher le rebord de la margelle, conseilla-t-il.

— Je ne suis pas une novice, j'ai fait de l'escalade, répliqua-t-elle, sans être vraiment rassurée.

Après trois mètres, le jeune homme prit pied sur un replat latéral, surplombé d'une voûte aménagée dans l'empierrement du puits.

— Prends ma main, Ambre.

Elle pouvait très bien le rejoindre sans son aide, car il lui suffisait de faire un pas de côté, mais elle préféra étreindre ses doigts, qui se refermèrent sur les siens. Ce simple contact les troubla tous deux.

— Tu t'es très bien débrouillée, marmonna-t-il lorsqu'elle fut à ses côtés. Maintenant on a besoin d'une lampe de poche, pour faire une soixantaine de mètres dans ce vestige de souterrain. S'il pleut beaucoup, l'eau s'infiltre et c'est boueux, mais là j'y suis allé cette nuit, le sol est presque sec.

Ils avancèrent d'une dizaine de pas, puis Ambre s'arrêta pour toucher la paroi.

— Certaines pierres se désagrègent et, dans les interstices, il y a du sable et de la poussière, peut-être des moisissures. Cela me surprend qu'elle n'ait pas fait une crise d'asthme aussitôt, si on ajoute le stress. Même si ta fille semblait contente, elle devait avoir peur.

— Je n'en ai pas eu l'impression. C'était assez étrange, mais Emmie me faisait totalement confiance, je t'assure. Elle m'appelait « papa » et j'en avais les larmes aux yeux. On aurait dit qu'elle se souvenait de moi.

— Peut-être, concéda Ambre.

— Viens, nous étions un peu plus loin.

Ils poursuivirent leur singulier périple le long du souterrain. Grégoire s'immobilisa enfin, en braquant sa lampe sur une niche creusée dans le rocher, en demi-cercle. Du foin la tapissait, sur lequel était étendue une couverture en laine. Des coussins complétaient l'aménagement très sommaire.

Ambre vit une poupée d'un modèle récent, habillée d'une tenue de danseuse classique argentée, que le rayon lumineux faisait scintiller.

— Emmie s'est endormie ici pendant que je lui racontais une histoire, celle d'un papa qui avait été très malheureux loin de sa fille qu'il appelait son petit ange, avoua Grégoire. Elle m'écoutait en souriant.

— Et le réveil a été brutal à cause de l'asthme. Avais-tu une sérieuse raison de te réfugier là-dedans avec elle ? Sois sincère, étiez-vous vraiment menacés ?

Il haussa les épaules sans répondre. Ambre s'agenouilla pour inspecter le foin. Il sentait bon et devait avoir été fauché au début de l'été.

— Une crise était inévitable, insista-t-elle. Tu ignorais son problème cardiaque, mais pour l'asthme, tu étais au courant des précautions à prendre. Emmie devait déjà en souffrir avant le décès de ta femme !

— Bien sûr, puisque j'avais de la Ventoline.

— Comment te l'es-tu procurée ? Il faut une ordonnance.

Sa conscience professionnelle la rendait pointilleuse. Elle revoyait la fillette en manque d'air, son fin visage livide sous le masque à oxygène.

— Je m'étais arrangé pour en obtenir dans une pharmacie, trois jours avant l'enlèvement. J'avais promis de fournir très vite la prescription correspondante.

— Ce n'était pas suffisant, il fallait des corticoïdes à Emmie. Excuse-moi de te le dire, mais tu as mis ton enfant en danger.

Contrariée, Ambre se releva. Elle jeta un coup d'œil inquiet vers les ténèbres qui servaient de toile de fond à la silhouette de Grégoire.

— Où voulais-tu m'emmener ? demanda-t-elle.

— Si tu n'as plus envie d'y aller, on fait demi-tour. Mais sache que j'ai emmené Emmie ici car j'ai effectivement cru que nous étions menacés. Ce jour-là, il y a eu un bruit de moteur et, par une fente des volets, j'ai vu un 4 × 4 noir qui avançait au ralenti sur la piste, avec deux hommes à l'intérieur. Je me suis affolé, en imaginant qu'ils allaient entrer par n'importe quel moyen s'ils avaient découvert où je me cachais.

— Ce devait être des touristes, Grégoire. En cette saison, ils explorent la région.

— Sans doute, car je n'ai pas vu de traces montrant une tentative d'effraction. C'est dommage, tout s'était bien passé auparavant avec Emmie. Je l'avais amenée à la maison et, pendant le trajet, je lui expliquais qui j'étais et pourquoi j'avais agi ainsi. Un bon goûter l'attendait, des brioches, de la compote de pomme et du lait chaud. Ambre, je te promets qu'elle n'avait pas l'air effrayée ni intimidée. Le soir de l'enlèvement, j'ai fait de la soupe et nous avons dîné tous les deux. Je lui ai parlé de sa maman, de notre mariage et de notre amour. Elle voulait sans cesse en savoir plus sur Véro et sur moi. Je ne t'ai pas fait visiter la chambre où je l'ai couchée ce soir-là, mais je l'avais préparée depuis un mois. Le décor lui a plu, elle jouait dans son lit avec la poupée que je lui avais offerte. Ces heures où j'ai pu veiller sur Emmie resteront un merveilleux souvenir.

Attendrie par le ton vibrant d'émotion de Grégoire, Ambre fut plus conciliante.

— J'en suis persuadée, et justement, si tu n'avais pas dû l'emmener aux urgences, vous auriez eu un peu plus de temps ensemble.

— Mais je ne t'aurais pas rencontrée, murmura-t-il. S'il te plaît, suis-moi, je tiens à te faire visiter un lieu vraiment insolite.

Elle approuva d'un signe de tête, en lui prenant la main d'un geste instinctif. Leurs doigts s'entrecroisèrent et se nouèrent, pour une discrète communion qui les rendit muets et fébriles.

Au bout d'une quinzaine de mètres, le souterrain amorça un léger virage. Ambre distingua une source de lumière et des pans de roche d'un gris pâle.

— Nous arrivons dans une petite cavité qui pourrait faire penser à un habitat troglodyte, la renseigna Grégoire. Mais l'ouverture qui nous éclaire est située en haut d'une des plus grandes falaises de la vallée. Elle sert de fenêtre, sans permettre à quiconque d'y pénétrer, exception faite des sauvagines et des oiseaux. J'aime venir ici les nuits de pleine lune, pour contempler le paysage. Un soir, j'ai eu envie de mourir là, où personne ne m'aurait jamais retrouvé.

— Ne dis pas ça, c'est si triste. Tu as une fille pour qui tu dois vivre. Et puis il y a moi, désormais…

Grégoire serra plus fort la main d'Ambre. Ils se tenaient figés au milieu de la grotte creusée des millénaires auparavant par les eaux d'une puissante et gigantesque rivière, lorsque l'humain n'était pas encore apparu sur terre.

— C'est vrai, il y a toi à présent, chuchota-t-il en la prenant dans ses bras.

Elle ferma les yeux et il posa ses lèvres sur les siennes, pour un premier baiser, d'une exquise douceur.

Angoulême, place Turenne, chez Ambre, même jour, en milieu d'après-midi

En faisant entrer Nathan chez elle, Ambre se répétait qu'elle devait être très prudente, afin de ne pas éveiller ses soupçons. S'il continuait à accuser Grégoire de l'agression dont avait été victime Charles Favier, elle s'était promis de jouer la carte du doute, sans chercher à défendre le suspect.

— Bonjour, dit-il sans un sourire. Tu as bien dormi? Prête à retourner travailler?

— J'ai encore deux heures devant moi, mais oui j'ai fait une bonne sieste.

— Dès que tu es rentrée ici ou un peu plus tard? s'enquit le policier d'un ton froid.

— Quelle importance? Je gère ma vie à mon idée, Nathan. Jusqu'à nouvel ordre, je suis libre de mes actes.

— Mais ça pourrait ne pas durer longtemps, Ambre! Arrête ta comédie, je te prie, si tu as encore un peu de respect pour moi. Où étais-tu depuis ce matin? Je suis passé vers midi, il n'y avait personne et je n'ai pas vu ta voiture.

— Je suis allée au centre commercial près de Girac, faire quelques achats, c'est interdit?

— Non, pas du tout, mais tu as tort de mentir. Ambre, tes pneus sont sales, comme si tu avais roulé sur un chemin ou une petite route de campagne. J'ai même trouvé des herbes sèches dans une des jantes. Que veux-tu, je suis flic, tu me l'as assez reproché pendant notre relation!

Envahie d'un grand calme, Ambre se dirigea vers le coin cuisine et alluma la bouilloire électrique. Elle élabora vite une explication plausible.

— Passons sur le fait que tu vérifies l'état de mes roues, dit-elle en le regardant de côté. Il y a toujours beaucoup de monde dans ce secteur le matin, j'ai emprunté un autre itinéraire. Et parfois, je vais courir en pleine campagne. Nathan, je sens que tu es en colère, mais je ne comprends pas pourquoi. Je t'offre un thé ou une bière?

— Rien du tout, merci! Raconte-moi ce que tu veux, mais j'avais demandé à Xavier, mon adjoint, de surveiller la place Turenne et ton immeuble, au cas où Thomas tenterait de te rencontrer sans rendez-vous préalable. Il a dû flairer un piège pour refuser de te voir.

— Sûrement, murmura-t-elle.

Nathan la dévisagea avec une expression d'amertume qui altérait ses traits virils.

— Tu es revenue chez toi vers 15 heures, ton sac de rando sur les épaules, lui assena-t-il. Donc tu n'as pas vraiment fait une bonne sieste comme tu le prétends, et oui, je suis furieux. Ambre, si tu as quelqu'un, dis-le-moi. Au fond, ça m'éclaire sur ta farouche volonté de me rejeter. Mais je plains ce type, tu l'as trompé avant-hier matin avec un enthousiasme indéniable.

Encore une fois, la jeune femme tourna le dos à Nathan, afin de se donner une contenance. Elle puisa du courage dans le souvenir des baisers de Grégoire. Un fluide mystérieux, tissé de sensualité et de tendresse, les avait comme électrisés. Il fallait à tout prix le protéger.

— Pardonne-moi, tu as deviné, je crois être tombée amoureuse d'un de mes confrères. Je ne te dirai pas son nom. Nous nous sommes souvent croisés à l'hôpital et finalement, j'ai accepté de le voir en dehors du travail. Aujourd'hui, nous avons pique-niqué dans la vallée de l'Anguienne. D'accord, je t'ai menti, mais c'était pour ménager ton orgueil et surtout éviter de te faire de la peine.

Blême de rage, Nathan serra les poings, avant de taper de toutes ses forces contre la porte d'un placard.

— Bon sang, tu es une menteuse de haut niveau ! hurla-t-il. Combien de fois m'as-tu débité des sornettes ? Ambre, j'ai toujours apprécié ta droiture et ta franchise, même si elle m'a souvent blessé. Quand tes parents sont venus à Angoulême pour faire ma connaissance, ta mère m'a tout de suite vanté ta loyauté et ta sincérité en toutes choses. Ce n'étaient que des belles paroles, elle se méprenait sur toi.

Le reproche était justifié et accabla la jeune femme, elle-même effarée par tous les mensonges qu'elle avait proférés ces derniers jours.

— Je suis désolée, Nathan.

— Tu n'as rien d'autre à dire ? Moi aussi je suis désolé d'avoir naïvement rêvé de t'épouser et de te faire des enfants. File le parfait amour avec ton toubib, je ne t'importunerai plus, sauf dans le cadre de l'enquête. À ce propos, tu es toujours passible d'une condamnation pour obstruction à la justice, néanmoins je ferai de mon mieux pour t'éviter de gros soucis.

— Merci, c'est gentil, mais ne te sens pas obligé de le faire, soupira Ambre. J'assumerai mes erreurs, toutes mes erreurs.

Sa voix avait tremblé sur ces derniers mots. Nathan vit qu'elle se retenait de pleurer. En dépit de sa colère, il éprouva un pincement au cœur, avec l'envie de la consoler.

— Pourquoi as-tu les larmes aux yeux ? demanda-t-il. Tu es jolie, excellent médecin, et tu as peut-être déniché l'âme sœur ! Et ne t'inquiète pas pour moi, dès que j'aurai arrêté Grégoire Thomas, je prendrai des congés et j'irai me dorer au soleil, sur une plage des Antilles.

— J'espère que tu rencontreras quelqu'un toi aussi, hasarda-t-elle tout bas. Au fait, tu as dû interroger Charles Favier. Est-ce qu'il a identifié ses agresseurs ?

— Il affirme que non, mais on a effectué des prélèvements sur ses vêtements et sous ses ongles. Il aurait griffé un des gars sur la joue. L'ADN nous renseignera peut-être. Eh bien, je n'ai plus qu'à te laisser tranquille. Dis-moi juste une chose, as-tu couché avec cet homme ?

— J'allais te préciser que je ne l'ai pas trompé, avant-hier. Si j'avais déjà fait l'amour avec lui, je t'aurais repoussé. Traite-moi de menteuse si tu veux, je le mérite, mais la fidélité est sacrée à mes yeux. Avant toi, il n'y a eu que Pierre, dont la mort atroce m'a brisée. J'ignore ce que me réserve l'avenir, Nathan.

Il eut un petit rire dépité, en dissimulant la jalousie qui le rongeait.

— Tu me tiendras quand même au courant, ironisa-t-il. Je te souhaite bonne chance, ma chérie. Eh oui, je me permets de t'appeler ainsi, pour la dernière fois sans doute.

Le policier sortit sans bruit. Demeurée seule avec le doux poids de sa passion naissante pour Grégoire, Ambre eut un sourire tremblant, car celui qu'elle aimait n'avait aucune trace de griffure sur la joue.

Rue d'Iéna, chez Madeleine et Firmin Royer,
jeudi 31 août

Maître Bonneau accueillit Nathan et Xavier, lorsqu'ils se présentèrent au domicile des Royer, accompagnés d'une psychologue de l'Aide Sociale à l'Enfance. L'inspecteur indiqua l'identité de la visiteuse, Irène Galande, une quadragénaire au sourire jovial.

— Vous amenez à mes clients, déjà durement éprouvés, une psy de l'ASE, se récria l'avocat. Pour quelle raison ?

— Nous avons l'aval du procureur, maître, rétorqua Nathan. Une deuxième expertise s'avère nécessaire, afin de savoir si oui ou non Grégoire Thomas s'est livré à des pratiques sexuelles sur l'enfant.

— Emmie était nerveuse et très fatiguée, son infirmière lui a donné un sirop calmant. Revenez plus tard, messieurs.

— Non, ce sera ce matin, trancha Nathan.

L'avocat recula pour laisser passer la psychologue et les deux policiers. Ce fut au tour de Madeleine Royer de s'insurger. Elle était sortie du salon pour se poster en bas de l'escalier.

— Qu'est-ce que j'ai entendu ? Vous osez nous imposer une psy de l'ASE ! Ma petite-fille est assez perturbée par ce qu'elle a vécu, je vous interdis de l'interroger. Et vous êtes déjà venu hier matin, inspecteur, nous avons pourtant besoin de tranquillité...

— Tant que la vérité sur cette affaire ne sera pas établie, je reviendrai tous les jours s'il le faut, madame !

— Quelle vérité ? s'exclama Firmin en surgissant d'une autre pièce, un journal roulé à la main, qu'il agitait en l'air. Vous abusez de notre patience, inspecteur.

— C'est réciproque, croyez-moi, répliqua Nathan. Xavier, attends-moi ici. Je monte avec Mme Galande.

— Firmin, fais quelque chose ! s'égosilla Madeleine Royer.

Son mari lança un coup d'œil à maître Bonneau, qui lui fit signe de ne rien tenter.

— Gardons notre calme, conseilla celui-ci. Si votre petite-fille pâtit de cette visite, ce sera une pièce supplémentaire en votre faveur à ajouter au dossier.

Nathan frappa discrètement à la porte de la chambre d'Emmie. L'infirmière l'entrebâilla avec une mine outrée.

— L'enfant s'est endormie, et elle a du mérite vu le vacarme que vous avez fait au rez-de-chaussée, murmura-t-elle.

— Je vous demanderai de sortir, madame, et quand nous aurons terminé, je voudrais voir votre diplôme et votre carte d'identité, lui dit le policier sèchement.

— Si vous voulez, je n'ai rien à cacher ! Au cas où vous ne le sauriez pas, il y a huit ans, je me suis beaucoup occupée de la maman d'Emmie. Je connais donc très bien cette famille et je peux attester de la moralité de Mme et M. Royer. Ce sont des gens respectables qui chérissent leur petite-fille.

— Je n'ai pas dit le contraire, déclara Nathan d'un ton moins âpre, comprenant qu'il avait sous la main un témoin intéressant quant au passé de Grégoire Thomas.

L'infirmière se décida à attendre sur le palier, où elle prit place sur une banquette en velours rouge. La psychologue put entrer dans la pièce et elle fut soulagée de trouver Emmie assise dans son lit et bien réveillée. L'enfant la fixa de ses prunelles bleues, où se lisait de la peur.

— Bonjour, Emmie, je suis Irène Galande. Je viens discuter un peu avec toi. Ce ne sera pas long, après tu pourras dormir, puisque tu es fatiguée.

La fillette fit non de la tête, en regardant Nathan, debout près de la fenêtre.

— Tu me dis non, mais je ne sais pas à quel sujet, ajouta la psychologue. Tu n'as pas envie de discuter ou tu n'es pas fatiguée ?

Elle se heurta au mutisme de la petite, qui remonta sa couette à fleurs jusqu'à son menton, comme pour se protéger.

— Emmie, tu peux me parler. Souvent on se sent mieux quand on dit ce qui nous rend triste. C'était effrayant pour toi d'être séparée de tes grands-parents et emmenée par un inconnu, même s'il t'a dit ensuite qu'il était ton père.

— C'est mon papa, chuchota-t-elle.

— Tu as raison, ce monsieur est ton papa, mais parfois les papas sont en colère et ils font de très vilaines choses à leurs enfants, car ils sont malheureux et malades.

Ces formulations déplurent à Nathan, cependant il n'était pas expert en la matière et il évita de se manifester, tout en observant attentivement Emmie. Elle avait meilleure mine qu'à l'hôpital, mais il décela dans ses yeux clairs une expression étrange, proche de la colère.

— Parfois aussi il arrive que les papas soient trop gentils et fassent beaucoup de câlins, reprit Irène Galande qui semblait un peu mal à l'aise.

Tout à coup, Emmie s'allongea et dissimula son visage sous ses avant-bras repliés.

— Pourquoi te caches-tu ? demanda la psychologue. Tu ne dois pas avoir honte, ce n'est pas ta faute. Les grandes personnes n'ont pas le droit de te cajoler, je suis sûre que tu le sais déjà. Mais, quoi qu'il se passe, il faut en parler pour que l'on puisse te protéger.

— Vous n'arrivez à rien, marmonna Nathan. Il faudrait mieux poser des questions simples, qu'elle comprendra.

— J'aurais sans doute de meilleurs résultats si vous n'étiez pas là, inspecteur ! Laissez-nous un peu seules, je vous prie.

Nathan obtempéra et il rejoignit l'infirmière qui lui décocha une œillade moqueuse. Il l'étudia en retour, afin de la jauger. Consciente de subir un examen, elle débita à mi-voix tout ce qui la concernait.

— Je m'appelle Adeline Royer, je suis une cousine éloignée de Firmin, nos pères étant eux-mêmes cousins. Je porte donc leur patronyme, puisque je ne me suis pas mariée. J'ai cinquante-deux ans, inspecteur, et j'ai obtenu mon diplôme à vingt-trois ans.

— À quelle période vous occupiez-vous de Véronique ?

— Pendant sa grossesse, qui l'épuisait. J'étais là aussi une heure après son décès et Madeleine m'a d'ailleurs confié la petite. Pensez donc, à trois ans, Emmie ne pouvait pas réaliser la mort de sa maman. Je l'ai prise chez moi une semaine, et, bien sûr, son père était furieux ! Firmin m'a raconté que son gendre, sous l'emprise de la drogue, l'avait molesté pour obtenir mon adresse.

— Ou alors sous l'emprise du chagrin ? hasarda le policier, par esprit de justice. Admettez que cet homme venait de perdre sa femme et qu'on le privait de leur fille.

— C'était encore une fois pour le bien d'Emmie. Mes pauvres cousins étaient désespérés, sans compter qu'ils devaient faire les démarches administratives indispensables en cas de décès. Une chose m'a étonnée, ils ont préféré l'incinération à une inhumation dans leur mausolée au cimetière de Bardines.

— Pourquoi cela vous a-t-il surpris ? s'enquit Nathan, qui se réjouissait de glaner ces informations.

— Madeleine avait juré ses grands dieux que la crémation était contraire à ses idées et à la tradition familiale. Je suppose que Firmin a dû la persuader, car lui, il y tenait absolument. Enfin, par chance, ils ont pu élever leur petite-fille. Pour eux c'était essentiel de garder

Emmie, après avoir perdu Véronique. De toute façon, le père n'aurait jamais pu prendre soin d'un bout de chou de trois ans, de santé fragile en plus.

— À cause de la drogue, du manque d'argent ?

— Pour cela, inspecteur, mais également à cause de sa vie de débauché. Il paraît qu'il trompait sa jeune épouse et qu'il avait des mœurs répréhensibles. Quand je pense que cet individu est revenu à la charge et qu'il a osé enlever Emmie.

— Vous saviez donc qu'il n'était pas mort, comme l'avaient prétendu vos cousins, insinua Nathan.

— Oui, inspecteur. Madeleine et Firmin m'avaient expliqué pourquoi ils disaient autour d'eux que leur gendre était décédé. Je les ai compris, les malheureux. Et puis Grégoire Thomas ne donnait aucun signe de vie, à part une lettre de temps en temps, avec toujours la même exigence de revoir sa fille. Enfin, un matin, il y a environ six mois, Madeleine l'a reconnu au volant d'une camionnette garée ici, rue d'Iéna. C'était à l'heure où elle ramenait Emmie de l'école. Tout de suite, mes cousins m'en ont informée et bien sûr ils ont redoublé de vigilance. Pas assez, hélas…

— Pourquoi vous en informer, vous en particulier ?

— Parce qu'ils faisaient appel à moi pour garder Emmie s'ils avaient besoin de s'absenter.

— Il se pourrait que je vous convoque très bientôt, madame. Restez à la disposition de la police les jours qui viennent.

— Il n'y a pas de souci, inspecteur.

La psychologue sortit de la chambre au même instant. Vite, l'infirmière se leva avec l'intention de courir au chevet de la fillette. Nathan la freina d'un geste.

— Une petite seconde, madame ! Maître Bonneau nous a dit que vous aviez donné un sirop calmant à Emmie. Pouvez-vous me donner le produit aux fins d'analyses ?

— Il s'agit d'une innocente préparation homéopathique à base de plantes, inspecteur, sans aucun danger pour une enfant de cet âge.

— Je tiens à emporter le flacon, vous en avez sans doute un autre en réserve.

Adeline Royer s'exécuta en arborant une mine excédée. Peu après, Irène Galande, Xavier et Nathan marchaient le long de la rue d'Iéna. Quand ils furent dans la voiture, la psychologue confia son ressenti au sujet de la petite fille.

— Emmie a eu beau refuser de me parler, hormis quelques mots marmonnés, son attitude et ses regards m'ont renseignée. Sous son allure délicate et malgré son mutisme, elle est plus mûre et vive d'esprit qu'on ne l'imagine. Je peux me tromper, mais j'ai la conviction qu'elle garde un bon souvenir des heures passées avec son père. Au vu de mon expérience, je conclurai qu'il n'y a pas eu de sévices sexuels. J'ajouterai que sa fille veut le protéger, ayant sûrement compris de quoi on l'accusait.

— Comment est-ce possible ? demanda Xavier. Elle aurait entendu une conversation entre adultes ?

— Elle a pu le deviner, précisa la psychologue. Car il me paraît improbable qu'elle ait pu surprendre des discussions, l'infirmière demeure en permanence dans sa chambre.

— Ouais, on dirait plutôt une gardienne au service de ses cousins, maugréa Nathan.

— Ah d'accord, c'est une cousine du couple, nota Xavier. Si elle leur ressemble, je plains la gamine.

— Disons qu'elle est moins revêche et surtout bavarde, ce qui est appréciable.

Il relata à son adjoint ce qu'il avait appris de l'infirmière, et Irène Galande en prit note également.

— Je commence à mieux me représenter le nœud du problème, déclara Nathan. Xavier, hier je t'ai fait écouter l'enregistrement où Ambre relate la confession de Grégoire Thomas... J'aimerais avoir ton avis : qui estimerais-tu coupable ?

— Pour moi, les Royer sont responsables de la situation et ils ne m'inspirent pas confiance, ni leur avocat.

Franchement, à la place de Thomas, j'aurais peut-être fait pire que lui !

— Pas mal de gens penseraient comme toi, moi le premier. Thomas a tort de se planquer, de souffrir en silence. Il doit affronter ses beaux-parents au grand jour, se faire entendre. Mais pour ça, on doit le retrouver. Votre opinion, madame Galande ?

— Mon unique souci, c'est le bien-être d'Emmie, or cette enfant souffre physiquement et moralement. Je vais faire un rapport à mes supérieurs, en attendant mieux…

Vallée des Eaux-Claires, même jour, même heure

Ambre avait voulu retourner dans la niche rocheuse où Emmie s'était endormie près de Grégoire. La jeune femme, allongée sur la couverture, tenait entre ses mains la poupée habillée d'une tenue de danse rose, à paillettes argentées.

— Tu as bien choisi, c'est joli et ça brille, murmura-t-elle.

— Comme toi, répondit-il, en lui caressant les cheveux dont il appréciait les reflets d'or roux.

Une lampe à pile les éclairait. Tous deux avaient la délicieuse impression d'être hors du monde, au creux d'un refuge où nul ne pouvait les déranger.

— Je croyais que tu préférerais la grotte ronde, où entre le soleil, fit remarquer Grégoire. En l'aménageant un peu, ce serait presque confortable.

— Nous irons une nuit de pleine lune, répliqua Ambre en riant d'exaltation. Ici, nous sommes vraiment à l'abri et nous serons dans le noir total si tu éteins ta lampe.

— Et que ferons-nous au sein des ténèbres ?

— Comme tout à l'heure, dans ton lit, alors que je venais juste d'arriver. Tu ne m'as pas laissée respirer une seconde.

Grégoire se pencha sur elle et l'embrassa sur les lèvres avec douceur. Ambre l'enlaça pour prolonger le baiser, submergée par la violence de son désir. Jamais elle n'avait éprouvé une telle attirance pour un homme ni un plaisir aussi éblouissant.

— Ce serait notre troisième fois, souffla-t-il à son oreille. La première date d'hier matin, la deuxième d'une quarantaine de minutes... Pourquoi t'es-tu rhabillée, si tu avais de pareilles idées en tête ?

— Je n'allais pas venir toute nue ! Et ainsi, tu peux m'ôter mes vêtements un par un.

Pierre, son défunt fiancé, et Nathan, son ex-compagnon, auraient été sidérés en découvrant une nouvelle Ambre, libérée de sa pudeur habituelle, prompte à rire et avide de jouissance. Ces deux hommes l'avaient connue différente, plus introvertie et moins exubérante. Bizarrement, Grégoire lui avait offert une énigmatique renaissance.

— Au travail, alors, annonça celui-ci en s'écartant d'elle pour déboutonner son cardigan.

Il constata que la jeune femme n'avait pas remis son soutien-gorge. Sa bouche chaude rendit aussitôt hommage à ses seins ronds, aux mamelons durcis. Elle poussa des petits cris de joie, tout de suite en proie ravie à une fièvre amoureuse.

— Je parie qu'il n'y a pas de culotte en soie sous ta jupe, chuchota Grégoire.

— Vérifie, je ne sais plus.

Ils rirent tout bas, en échangeant un nouveau baiser plus long et plus ardent.

— Veux-tu que j'éteigne la lampe ? demanda-t-il, haletant.

— Non, tu m'as déjà vue des pieds à la tête, dans ta chambre. Moi j'ai envie de te regarder, de te voir. Je te trouve tellement beau, avoua-t-elle d'un ton éperdu.

Il étouffa une plainte de joie, avant d'enlever sa chemise. Ambre le contempla avec un sourire émerveillé.

Elle effleura du bout des doigts la ligne de ses épaules, son torse musclé, à la peau lisse et mate.

— Je suis folle de toi, gémit-elle, ses yeux bleus emplis d'une tendresse infinie.

Des ondes voluptueuses irradiaient son corps de femme, qui la faisaient se cambrer et soupirer, dans l'attente de l'instant où ils ne feraient plus qu'un. Ambre rangea soigneusement la poupée contre la paroi, et ce geste précautionneux émut son amant. Il l'embrassa sur le front.

— Merci d'être là, merci pour le bonheur que tu me donnes, dit-il d'une voix caressante.

— Merci aussi, Grégoire. Je ne m'étais jamais sentie vraiment moi-même auparavant, je veux dire avec les autres hommes.

Il s'était discrètement débarrassé de son pantalon en toile et de son caleçon. Son sexe tendu frôlait la cuisse d'Ambre qui regrettait déjà son aveu. Prononcer ces mots avait de surcroît atténué la brûlure de son désir.

— Pardon, je suis maladroite.

— Ne sois pas désolée de me faire un tel compliment, je suis flatté, répondit-il. Dis-moi, il y en a eu beaucoup ?

— Juste deux, mes études m'accaparaient. Mais c'est le passé, je n'en parlerai plus.

— C'est indispensable d'apprendre à se connaître, Ambre. Le plus important pour moi, c'est de te rendre heureuse sur tous les plans. Et autant te le dire maintenant, je n'avais jamais fait l'amour comme ça avant toi. Véro était d'une nature singulière, plus portée sur l'affection, les interminables câlins, sans trop apprécier mes élans virils. Mais tu as raison, n'en parlons plus.

Il la couvrit de baisers sans oublier celui qu'il préférait, sur sa tiède et soyeuse fleur de chair. Elle renversa la tête en arrière, les paupières closes, pour mieux s'abandonner à l'extase que lui procurait Grégoire.

— Viens vite ! s'écria-t-elle d'un ton affolé. Viens en moi, je t'en prie.

Il obéit avec une passion contenue, malgré sa hâte de la combler et de savourer à nouveau le joyau intime de sa féminité. Ils s'étreignirent convulsivement au paroxysme de la jouissance, chacun subjugué par cet amour impérieux qui les avait réunis. Un peu plus tard, ils étaient toujours enlacés dans la pénombre. Blottie contre Grégoire, Ambre rêva tout haut.

— Je voudrais rester ici des heures, ne jamais te quitter ! C'est mon petit paradis, creusé dans le rocher. Et tu es celui que j'attendais depuis toujours.

— Un paria qui t'accueille en grand secret et qui te condamne à des volets fermés, à déployer des ruses de gibier traqué pour me rejoindre. Sans compter le risque d'être accusée de complicité si on te surprend avec moi.

— Je m'en moque, parce que tu seras innocenté bientôt et tu n'auras plus à te cacher. Mais à condition de publier cette lettre ouverte sur laquelle nous n'avons pas encore travaillé. Demain matin, ce sera notre priorité.

— Pourquoi pas s'y mettre aujourd'hui ? Il est encore tôt, nous avons le temps. Ensuite tu pourrais déjeuner ici et faire une petite sieste.

— Non, je n'ai pas emporté d'affaires de rechange. Ils seraient surpris, à l'hôpital, si je revenais ce soir habillée comme hier. Et je crains d'être surveillée par la police. C'est plus prudent que je rentre à mon domicile. Mais demain je m'organiserai et je passerai la journée avec toi.

Grégoire approuva d'un sourire. Il remit ses vêtements et il aida Ambre à enfiler les siens.

— Les moments magiques doivent s'arrêter mais on ne peut plus les oublier, même si on a la certitude qu'il y en aura d'autres, beaucoup d'autres, lui dit-il tout bas. Pendant ton absence, j'aurais de précieux souvenirs pour me réchauffer le cœur. Sois prudente et reviens-moi vite.

— Je te le promets, répondit Ambre en l'étreignant.

8

Les rouages du mal

Hôpital de Girac, même jour,
jeudi 31 août, 18 heures

Lorsqu'elle se gara à son emplacement habituel, Ambre fut surprise de voir deux véhicules de police. Elle reconnut Xavier Martin, le jeune adjoint de Nathan, un brassard orange au bras gauche. Il téléphonait, mais il lui adressa un petit signe amical dès qu'il l'aperçut.

— Qu'est-ce qui se passe ? s'inquiéta-t-elle à mi-voix.

Après son escapade amoureuse, Ambre s'était douchée et avait réussi à dormir deux heures. Comme pour s'accorder à son bonheur tout neuf, elle avait mis une tenue pratique, en renonçant à l'élégance qui la caractérisait d'ordinaire. Aussi se dirigea-t-elle vers l'entrée des urgences en jean noir et tunique fleurie, chaussée de baskets.

— Bonsoir, Xavier, il y a eu un souci à l'hôpital ?

— Bonsoir, Ambre ! L'inspecteur Delors est à l'intérieur, avec le directeur. Un meurtre a été commis en milieu d'après-midi en traumatologie.

Immédiatement, elle pensa à Charles Favier, qui était soigné dans ce service.

— On est sûr que c'est un crime ? demanda-t-elle.

— Oui, sans aucun doute.

Xavier la salua pour se précipiter vers Nathan, qui sortait du hall d'accueil. Ambre hésita à le suivre, mais elle préféra rejoindre ses collègues des urgences, certaine qu'ils étaient tous au courant. Elle en eut vite la preuve, car une des infirmières l'arrêta dans le couloir, avec une expression alarmée.

— Ah, docteur Chasselin, c'est un vrai branle-bas de combat depuis qu'on a trouvé ce pauvre homme étranglé dans son lit. Vous savez, ce monsieur qu'on nous a amené hier matin très tôt, qui avait été agressé ?

— Charles Favier !

— C'est ça. Les collègues de traumatologie l'ont découvert vers 16 heures. Il n'y avait déjà plus rien à faire. Mon Dieu, il y avait des policiers partout, je n'avais jamais vu ça.

Abasourdie par ce qu'elle venait d'entendre, Ambre passa dans le vestiaire pour mettre sa blouse et attacher ses cheveux.

« J'espère qu'ils ne vont pas encore accuser Grégoire, mais s'ils le font, je serai bien en peine de lui servir d'alibi, j'étais déjà rentrée chez moi à cette heure », se dit-elle.

Angoissée, elle n'en montra rien en effectuant ses visites auprès des patients admis en début de journée. À chaque personne, elle dispensait un sourire plein de compassion et des paroles qui se voulaient réconfortantes. Cependant, quand Nathan la trouva au chevet d'une vieille dame, elle eut la gorge nouée et son cœur s'accéléra.

— Je peux te parler cinq minutes, seul à seul ? demanda-t-il d'un ton sec. Rassure-toi, c'est strictement professionnel.

— Allons dans le vestiaire, on sera tranquilles...

Son ancien compagnon avait les traits tirés et une mimique ulcérée qu'elle connaissait bien.

— Inutile de tergiverser, tout le personnel hospitalier est averti, commença-t-il. Favier a été tué par quelqu'un qui s'est introduit en traumatologie, a priori travesti en infirmier, mais je n'en suis pas certain. Hormis Grégoire Thomas, personne n'avait de motif pour supprimer cet homme. J'ai pu l'interroger hier, et il a cru l'identifier comme un de ses agresseurs.

— De manière formelle ? questionna-t-elle à mi-voix.

— Non, en plus Favier était sédaté, donc un peu confus. Mais selon son épouse, il courait au-devant de sérieux ennuis, la preuve en est faite… J'aurai les résultats des prélèvements de la scientifique tard ce soir ou demain matin, nous en saurons plus à ce moment-là. Ambre, si Thomas te contacte, cette fois arrange-toi pour le persuader de te rencontrer, quitte à lui mentir sur la santé de sa fille. On doit l'arrêter. Ou bien qu'il se rende. C'est dans son intérêt. Il ne prouvera jamais son innocence en se cachant, enfin si toutefois c'est lui la victime comme il l'affirme. Tu as compris ?

— Tout à fait ! Nathan, je suis sous le choc, et épouvantée par ce crime, je ferai ce que tu dis.

— Sois prudente aussi, d'après le légiste, la mort date de deux heures environ, le coupable pourrait toujours être sur place, d'où les effectifs déployés pour inspecter tout l'hôpital.

— Je n'arrive pas à croire que personne n'ait rien vu ni entendu, murmura-t-elle.

— Bah, il ne faut pas longtemps pour étrangler un type déjà affaibli et shooté par les médicaments, répliqua Nathan. Je compte sur toi, aide-nous à coincer Thomas.

Une fois seule, Ambre dut s'asseoir, terrassée par l'émotion. Au moment où l'on avait tué le détective, Grégoire était là-bas, dans la vallée des Eaux-Claires, du moins elle s'en persuadait, de nouveau envahie par un doute affreux.

« Non, je suis folle, il n'a pas pu faire une chose pareille, pas après nos baisers, nos caresses. »

Elle alluma son portable où, sous le second prénom de sa sœur aînée, elle avait enregistré le numéro avec lequel le jeune homme l'avait appelée, près de l'église Saint-Michel.

— Je lui téléphone, j'en aurai le cœur net.

Mais l'irruption d'une infirmière l'en empêcha. C'était Alice, dont le stage aux urgences s'achevait le soir même.

— Docteur Chasselin, je vous cherchais ! Venez vite, le SAMU ramène un blessé grave, vous savez, l'accident sur la rocade que je vous ai signalé.

— J'arrive, Alice.

Tout de suite, Ambre retrouva son sang-froid, afin de se consacrer tout entière à son rôle de médecin.

Elle en oublia qu'à l'aube, elle devait rejoindre Grégoire pour passer toute une journée avec lui. Il était presque minuit quand son service reçut un appel des pompiers, qui convoyaient jusqu'à Girac une femme victime d'un empoisonnement.

— Valérie Favier, quarante-huit ans, la renseigna Alice. C'est un ami qui l'a découverte inanimée. Il n'a pas pu la réveiller et il a paniqué. Docteur, vous croyez qu'elle est parente avec l'homme qui a été assassiné ?

— Peut-être ou bien il peut s'agir d'une coïncidence.

— Oh, vous savez, on voit tellement de drôles de choses, même ici. Vous vous souvenez de ce couple qui s'était violemment querellé le soir de ses noces ? On a dû recoudre le marié, six points de suture au front, et sa femme avait l'épaule démise.

— Je m'en souviens, oui. C'était navrant...

Ambre n'en dit pas plus, tourmentée par la mort du détective. Si c'était bien son épouse qu'on leur amenait, elle avait pu être également victime d'un acte criminel.

Dix minutes plus tard, assistée par un interne, on lui donna la réponse, en la personne d'un quinquagénaire grisonnant. Il suivait de très près la civière sur laquelle gisait la dénommée Valérie Favier.

— Je venais tenir compagnie à Valérie, parce qu'elle était sous le choc après la mort de son mari, et je l'ai trouvée allongée sur le tapis du salon, de l'écume au coin de la bouche, balbutia l'homme. Charles, son mari, a été tué ici même, elle avait peur de subir le même sort.

— Je comprends, monsieur, veuillez patienter à l'accueil, lui dit Ambre avec gentillesse. Nous prendrons soin de madame et elle a eu de la chance que vous lui ayez rendu visite. Avez-vous alerté la police ?

— Oui, bien sûr, un inspecteur va venir.

Au bout d'une heure en soins intensifs, le pronostic vital de Valérie Favier était toujours engagé et elle avait sombré dans un coma léger. Nathan, toujours escorté par son adjoint, avait pris la déposition de l'ami de la patiente, un certain Denis Malherbe. L'homme était reparti chez lui, en précisant à une infirmière qu'il reviendrait en début d'après-midi.

— C'est vraiment bizarre, inspecteur, marmonna Xavier. D'abord le mari, ensuite la femme.

— Je dirais qu'il y a une logique. Ils auraient sûrement pu livrer des infos importantes sur les Royer et sur Thomas. Selon les premières analyses, on aurait mis un poison à base d'arsenic dans la nourriture ou une boisson consommée par Mme Favier. J'ai envoyé la scientifique récupérer tous les aliments du domicile. Cette femme serait morte si ce Malherbe, qui n'a pas caché être son amant depuis un an, n'était pas allé la voir.

— De surcroît, il nous a annoncé que les Favier s'apprêtaient à divorcer.

— L'enquête part un peu dans tous les sens, soupira Nathan. Il faut plus que jamais démêler le vrai du faux. Si les Royer sont sous emprise, comme le prétend Grégoire Thomas, il faudrait chercher s'il existe des associations suspectes à Angoulême ou même dans les alentours. Et, dans un second temps, l'idéal serait d'obtenir une réquisition du juge pour accéder à leurs comptes bancaires et traquer les éventuels mouvements vers ces associations. .

— Je vais m'y atteler, inspecteur, déclara Xavier. Vous pensez toujours que c'est Thomas le coupable ?

— S'il était en prison, je ne pourrais pas le suspecter ! Tant qu'il rôde dans la nature, comment savoir…

— Ah, voilà votre ex, souffla son adjoint.
— Hé, un peu de respect, on dit le docteur Chasselin ici, le reprit Nathan avec un léger sourire. Je te rappelle qu'on t'avait invité à dîner et qu'Ambre s'était mise en quatre pour nous servir un excellent repas.
— L'état de Mme Favier ne s'améliore pas, annonça celle-ci d'un air anxieux. Sa tension a chuté et un arrêt cardiaque est à craindre. Je pense qu'elle a ingéré une autre substance toxique en plus de l'arsenic, qui épuise son foie.
— Il faudrait pourtant qu'elle s'en sorte, s'alarma Nathan. Son témoignage serait capital.
— Nous ferons le maximum.
Ambre fit demi-tour pour regagner son service, mais Delors bondit de son siège et la rattrapa.
— Demain, la presse révélera le meurtre commis à Girac, murmura-t-il en la retenant par le poignet. Le procureur tient à citer Thomas comme possible suspect. Il va sûrement réagir si l'accusation est fausse. Fais ce que je t'ai demandé, au cas où il t'appellerait.
— Combien de fois tu vas me le dire ? protesta-t-elle tout bas. Excuse-moi, je n'ai pas le temps, là.
— Malgré tout ce qui se passe, tu es sûrement pressée de quitter le travail et de courir vers ton nouvel amour, lança-t-il d'une voix à peine audible. J'ai croisé un jeune interne aux boucles blondes, ce ne serait pas lui ?
— Peut-être, tu n'as qu'à enquêter, rétorqua Ambre en se libérant d'un geste vif.

Vallée des Eaux-Claires, vendredi 1er septembre

Dans sa hâte de retrouver Grégoire, Ambre avait roulé un peu vite, sans oublier de vérifier si on la suivait. Survoltée par le chaos de ses idées, elle voulait avant toute chose serrer le jeune homme dans ses bras et sentir ses lèvres pleines, bien ourlées, sur les siennes.

— Je ne le questionnerai pas, je lui raconterai juste ce qui est arrivé à cet enquêteur et à son épouse. Si je lui demandais où il était hier après-midi, il comprendrait que j'ai eu des doutes. Mais j'ai bel et bien eu des doutes, j'en ai encore...

Elle parlait toute seule, en jetant de fréquents coups d'œil dans le rétroviseur. Afin de donner le change, elle se gara un peu plus loin que lors de ses précédentes visites.

— Même si je croise quelqu'un, il se dira que je fais du jogging très tôt le matin, il n'y a pas de mal à ça, s'exhorta-t-elle en calant son sac de randonnée sur son dos.

Pendant qu'elle marchait d'un bon pas vers le chemin qui la mènerait vers Grégoire, Ambre songeait aux mots de Nathan, évoquant un nouvel amour.

«Je ne croyais pas éprouver des sentiments aussi forts, se dit-elle. J'ai l'impression d'être privée d'une partie de moi quand je ne suis pas avec lui ! Je deviens fleur bleue, c'est un peu cliché.»

Rieuse, elle se moqua d'elle-même, de cette passion dont tout son corps vibrait. En grimpant la piste bordée de chênes et de rochers, elle ne fut plus qu'impatience.

— J'aperçois la maison, Grégoire doit me guetter, je suis un peu en retard.

La porte de la grange s'entrebâilla bientôt devant elle et, en un instant, Ambre disparut dans le bâtiment. Déjà la bouche de son amant la couvrait de baisers, tandis qu'il chuchotait son désir d'homme.

— Je t'attendais, je n'en pouvais plus. Tu es là, j'avais peur que tu ne puisses pas venir. Ambre, ma toute belle...

Il l'étreignait, le souffle court, avec des caresses sur ses seins et le creux de ses reins. Ravie par cet accueil, elle le repoussa néanmoins d'un geste tendre.

— Grégoire, laisse-moi au moins enlever mon sac, il pèse lourd. Et respirer un peu, je suis essoufflée. Mais qu'est-ce que tu as? s'écria-t-elle en le regardant attentivement.

En dépit de la pénombre ambiante, Ambre distinguait des hématomes sur sa joue gauche et l'arcade sourcilière droite. Une vilaine ecchymose bleuissait son menton.

— On t'a frappé ? Qui ? Où étais-tu, Grégoire ? Tu me dois la vérité, comprends-tu ? Je refuse de t'imaginer capable d'une agression ou d'un meurtre, mais une fois encore, tu portes des traces de coups ? Où étais-tu ?

— Cette nuit, je n'ai pas pu résister, je suis allé rue d'Iéna. Je connais bien les lieux. Un passage permet d'accéder au jardin des Royer, Véro faisait le mur par là pour me rejoindre dans le square de l'hôtel de ville. Je voulais me hisser jusqu'à la fenêtre de la chambre d'Emmie, car il y avait de la lumière... Avec la vigne vierge et la gouttière, c'est facile, je l'ai déjà fait il y a des années.

— Tu es complètement fou ! Tu as fait une mauvaise chute, c'est ça ?

— Même pas ! Firmin a dû me voir d'une autre fenêtre et il s'est rué dans le jardin. Il n'était pas seul, un type costaud le suivait. Ils m'ont roué de coups, mais j'ai pu m'enfuir.

— Ton beau-père t'a reconnu ?

— Bien sûr, il m'a injurié et, pour un homme de son âge, il a du punch et un vocabulaire de charretier ! Un peu plus, je ne me relevais pas.

— Ils ont appelé la police ?

— J'en doute fort, Ambre, ils semblaient avoir l'intention de m'achever. Je peux te le jurer, j'ai entendu Firmin dire à son acolyte de courir chercher une pioche dans le cabanon, là où il range ses outils. Ces fumiers m'auraient enterré au fond d'un bois, j'en suis sûr.

— Grégoire, ne dis pas ça, je refuse de te perdre, gémit-elle en l'enlaçant. Pourquoi prendre un tel risque ? Si vraiment ils t'avaient tué, je n'aurais jamais su ce qui t'était arrivé !

— Pourquoi ? Mais je n'en peux plus d'être séparé d'Emmie, je rêvais de la contempler endormie, sa jolie tête brune au creux d'un oreiller. Ma fille m'a manqué des mois, des années, mais depuis que j'ai passé plus de vingt-quatre heures avec elle, je ne supporte pas son absence. J'ai besoin de son sourire, de sa petite voix douce, de lui tenir la main.

À bout de nerfs, Grégoire réprima un sanglot. Il berça Ambre contre lui, et elle percevait les frissons qui le secouaient. Toujours en proie à un vague soupçon, elle patientait avant de l'interroger.

— Il n'y a que toi pour combler ce vide, dit-il à son oreille. Toi, ton corps, ton regard, ta bouche, tes plaintes quand on fait l'amour. Dès que tu es là, je me sens capable de me battre. Je t'en prie, ne te méprends pas, tu n'es pas une compensation à mon chagrin, non. Tu es ma providence, l'étoile qui brille dans ma nuit. Je t'aime, Ambre.

— Moi aussi, je t'aime. Peu importe si je te connais à peine et si le monde entier se dresse contre nous. Allons à la maison, je vais te soigner, c'est ma priorité de médecin.

— J'ai vraiment de la chance, la jolie dame rousse des urgences se déplace à domicile, rien que pour moi, plaisanta-t-il.

Ambre avait laissé sa trousse de pharmacie dans un placard de la cuisine. Elle ôta la chemise de Grégoire pour examiner son torse et son dos.

— Tu as des contusions un peu partout ! Quelles sales brutes !

Soudain elle songea aux deux agresseurs du détective. Une idée la traversa.

— Si c'étaient eux, Firmin Royer et cet autre homme, qui ont frappé Charles Favier ? hasarda-t-elle.

— Pourquoi pas, ils en sont capables… Bah, cette crapule de détective s'en remettra, et moi aussi.

La remarque de Grégoire aurait pu prouver à Ambre qu'il ignorait le crime commis à Girac, mais elle voulait une preuve irréfutable de son innocence pour ne plus jamais douter de lui.

— Grégoire, je suis désolée, mais hier après-midi, Favier a été étranglé dans son lit d'hôpital, et le soir, on nous a amené son épouse, victime d'un empoisonnement. Elle est dans le coma. Bien sûr, pour la police, tu es encore le suspect idéal.

— Et pour toi ?

— Je voudrais être certaine que tu n'as rien fait, mais comment pourrais-tu me le prouver ? Je n'étais pas avec toi quand Favier a été tué... Et on ne sait pas qui a empoisonné son épouse.

Ambre sentit les épaules de Grégoire se raidir sous ses mains. Elle continua à lui parler d'un ton éperdu.

— Il faut te mettre à ma place, je dois te croire sur parole ! Mais tu connaissais Charles Favier et peut-être te menaçait-il ? Mon cœur me crie que tu es innocent, cependant si je reste logique, tu pourrais être coupable, par besoin d'argent ou pour te venger.

— Si je voulais me venger, ce serait Firmin Royer que j'aurais étranglé, pas un type qui ne m'a jamais rien fait ! Ambre, je te comprends, les circonstances ne plaident pas en ma faveur. Mais dis-moi pourquoi je m'en serais pris à ces gens ? Jusqu'à empoisonner une femme que je ne connais pas ! Sans compter qu'en me rendant passible de deux crimes, je perds toute chance de récupérer Emmie et tout espoir d'un avenir avec toi ! Où est la logique là-dedans ? Hélas, je ne peux pas te fournir d'alibi. Je n'ai que ma parole à te donner : je n'y suis pour rien. Et je n'ai pas menti pour cette nuit, j'étais dans le jardin des Royer et j'aurais pu y mourir. Pars si tu veux...

— Non, je ne m'en irai pas ! Je te crois, Grégoire, excuse-moi.

Toute tremblante, Ambre l'enlaça en l'embrassant. À sa manière, il lui avait démontré l'inanité de ses doutes.

— Je l'admets, tu n'avais aucun motif sensé pour t'en prendre aux Favier. Ta parole me suffira désormais ! Pour ce qui s'est passé chez tes beaux-parents, il faudrait le dire à Nathan, qu'il enquête dans ce sens-là.

— La justice m'a déjà piétiné et brisé. Et les Royer seront toujours les plus forts. Ils ont réussi à faire peser sur moi des accusations odieuses. On me considérera comme un père abject, coupable de s'en être pris à sa fille.

— Tu ne l'as pas fait et on pourra le prouver. Pendant un procès, la donne peut changer si l'on prouve les mensonges et les torts de la partie adverse. J'ai des économies, nous trouverons un bon avocat. Tu n'es plus seul, souffla-t-elle à son oreille.

— Je sais et j'espère que tu me pardonneras si toute cette histoire finissait par nous détruire.

— Que veux-tu dire ?

— Rien de précis, juste un pressentiment.

Sa réponse angoissa davantage Ambre, mais elle demeura silencieuse, concentrée sur les soins à lui prodiguer.

— Tu restes bien ici toute la journée, n'est-ce pas ? demanda enfin Grégoire.

— Oui, je te l'avais promis. J'ai apporté une tenue de rechange et mon ordinateur portable.

— Excuse-moi, je suis tellement fatigué, je voudrais me reposer un peu, en te serrant contre moi, avoua-t-il.

— C'est normal, après tous les coups que tu as reçus… Tiens, avale un analgésique, tu te sentiras moins endolori.

Ils montèrent s'allonger dans une pièce située à l'étage, aménagée sous les combles, meublée d'un lit et d'une petite table. Elle jouxtait la chambre décorée pour Emmie, beaucoup plus gaie.

Grégoire s'endormit vite, la tête d'Ambre blottie au creux de son épaule. Attendrie, elle écouta le bruit ténu de sa respiration, en cherchant comment le sauver des rouages du mal, soigneusement réglés et huilés par la haine des Royer. Mais elle s'assoupit à son tour, épuisée après une nuit assez agitée aux urgences.

Ambre se réveilla deux heures plus tard, sans raison précise. Tout était calme à l'extérieur, d'où lui parvenaient des chants d'oiseaux. Elle se leva sans bruit pour aller au rez-de-chaussée se préparer une boisson chaude. Ce fut en savourant le parfum du thé noir aux écorces d'orange qu'une inspiration lui vint.

— Mais oui, c'est la seule solution, murmura-t-elle.

Par précaution, au cas où Grégoire pourrait l'entendre, Ambre se réfugia au fond de la grange, derrière la camionnette. Après s'être concentrée pour élaborer son plan, elle appela Nathan.

— Inspecteur Delors, j'écoute, répondit-il d'un ton sec.

— C'est moi, Ambre, s'étonna-t-elle.

— Je connais encore ton numéro et tu es enregistrée sous un nouveau nom « amour perdu ». Cependant nos relations seront à l'avenir uniquement professionnelles, aussi je suis l'inspecteur Delors pour toi.

— Tu te comportes en gamin stupide, Nathan, alors que je dois te dire quelque chose de grave. Voilà, Grégoire Thomas m'a téléphoné au moment où je quittais Girac. Il refuse toujours de me rencontrer, mais il tenait à m'informer d'un incident important. Cette nuit, fou de chagrin, il s'est introduit dans le jardin de ses beaux-parents afin de grimper jusqu'à la fenêtre de la chambre d'Emmie. Il voulait juste la voir dormir. Il a précisé qu'il faisait ainsi du temps où ils se voyaient en secret, Véronique et lui.

— Et alors ? s'impatienta le policier.

— Firmin Royer et un autre homme l'ont surpris. Ils l'auraient roué de coups. Quand il était là, ils ont parlé de prendre une pioche dans le cabanon de jardin, sûrement pour l'achever, mais il a réussi à s'enfuir de justesse. Certes, il peut mentir ou bien inventer tout ceci, mais j'ai jugé indispensable de te le raconter. Si c'est vrai, il pourrait y avoir des traces chez les Royer. Et, après réflexion, je me suis dit que Firmin et cet homme étaient peut-être les agresseurs de Charles Favier.

— Ton scénario plaide pour Thomas, dont tu défends la cause avec ferveur. On en aura vite le cœur net, j'ai reçu les résultats de la scientifique : on a trouvé de l'ADN sur les vêtements que Favier portait ce soir-là, deux cheveux. S'il colle avec celui trouvé sur la robe d'Emmie, que j'avais eu soin de faire analyser, il aura des difficultés à clamer son innocence. Je suis navré de te décevoir, Ambre, mais je pense que tu te trompes sur ce type. Je ne crois pas à son expédition nocturne chez les Royer, il veut juste t'attendrir, jouer les martyrs.

Révoltée, elle faillit lui crier qu'il commettait une erreur. Toujours par prudence, elle mesura ses propos.

— D'accord, je peux me tromper, Nathan. Néanmoins, si j'étais à ta place, par acquit de conscience, j'irais interroger ces gens pour vérifier. Tu m'as souvent répété que tu avais du flair, donc tu sauras s'ils sont impliqués, notamment Firmin Royer. En principe, tu es censé explorer chaque piste, et admets que ce serait intéressant pour ton enquête, si Grégoire Thomas disait la vérité.

Il y eut un silence qui vrilla les nerfs de la jeune femme. Elle s'apprêtait à le rompre, cependant Nathan le fit en premier.

— Ambre, tu n'es pas flic, même si tu te prends pour une justicière. J'ai un meurtre sur les bras, en plein hôpital, et la presse va se régaler. Quant à Mme Favier, elle est toujours dans le coma. Je suis submergé de travail, aussi pour l'instant je lâche du lest du côté des Royer.

— Mais ça fait partie de ton travail ! protesta-t-elle.

— Bon sang, Thomas t'a ensorcelée ! s'insurgea-t-il. Il doit avoir une voix qui te fait perdre ta logique et ta lucidité.

— Pas du tout, je voudrais juste qu'Emmie ait une chance de revoir son père s'il n'a rien fait de mal. Je me bats pour cette petite fille si fragile, Nathan.

— Tu as gagné, Xavier et moi, on ira rendre visite aux Royer dans la journée. Au fait, où es-tu là ?

— Chez mon nouvel amour, puisque tu l'as désigné ainsi. Merci de suivre mon conseil. On se rappelle ce soir ?

— Peut-être.

Le policier avait coupé la communication. Tremblante de nervosité, Ambre s'adossa au mur de pierres.

— Je mens sans cesse moi aussi, je n'aurais jamais cru en être capable. Mais une chose est quand même vraie, je suis chez mon nouvel amour… Pourvu que ce ne soit pas son ADN !

Ambre lutta vaillamment contre ses idées noires. Elle en vint à la conclusion rassurante qu'il pouvait s'agir d'un coup monté, afin de faire accuser Grégoire.

Angoulême, rue d'Iéna, même jour, en début d'après-midi

Madeleine Royer afficha une mine outrée en ouvrant sa porte aux deux policiers. Un bandeau noir retenait en arrière ses cheveux châtains semés de fils gris, raides et récemment coupés au carré.

— Avez-vous un mandat, inspecteur ? dit-elle d'une voix aigre. On ne dérange pas à tout bout de champ une famille éplorée, sans même prévenir de sa visite.

— Pouvons-nous entrer, madame ?

— Pas sans un mandat !

— Si vous persistez à nous refuser l'accès de votre domicile, j'en obtiendrai un très vite, m'autorisant à perquisitionner de fond en comble chez vous.

L'air affolé, Firmin Royer accourut. Il obligea sa femme à reculer en la saisissant par le bras.

— Madeleine, sois raisonnable ! On ne peut pas empêcher ces messieurs de faire leur travail, surtout après ce qui s'est passé au cours de la nuit.

Intrigués par ces mots, Delors et son adjoint suivirent le couple. Tous les quatre s'immobilisèrent au milieu du vestibule, délimité par des portes doubles vitrées, au sol couvert d'un tapis de style oriental.

— Qu'est-ce qui est arrivé cette nuit, monsieur Royer ? s'enquit Nathan avec un vif intérêt.

— Eh bien, Grégoire Thomas a pénétré dans notre jardin, armé d'un couteau. Je l'ai aperçu de la fenêtre du palier, dont la lumière était éteinte à ce moment-là. J'étais furieux, persuadé qu'il voulait essayer d'enlever Emmie.

— En escaladant le mur, la nuit, alors qu'une infirmière ne quitte pas le chevet de votre petite-fille ? hasarda Xavier.

— Pensez donc, cela lui serait bien égal de mettre en péril la vie de notre chérie ! s'égosilla Madeleine.

— De surcroît, inspecteur, Grégoire ignorait que Mme Adeline couchait dans la chambre d'Emmie, renchérit Firmin.

— Vous appelez votre cousine « madame » ? ironisa Nathan. Eh oui, Adeline Royer m'a décliné vos liens de parenté, que vous m'avez cachés.

— Était-ce si important, inspecteur ? Ce monstre a fait subir des horreurs à ma petite-fille et vous vous contentez d'étudier notre état civil ! décréta Royer en levant les bras au ciel.

— Vous brûlez les étapes, monsieur, rien n'est établi ni prouvé en ce qui concerne les accusations d'attouchement sur Emmie, rétorqua Nathan. Continuez plutôt sur l'incident de cette nuit. Vous étiez furieux de reconnaître Thomas dans votre jardin ! Qu'avez-vous fait ?

— J'ai ouvert la fenêtre pour lui ordonner de déguerpir et lui dire que j'appelais la police. Ce lâche a vite disparu.

— Cependant vous ne m'avez pas averti ni aucun de mes collègues.

— Mais je comptais le faire, une fois remis de mes émotions ! Je venais tout juste d'apprendre le meurtre de mon ami Charles...

— Soit, cependant même après plusieurs heures, nous n'avons pas été alertés, fit remarquer Delors. Si je n'étais pas venu, je pourrais parier que vous nous auriez caché cette intrusion nocturne. Pourquoi ?

Le couple échangea un regard où Nathan décela un début de panique.

— Pourquoi ? insista-t-il. Même si Emmie a été confiée aux urgences par son père et retrouvée rapidement, nous devons appréhender Grégoire Thomas. Je croyais que c'était votre priorité et là, vous lui dites de partir, sans rien tenter d'autre.

— J'étais abasourdi, je n'ai pas réfléchi, marmonna Firmin.

— Conduisez-moi dans le jardin, je vous prie. Xavier, mets des gants et prépare des sachets plastiques au cas où on trouverait des indices.

— Oui, inspecteur.

— Que cherchez-vous ? s'écria Madeleine. Chéri, ils n'ont pas le droit, dis-leur de s'en aller. Ils n'ont qu'à revenir demain avec un mandat de perquisition.

— Bien sûr, ça vous donnerait du temps pour dissimuler d'éventuelles traces compromettantes, lui assena Nathan.

— Mais non, mais non, balbutia Firmin.

Le jardin était à l'image de la demeure bourgeoise, sobre et bien entretenu, mais sans charme ni fantaisie. Six boules de buis soigneusement taillées ponctuaient une allée circulaire tapissée de petits cailloux gris. Des rosiers nains, aux fleurs jaunes, poussaient au centre d'un massif rond, où se dressait la statue en marbre blanc d'une femme en prières. Entièrement clos de murs, le jardin abritait aussi un cabanon en planches peintes en vert clair.

— Qu'est-ce qu'il y a là-dedans ? demanda Nathan.

— Les outils pour jardiner, évidemment, répondit Madeleine qui se cramponnait au coude de son mari.

Sur un signe de l'inspecteur, Xavier alla inspecter l'intérieur du cabanon. Il énuméra ce qu'il voyait.

— Rien de spécial, un râteau, une pelle, une binette et une pioche… Il y a une étagère avec des bidons de produits, du tue-limaces, du raticide, de la bouillie bordelaise, du désherbant.

— Merci, Xavier, emporte le tue-limaces et le raticide pour la scientifique. Madame et monsieur Royer, je tiens à vous informer que l'épouse de votre ami Charles Favier a été empoisonnée. Actuellement elle est dans le coma, mais j'ai hâte qu'elle se réveille. Je suis sûr que cette dame fort bavarde aurait beaucoup à nous dire.

— Valérie Favier ! Gloutonne comme elle l'est, je ne suis guère surprise, elle aura mangé un aliment périmé. Encore une crise de boulimie pour se consoler du décès de son époux, commenta Madeleine sans aucune compassion.

— Vous la connaissez bien, dites-moi ! Pourtant cette dame prétendait qu'elle ne vous fréquentait guère, avança Nathan.

— Charles se plaignait assez de sa femme, c'était lui qui nous racontait comment elle dévorait tout ce qui lui tombait sous la main.

— Eh bien, la charité chrétienne ne vous étouffe pas, madame Royer, nota le policier. Ceci dit, si on sait qu'une dame de ses relations a ce genre de problèmes, cela peut encourager à lui faire avaler un cocktail de poisons.

— Quoi, vous osez m'accuser ? hurla-t-elle. Firmin, nous qui sommes des victimes, nous sommes traités d'assassins !

— Gardons la tête froide, Madeleine, recommanda son mari. Inspecteur, dès que j'ai su pour ce pauvre Charles, j'ai pensé à Grégoire. Ce malheureux est fou à lier, il s'en est pris à lui, sans doute aussi à Valérie. Et cette nuit, il aurait pu nous tuer !

— Vous pouvez décrire le couteau qu'il avait ? insinua Xavier.

— Une arme de chasseur, la lame luisait sous la lune. Avec ça, si j'avais osé intervenir, il me transperçait le cœur ou le ventre, assura Firmin Royer.

— Dites-moi, vous avez une très bonne vue, fit remarquer Nathan. De la fenêtre du palier jusqu'ici, de nuit, vous pouvez dépeindre un couteau ! Si vous aviez eu de l'aide, peut-être auriez-vous flanqué une correction à votre ancien gendre… Je me trompe ?

— Mais j'étais seul à l'étage, inspecteur. Et puis à mon âge, je ne suis pas de taille.

— J'ai des doutes, monsieur Royer, surtout après m'être penché sur vos antécédents, ce qui m'a pris une heure. Dans votre jeunesse, vous avez été un excellent boxeur et j'ai su que vous fréquentiez assidûment une salle de sport. Thomas n'aurait pas fait le poids, à condition d'être deux contre un, comme pour Charles Favier.

— Je ne comprends pas vos allusions, inspecteur Delors. Je suis en très bons termes avec des notables influents de la région et je vous préviens, je ne me laisserai pas traîner dans la boue ni soupçonner d'actes répréhensibles. Au fond, Grégoire me fait pitié.

— Pas à moi, c'est un ignoble pervers qui a détruit notre Véro et qui a fait du mal à Emmie, notre unique réconfort sur terre ! se récria Madeleine.

Nathan faisait de son mieux pour capter toute l'attention des Royer, ce qui permettait à Xavier d'examiner la pelouse et les cailloux de l'allée. Il avait confié à son adjoint les informations fournies par Ambre, en précisant qu'il voulait juste en avoir le cœur net. À présent il se félicitait d'avoir suivi les conseils de la jeune femme.

— Récapitulons, dit-il encore. Au milieu de la nuit, Thomas entre dans ce jardin. Quelles sont ses intentions ? Et s'il avait seulement souhaité revoir son enfant ?... Vous brandissez votre statut de victimes, cependant cet homme, s'il est innocent, souffre d'être séparé d'Emmie. Pourquoi ne pas régler vos différends par le biais d'un juge ?

— Par crainte qu'il obtienne un droit de visite, trancha Firmin d'un ton hargneux. Il a perverti Véronique, notre fille unique, nous refusons qu'il perturbe Emmie. Si vous pouviez maintenant nous laisser tranquilles, inspecteur, avant d'avoir des ennuis. J'ai des relations en haut lieu, méfiez-vous.

Fine mouche, Nathan feignit de prendre la menace en considération. Les réactions du couple lui indiquaient qu'ils mentaient encore, se sentant tout puissants, peut-être grâce à l'appui de ces mystérieux personnages dont avait parlé Thomas. Il décida d'en rester là, pour mieux réfléchir à la manière de les démasquer.

— Très bien, nous partons, répondit-il. Je n'ai aucune preuve contre vous, de toute façon. Nous nous reverrons aux obsèques de Charles Favier. J'y serai, puisqu'une rumeur court dans la police, disant que l'assassin assiste souvent à l'enterrement de celui qu'il a tué. Mais si votre gendre revenait, cette fois, contactez-moi, que je puisse mettre cet individu en prison.

Quoiqu'un peu perplexes, les Royer approuvèrent d'un air vaguement satisfait.

— Inutile de nous raccompagner, on connaît le chemin, ajouta Nathan.

Dès qu'ils furent dans la rue, Xavier exhiba ses trouvailles avec une discrète expression de triomphe.

— Regardez, inspecteur, deux cailloux où il y a du sang, et un mégot de cigarette, des blondes à filtre, on aura sûrement de l'ADN.

— Formidable ! On avance à tâtons, mais on avance. Une chose est sûre, les Royer ne m'inspirent plus du tout confiance.

Les deux policiers étaient sortis trop vite. Ils n'avaient pas entendu les petits cris d'Emmie ni sa cavalcade éperdue dans l'escalier, poursuivie par l'infirmière. La fillette en larmes avait essayé de leur dire la vérité.

— Papi et un monsieur ont voulu tuer mon papa, je les ai vus de ma chambre…

La main osseuse d'Adeline Royer s'était plaquée sur sa bouche à l'instant où Nathan et Xavier foulaient déjà le trottoir de la rue d'Iéna. Désespérée, Emmie avait suffoqué, avant de faire une nouvelle crise d'asthme, que ses grands-parents soignèrent à l'aide de plantes et d'incantations.

9
Derniers doutes

Vallée des Eaux-Claires, même jour,
vendredi 1er septembre, 15 heures

Grégoire venait de se réveiller. Il était seul dans la chambre mansardée et, en voyant l'heure sur sa montre, il éprouva une vive déception, certain qu'Ambre avait dû s'en aller.

— J'ai dormi trop longtemps…

Il dévala l'escalier de meunier, raide, aux marches courtes, et fit irruption dans la cuisine.

— Ah, tu es encore là !

Assise à la table, son ordinateur portable installé en face d'elle, Ambre se retourna en souriant.

— Mais oui, je suis là ! J'ai bien travaillé pendant que tu te reposais.

Soulagé, il l'enlaça avec tendresse et l'embrassa sur la joue, puis sur les lèvres.

— J'ai perdu un temps précieux que je voulais passer près de toi, se désola-t-il.

— Il nous reste deux longues heures et trente minutes, précisa-t-elle en se levant pour se serrer contre lui. Tu avais besoin de récupérer, je suis sûre que tu passes souvent des nuits blanches.

— Tu ne peux pas t'empêcher de réagir en médecin, dit-il gentiment à son oreille. Ambre, promets-moi que tu ne me soupçonnes plus, pour le meurtre de Charles Favier ni à propos de sa femme !

— Je te le promets, je ne pourrais pas t'aimer autant si tu étais le sinistre individu dépeint par les Royer. Mon cœur ne peut pas se tromper.

— Merci, j'en suis heureux..., répliqua Grégoire à mi-voix. Pourtant il y a eu des femmes qui ont aimé un criminel, au point de tout faire pour le sortir de prison. Certaines ont même réussi des évasions spectaculaires. Est-ce que tu le ferais ?

— Pourquoi me demandes-tu ça ? Tu es innocent et tu ne seras pas incarcéré. Le débat est clos.

— C'était juste de la curiosité, hasarda-t-il en souriant.

Ambre le fit taire d'un baiser passionné. Tout de suite elle éprouva du désir, ce qui la rendit faible et avide de plaisir. La sonnerie de son téléphone coupa net l'élan exalté de Grégoire, déjà emporté par la même fièvre.

— Ne réponds pas, s'il te plaît, souffla-t-il.

— C'est Nathan, je dois savoir ce qu'il veut. Attends-moi, je vais dans la grange, sinon il trouvera que je manque de naturel. Fais-toi un café, je reviens vite.

— D'accord, soupira-t-il.

Les intonations de l'inspecteur renseignèrent Ambre dès les premiers mots qu'il énonça. Sa voix était teintée d'humilité.

— Tu avais en grande partie raison, déclara-t-il. Les Royer nous mènent en bateau et il y a de fortes chances pour que Thomas t'ait dit la vérité sur son intrusion dans le jardin de ses beaux-parents. Nous avons relevé des indices qui nous en diront plus long. Ambre, je t'invite à dîner demain soir pour faire amende honorable. Tu es bien de congé ce samedi, j'ai vérifié en appelant Girac.

— Oui, cependant tu aurais pu me poser la question au lieu d'interroger quelqu'un de l'hôpital. Ce sera pour une autre fois, Nathan, je ne suis pas libre.

— Je comprends, tant pis pour moi. J'ajouterai juste que l'enquête va s'orienter différemment. Comme tu t'intéresses beaucoup à Emmie, sache que je vais faire en sorte d'obtenir son placement en famille d'accueil. Cette enfant doit être éloignée de ses grands-parents, pour son bien.

— Sous quel prétexte la ferais-tu placer ? Et il y a aussi son opération, il ne faudrait pas tarder !

— Je me suis renseigné, les Royer ont demandé un rendez-vous avec le service de cardiologie d'un hôpital bordelais, mais la première consultation aurait lieu en avril prochain, car ils ont refusé la date du 3 novembre qu'on leur proposait. Ce genre d'attitude ne correspond pas à celle que devraient avoir des gens soucieux de la santé de leur petite-fille. Je ne peux pas t'en dire plus, au revoir.

Ambre raccrocha, partagée entre une vague inquiétude et un timide enthousiasme. Grégoire la rejoignit sans bruit.

— Qu'est-ce qu'il y a ? demanda-t-il.

— Je vais t'expliquer. Ne restons pas là…

Ils regagnèrent la cuisine plongée dans la pénombre, malgré la lampe à pétrole.

— Pendant que tu dormais, j'ai appelé Nathan. Je lui ai dit que tu m'avais téléphoné pour me raconter ton expédition rue d'Iéna et ses conséquences. D'abord, il n'y a pas cru, mais comme j'insistais, il est allé chez les Royer. Il aurait des indices en ta faveur. Ce serait providentiel, Grégoire, car ils ont trouvé un ADN sur les vêtements de Favier, correspondant à celui relevé sur la robe d'Emmie. Pour l'instant, ils ne peuvent pas comparer avec le tien, tu n'es pas fiché.

— Mais je n'ai jamais approché Charles Favier, enfin pas depuis plus de cinq ans ! Ambre, je te le répète, je suis innocent.

— Je le sais, à mon avis, c'était un coup monté pour te faire endosser ce crime et se débarrasser de toi. Les Royer ont pu garder des affaires qui t'appartenaient, où il y avait des cheveux.

— Je n'en sais rien, mais c'est possible. Après les obsèques de Véro, je n'ai quasiment pas remis les pieds chez eux. Madeleine m'avait préparé un sac de voyage avec quelques vêtements. Si tu as raison, ces gens sont capables du pire.

L'air préoccupé, Grégoire jeta des regards anxieux autour de lui. Ambre s'approcha pour le réconforter.

— N'aie pas peur, je suis là. Demain je viendrai vers midi et je pourrai passer toute la nuit avec toi. Je ne suis pas d'astreinte...

— Ce sera merveilleux, Ambre, mais comment peux-tu être sûre que cet inspecteur, ton ex de surcroît, ne va pas tenter de localiser ton portable pour savoir où tu es ? D'après ce que tu m'en as dit, il est plutôt jaloux et il voulait renouer avec toi. S'il avait le moindre doute sur nous deux, il serait vite là avec ses collègues. Je n'ai pas d'autre endroit où me cacher.

— Nathan n'a aucune raison plausible de chercher où je suis ! Il abuserait de ses prérogatives de policier en faisant une chose pareille. Ne crains rien, je lui ai fait croire à une relation avec un des internes de mon service. Écoute, ce n'est pas le plus important. Il voudrait retirer Emmie de chez ses grands-parents et la placer en famille d'accueil. Ainsi elle sera soignée. Et son opération pourrait se faire à Girac.

— Une famille d'accueil, répéta Grégoire. Tu crois que c'est la meilleure solution ?

— La meilleure, je ne sais pas, mais d'après ce que j'ai vu et ressenti en présence de tes beaux-parents et en parlant avec Emmie, ce serait sans doute bénéfique pour elle.

— Mais ça ne changera rien, je ne pourrai pas l'approcher ni lui dire combien je l'aime.

Il s'était assis sur un des bancs, l'air accablé. Ambre, toujours debout, lui fit doucement relever la tête en la prenant entre ses mains. Elle le dévisagea amoureusement, fascinée par son regard limpide, le charme de ses traits et le dessin harmonieux de sa bouche.

— Je t'en prie, aie confiance, murmura-t-elle. Je ne serais pas là près de toi si ça ne signifiait rien dans nos vies respectives. Nous nous sommes rencontrés et je suis persuadée que cela a un sens. Tu retrouveras ta fille, Grégoire, mais il faut te battre. Dans ce combat, je serai à tes côtés.

Il la contempla à son tour, soudain émerveillé par ce petit miracle qui était venu briser son désespoir et sa solitude.

— Toi, tes beaux yeux bleus, tes cheveux qui me font penser à un soleil couchant, tes lèvres si roses, si bonnes à embrasser ! Ta douceur, ta bonté… Tu m'as redonné l'estime de moi-même et la foi en l'avenir.

— Tu joues les poètes… Pourtant, à l'école, on se moquait souvent de moi, parce que j'étais rousse. Je suppliais ma mère de me faire une teinture.

Elle eut un léger rire teinté d'amertume, avant de lui donner un baiser. Grégoire la saisit par la taille pour appuyer sa joue contre son ventre de femme. Ambre en trembla aussitôt de désir. Il perçut ce frémissement et l'étreignit plus fort.

— Viens, remontons dans la chambre, dit-elle. Nous avons encore du temps.

— Oui, du temps pour s'aimer. Et n'oublie pas, c'est bientôt la pleine lune, nous irons l'admirer tous les deux dans notre nid au creux de la falaise…

Hôpital de Girac, même jour, le soir,

Ambre prit son service aux urgences dans un état d'euphorie qu'elle pouvait à peine dissimuler. Jamais elle n'avait été aussi heureuse entre les bras d'un homme, et son corps comblé lui rappelait sans cesse le paroxysme de joie que Grégoire et elle avaient connu.

— Vous êtes toute belle ce soir, docteur Chasselin, Et vous avez un grand sourire, ça réchauffe le cœur, remarqua Janine Sardin, l'infirmière préposée à l'accueil.

— Merci !

— Je vous donne la liste des derniers admis. Une suspicion de méningite chez un adolescent et une péritonite, mais la patiente a déjà été montée au bloc. Autant vous prévenir, la police est encore là. Un inspecteur voudrait vous parler. Je lui ai dit d'attendre dans la salle de garde.

— Très bien, j'y vais.

Il s'agissait sûrement de Nathan, aussi Ambre se prépara-t-elle à affronter son regard inquisiteur. Elle préféra passer d'abord dans les vestiaires, comme si sa blouse blanche pouvait lui servir de bouclier.

« J'ai tort de stresser, il ne peut pas deviner ce que je vis ni avec qui je suis », se dit-elle.

Devant la mine sombre du policier, elle comprit tout de suite qu'il y avait un problème. Nathan l'entraîna par le coude dans un angle de la salle, près d'un distributeur de boissons.

— Je serai bref, Ambre, tu me mènes en bateau ! Sous le couvert de l'enquête concernant le meurtre de Favier, j'ai interrogé les trois internes de ton service, aucun ne sort avec toi. Si tu refuses de me dire avec qui tu passes tes journées en ce moment, peut-être est-ce parce que je le connais. Ce ne serait pas cet anesthésiste que tu as fréquenté avant qu'on soit ensemble ?

— Tu n'avais pas le droit de te renseigner sur ma vie privée, encore moins de me faire une scène ici, sur mon lieu de travail ! s'indigna-t-elle. Ta jalousie te rend ridicule. Nous avons rompu il y a six mois, accepte-le.

— Si tu étais honnête avec moi, je ne serais pas aussi furieux. En plus, je te rappelle que tu nous dois un service, le commissaire, lui, ne l'a pas oublié. J'ai dû lui rendre compte du dernier appel que tu as reçu de Thomas et donc de ses conséquences, au sujet des Royer, mais je commence à croire que tu ne fais guère d'effort pour obtenir un rendez-vous avec lui. Donc peu importe ce qu'il te raconte sur les téléphones qu'il utilise, note le numéro et transmets-le-moi.

— Il se méfie, je n'y peux rien. C'est tellement évident que vous pourriez lui tendre un piège et l'arrêter s'il me revoyait. L'unique moyen de le convaincre de se montrer au grand jour serait de démasquer les Royer. Il était sincère, son beau-père voulait l'achever.

— J'attends des résultats d'analyse pour en avoir la preuve, rétorqua Nathan.

Une jeune infirmière, qui succédait à Alice dont le stage était terminé, vint appeler Ambre. Elle en profita pour s'éloigner.

— Je n'ai pas terminé, dit-il.

— Moi si, et ce n'est pas l'anesthésiste, répliqua-t-elle.

Le policier la suivit des yeux, plus amoureux que jamais, pour la simple raison qu'elle lui échappait. Conscient de ce paradoxe pourtant assez banal, il quitta le service des urgences pour rendre visite à Valérie Favier. Elle était sortie du coma en milieu de matinée et, d'après le médecin qui la suivait, il pourrait lui parler quelques minutes.

La veuve du détective avait un aspect émouvant, toute pâle et le regard perdu. Lorsque Nathan entra dans la chambre, elle semblait observer les gouttes de sa perfusion, comme si rien d'autre ne comptait. Pourtant Denis Malherbe était assis à son chevet et lui tenait la main. Il salua le policier d'un respectueux signe de tête.

— Bonsoir, madame, je suis l'inspecteur Delors, nous nous sommes déjà rencontrés. Comment allez-vous ?

— Oh, ça va, souffla-t-elle. Oui, je vous reconnais. Tu devrais sortir, Denis ! Va te chercher un café.

— Tu es sûre, ma douce ?

Valérie acquiesça d'un clignement de paupières. Malherbe se leva et s'en alla à contrecœur.

— On sera mieux pour causer, soupira la malade. Je reviens de loin, inspecteur. Cette fois, ils ont failli m'avoir.

— Qui, madame Favier ? À qui faites-vous allusion ?

— Ceux qui ont tué Charles et repris l'argent. Le docteur et une infirmière m'ont expliqué pour le poison.

Sans Denis, je ne serais plus de ce monde. Si je n'étais pas aussi gourmande, mais des chocolats de marque, je ne résiste pas.

— Des chocolats ? Nous n'en avons pas trouvé chez vous malgré une fouille minutieuse. Toute la nourriture de votre cuisine et de votre réfrigérateur a été emportée aux fins d'analyses, il n'y avait pas de traces de poison.

— Pardi, j'ai jeté le ballotin parce que je les avais tous mangés. Et je ne voulais pas que Denis le sache. Il me trouve un peu trop ronde. Charles, lui, il ne faisait pas attention à ça. Jamais un compliment, jamais un mot tendre.

S'armant de patience, Nathan approuva d'un sourire plein de compassion.

— Mais qui vous avait offert ce ballotin de chocolats, madame Favier ?

— On me l'a livré avec un bouquet de roses, inspecteur. J'ai pensé à un gentil geste de mes anciens collègues, comme mon mari venait d'être assassiné. Je travaillais à la Poste, mais Charles m'avait demandé de démissionner. Depuis trois ans, il gagnait assez pour nous deux.

— Il n'y avait pas de carte ni de message ?

— Non, cela m'a surprise d'ailleurs.

— Madame Favier, qui pouvait avoir un intérêt à votre mort ? Savez-vous des choses sur des clients de votre époux ou sur certaines de ses relations ? demanda Nathan d'un ton plus ferme. Faites un effort de mémoire, c'est très important.

— Je ne sais rien du tout, inspecteur. Ceux qui ont voulu me tuer croyaient peut-être que Charles me faisait des confidences, mais c'est faux. Dites, est-ce que je suis protégée, au moins ? Mon mari, ils l'ont tué ici, dans cet hôpital, alors je ne me sens pas en sécurité. Denis m'a promis de passer la nuit avec moi, mais ça ne suffira pas, ils peuvent se débarrasser de lui aussi.

— Soyez tranquille, deux agents sont déjà en poste devant votre chambre. Ils seront relayés cette nuit.

Toute tremblante, Valérie Favier jeta des coups d'œil anxieux vers la porte où l'on avait frappé. Une infirmière entra et vérifia sa tension et sa perfusion.

— Il faut vous reposer, madame, le docteur ne va pas tarder, déclara-t-elle.

— Je m'en vais, dit Nathan. Je reviendrai demain matin.

— À demain, inspecteur, souffla Valérie en fermant les yeux.

Soucieux et contrarié, le policier rejoignit son adjoint qui l'attendait sur le parking de l'hôpital.

— Alors, du nouveau ? interrogea Xavier prudemment, alerté par l'expression renfrognée de son supérieur.

— Madame Favier prétend ne rien savoir ! Il faudrait retrouver le ballotin de chocolats qu'elle a jeté après l'avoir vidé de son contenu. Cela laisse à penser qu'on connaissait sa gourmandise pour lui envoyer ce genre de cadeau empoisonné…

— Ce qui nous ramène à Madeleine Royer, la traitant de gloutonne.

— Exact, mais ce n'est pas une preuve ! Et, de ton côté, des nouvelles du labo ?

— L'analyse du mégot est en cours. Et ils vont lancer une recherche ADN à partir des traces de sang relevées sur les cailloux du jardin des Royer. Mais ils ont déjà ils ont établi le groupe sanguin, B négatif. C'est un groupe rare qui représente un pour cent de la population. Je me suis donc permis de contacter tous les laboratoires du centre-ville et j'ai fini par apprendre que Thomas est B négatif.

— Bon boulot, Xavier ! Donc il aurait dit la vérité, c'est un bon point de départ. Avec l'aval du procureur, on obtiendra le placement d'Emmie en famille d'accueil…

Place Turenne, chez Ambre, samedi 2 septembre

Ambre vérifiait encore une fois le contenu de son sac à dos. Elle était partie de Girac à 6 heures du matin pour rentrer à son domicile, et y dormir jusqu'à midi. Par chance, le sommeil l'avait terrassée tout de suite, si bien qu'elle se sentait en pleine forme et prête à rejoindre Grégoire.

— Pour une fois, je ne serai pas obligée de le quitter ce soir, nous aurons toute une nuit devant nous, murmura-t-elle. Autant dire une éternité.

L'exagération la fit sourire, mais elle se justifia tout bas, comme pour offrir une excuse à l'univers.

— C'est tellement merveilleux de se réveiller près de l'homme qu'on aime, de pouvoir l'embrasser et faire l'amour, encore somnolents.

L'impatience accélérait les battements de son cœur. Elle ajouta sa trousse de toilette sur le haut du sac, rempli de vêtements de rechange mais aussi de conserves de luxe, tirées de sa réserve personnelle.

— J'achèterai du pain frais en route. Et je refuse de penser à quoi que ce soit de négatif jusqu'à demain soir.

Malgré son enthousiasme, une petite ombre au tableau la tourmentait. Dès qu'elle songeait à Emmie, sa gorge se serrait.

— Pauvre bout de chou, confinée dans sa chambre avec comme seule compagnie une vieille poupée portant le surnom de sa mère.

Elle jeta un coup d'œil attristé sur la figurine de cheval qui était posée sur la table basse.

— Si seulement je pouvais lui redonner !

Après sa dernière visite à la fillette, Ambre avait gardé le jouet, sans bien savoir pourquoi. Maintenant elle comprenait que, confusément, elle avait espéré le remettre à l'enfant un jour ou l'autre.

Au moment où elle se penchait pour prendre la figurine, la sonnerie de son interphone brisa le silence qui régnait dans l'appartement. Presque certaine d'avoir la visite de Nathan, Ambre dissimula vite son sac à dos derrière le canapé. Elle ne se trompait pas : trois minutes plus tard, l'inspecteur la saluait d'un signe de tête, sans même la bise rituelle qu'ils échangeaient d'ordinaire.

— Tu aurais dû me téléphoner, lui dit-elle gentiment. Je me préparais à sortir.

— Une excursion à la campagne, sans doute, au vu de ton accoutrement, nota-t-il. Je me réjouis de ne plus être avec toi, je t'ai toujours préférée élégante et féminine.

— Grand bien te fasse, Nathan ! Cela dit, tu as vu juste, j'ai mon week-end et, ces derniers temps, je renoue avec mes balades en plein air, donc je privilégie une tenue sportive.

— Sage précaution avant de tester les mauvaises odeurs de la maison d'arrêt, ironisa-t-il. Tu m'offres une bière ? Enfin, si tu n'es pas trop pressée.

— Qu'est-ce que tu veux en fait ? Me narguer, me surveiller ou même me menacer ? Pourquoi parles-tu de prison ?... Je suis accusée de quoi, Nathan ?

Le policier ouvrit le réfrigérateur et prit une canette de bière d'un geste désinvolte. Son sans-gêne irrita Ambre tout en l'inquiétant un peu.

— Si tu te donnes un rôle, c'est de mauvais goût, dit-elle.

— Je te préviens simplement. À ce rythme, tu vas perdre le fragile crédit que t'a accordé le commissaire. Grégoire Thomas t'appelle souvent, il te confie son passé, ses ennuis avec les Royer, comme si vous étiez bons amis. Malgré tout, tu n'as pas de numéro de téléphone à nous fournir et il refuse de te revoir, toi une si jolie intermédiaire. Résultat, on finit par se méfier de mademoiselle Chasselin, dans le cercle de la police.

Ambre préféra s'asseoir au bord du canapé, en proposant le fauteuil tout proche à Nathan. Il accepta avec un sourire.

— Je pourrais très facilement obtenir une commission rogatoire pour faire surveiller ta ligne et récupérer l'historique de ses appels. Mais j'ai décidé de te faire confiance. Tu as une dernière chance, déclara-t-il. Lundi, Emmie sera placée en famille d'accueil, chez des gens très bien. La prochaine fois que Thomas t'appelle, tu dois naïvement lui dire l'adresse. Il ne résistera pas à l'envie d'au moins apercevoir sa fille. On va dresser une souricière avant même qu'il te contacte.

— Une souricière ?

— Du jargon de la maison, pour évoquer un piège bien huilé... On doit absolument l'arrêter.

— Il se méfiera, je n'ai aucune raison de connaître l'adresse de la famille d'accueil, protesta-t-elle. Et c'est un homme intelligent, il s'étonnera que je lui confie une information aussi importante.

— Pas forcément puisque tu seras autorisée à voir Emmie, qui t'aime bien. Tu raconteras incidemment le cadre où la petite est installée.

— Non, ça ne marchera pas ! Je serais enchantée de passer un peu de temps avec Emmie, mais cela paraîtra bizarre à son père.

Exaspérée, Ambre chercha d'autres arguments, sous le regard flegmatique du policier.

— En toute logique, Thomas se dira que la maison en question est sous surveillance comme il a déjà réussi à enlever sa fille, hasarda-t-elle.

— On doit tenter le coup et c'est dans son intérêt à lui, insista Nathan. Sinon, à mon humble avis, il finira six pieds sous terre, à l'instar de Charles Favier et de son épouse.

— Quoi ? Cette femme est morte ? s'écria Ambre, horrifiée. J'ai pris de ses nouvelles à la fin de la nuit, on m'a dit qu'elle était très fatiguée mais hors de danger.

— Son cœur a lâché à 7 h 30 ce matin, ils n'ont pas pu la ranimer. Denis Malherbe était à ses côtés, il a appelé au secours, mais ça n'a rien changé.

Accablée, Ambre sentit sa gorge se nouer. Elle n'avait pas rencontré Valérie Favier, cependant c'était une femme de l'âge de sa mère, qui avait encore de belles années devant elle.

— Moralité, il faut éviter de manger des chocolats que l'on reçoit par un livreur, assorti de fleurs, marmonna le policier.

— Tu es sûr que le poison était dans du chocolat ?

— Oui, l'autopsie nous en apprendra davantage sur le savant mélange préparé pour envoyer cette pauvre veuve *ad patres*.

— Comment oses-tu plaisanter sur un sujet aussi tragique, Nathan ?

— Excuse-moi, quand je n'ai pas le moral, l'humour noir m'aide à tenir.

— Et pourquoi crois-tu qu'on pourrait s'en prendre à Grégoire ? Tu envisages enfin la possibilité qu'il nous dise la vérité sur ses beaux-parents... Ou alors tu as de nouveaux éléments ?

Inconsciemment, Ambre avait prononcé le prénom Grégoire avec une vibration particulière, entre douleur et émotion. Le fait de ne pas citer son patronyme renforçait cette sensation de familiarité qui venait de frapper Nathan.

— Dis donc, ça t'intéresse vraiment, dit-il tout bas. Ce type a fait ta conquête sans même t'approcher, quel tour de force !

Delors se tut brusquement, envahi d'un terrible soupçon. Il étudia le joli visage de la jeune femme, dont les joues s'étaient un peu colorées.

— Ambre ! Tu sembles très mal à l'aise, décréta-t-il d'un ton froid. Explique-moi ce qui te fait rougir.

— Mais tes allusions stupides ! se défendit-elle. Tu viens ici sans prévenir, tu te sers comme si tu vivais là, ensuite tu m'annonces le décès de Mme Favier, pour finir par raconter que Thomas m'aurait séduite et autres sottises. Bien sûr, plus il me parle, plus j'ai l'impression de le connaître, cependant il est obsédé par sa fille qu'il adore et oui, cela me touche. Je voudrais voir un vrai sourire illuminer Emmie… J'aurais pu avoir à chérir, à choyer, un enfant juste un peu plus âgé si je ne m'étais pas comportée en égoïste.

Un sanglot lui coupa la parole. Elle se détourna en essuyant les larmes qui perlaient à ses yeux. Nathan comprit alors que la blessure d'Ambre était encore vive et profonde.

— Je suis désolé, je me comporte en mufle. Mais ta confession est assez récente, je n'y songe pas toujours. Et puis tu es jeune, tu peux avoir un autre bébé. Bon, sur ce je m'en vais. Passe un week-end agréable, avec ton mystérieux amoureux. Tiens, je te fais une fleur pour te redonner le moral. Il y avait du sang sur des cailloux du jardin des Royer, du B négatif, un groupe très rare. Il y a de fortes chances pour que ce soit le sang de Thomas, qui est de ce groupe-là, et nous avons donc pu établir une première comparaison ADN. Réjouis-toi, le résultat ne matche pas avec l'ADN trouvé sur la veste de Favier, qui, néanmoins, était aussi sur la robe d'Emmie. Nous devons démêler ce sac de nœud. Salut, Ambre.

— Salut, merci de me l'avoir dit.

— Une petite minute encore, je voulais partager quelque chose d'assez insolite avec toi, au cas où tu aurais une idée. Quand je suis allé à Girac pour le décès de Valérie Favier, j'ai pu discuter avec Denis Malherbe. Il était très secoué par cette mort brutale, mais il m'a confié les derniers mots de sa maîtresse.

— Quels mots, Nathan ?

— Les caves, ils sont dans les caves.

— Cette pauvre dame délirait sûrement.

— Est-ce fréquent en cas de crise cardiaque ?

— Pas vraiment… C'est étrange.

— En effet, très étrange. Nous en parlerons lundi.

Vallée des Eaux-Claires, même jour, le soir

Ambre et Grégoire s'étaient réfugiés dans la petite cavité creusée des millénaires auparavant au sein d'une des plus majestueuses falaises de la vallée. À eux deux, ils avaient transporté un matelas, des oreillers, des couettes et de quoi faire un dîner froid.

— Il n'y a presque pas de nuages, on verra la lune monter dans le ciel. Elle ne sera pas encore tout à fait ronde, il manque trois jours pour ça, mais elle éclairera le paysage quand il fera nuit.

Grégoire ponctua ces paroles d'un sourire ravi, un éclat joyeux faisant briller ses yeux.

— Est-ce que tu te sens mieux, Ambre ? demanda-t-il en lui prenant les mains.

— Oui, je commence à profiter de notre nid d'amour, affirma-t-elle d'une petite voix lasse.

— Le terme est bien choisi. Tu m'as vraiment inquiété quand tu es arrivée cet après-midi.

— J'étais mal en point après la visite surprise de Nathan, mais tu as su me réconforter. J'ignorais que tu étais aussi doué en massage.

Il approuva distraitement, se remémorant en silence l'état de désespoir où il avait trouvé Ambre, appuyée contre la porte de la grange. Elle était en retard de plus d'une heure et il avait tout de suite vu ses paupières meurtries par les larmes et sa mine chiffonnée sous l'effet du stress et du chagrin. Il s'était d'abord efforcé de la consoler, en la laissant pleurer encore dans le cercle câlin de ses bras, sans même l'interroger. Peu à peu Ambre s'était détendue, surtout après une longue séance de massage sur le lit de la chambre mansardée.

À moitié nue, allongée à plat ventre, elle avait relaté en détail les propos de Nathan, son nouveau plan, et aussi le décès de Valérie Favier. Mais elle s'était bien gardée de lui confesser son plus grave traumatisme, cette fausse couche dont elle se savait responsable.

Une fois rassérénée, Ambre s'était étendue sur le dos, ses beaux seins tendus vers les baisers de Grégoire. Il n'avait pas résisté et une fervente étreinte les avait unis, irradiés de la même fièvre d'amour, ivres de plaisir.

— À présent, tu dois mettre de côté tout ce qui t'a causé tant de peine aujourd'hui, lui conseilla Grégoire en la fixant d'un air passionné. Nous sommes dans ce lieu un peu magique que tu as baptisé notre nid d'amour et nous devons être heureux, sans arrière-pensée. Écoute, on entend la rivière chantonner et tous les oiseaux célèbrent le crépuscule.

— Je suis au paradis, avoua-t-elle. Si on ouvrait le champagne ? J'avais peur quand Nathan était chez moi. Il pouvait voir mon sac et s'étonner. J'avais caché la bouteille dans mon pyjama.

— Ambre, on oublie tout ce qui n'est pas nous !

— Je ne pourrai pas, se plaignit-elle. Je suis folle de joie, car je vais rendre visite à Emmie dans sa famille d'accueil, mais toi tu n'auras aucun moyen de la voir, sinon ils t'arrêteront.

— Nous aurons cette conversation demain, à la maison, pas ici. C'était peut-être un lieu sacré dans les temps anciens. Loin des hommes de la vallée, plus près du ciel.

Ce soir-là, Grégoire portait une chemise blanche, qui mettait en valeur son teint mat. Ses boucles brunes un peu en désordre lui donnaient une allure très jeune.

— Tu me plais infiniment, chuchota-t-elle en riant. Vite, du champagne, sinon je continuerai à parler de ce qu'il ne faut pas. Nous avons de la chance, ton ami avait des coupes en cristal.

— Et nous ne les avons pas cassées, même en passant par le puits. Ambre, il faut trinquer à l'avenir, à des jours merveilleux que nous connaîtrons ensemble.

Elle acquiesça, une question sur le bout des lèvres. Grégoire fit sauter le bouchon et le bruit parut se répercuter entre les falaises.

— Si quelqu'un entendait ? s'affola-t-elle.

— Mais non, c'est impossible. Les gens sont chez eux, en train de préparer le repas. Nous avons juste dérangé les choucas qui nichent dans la falaise.

Ils firent se heurter délicatement leurs verres et dégustèrent chacun une gorgée de champagne.

— Il est excellent, nota Grégoire. Je comprends mieux, c'est une grande marque...

— Un cadeau de mes parents. Je voudrais tellement te les présenter. Papa était militaire, parfois sévère, mais équitable. Depuis il s'est radouci. Maman est une fabuleuse cuisinière.

— Qui sait, je les rencontrerai peut-être. Pas d'idées tristes, encore une gorgée de ce délicieux vin.

Ce fut plus fort qu'Ambre. Elle se pencha vers Grégoire avec une expression soucieuse.

— Avant de mourir, Valérie Favier a parlé des caves, elle disait qu'ils étaient dans les caves. Si elle avait tenté de laisser un message à Nathan ? Greg, qu'en penses-tu ?

— Ah, tu m'as enfin appelé Greg, répliqua-t-il gentiment. Eh bien, Angoulême a été édifiée sur un promontoire en roche calcaire, comme ces falaises, et donc susceptible d'abriter de nombreuses grottes. Jadis, on pouvait aussi creuser sans trop de peine des souterrains. Sous la ville, notamment la haute ville, le plateau, presque toutes les maisons ont des caves. Certaines étaient par le passé des souterrains, mais on les a murées par précaution. C'est le paysagiste chez qui je travaillais après mon mariage qui me l'a expliqué. Il était féru d'histoire.

— Est-ce qu'il y a une cave sous la maison des Royer ?

Grégoire prit le temps de réfléchir. Enfin il répondit de façon évasive :

— Firmin stockait des vins dans une cave, en effet, cependant je n'ai jamais été autorisé à l'accompagner, ni à descendre seul chercher une bouteille. Véro y allait fillette, mais elle m'a décrit l'endroit comme assez exigu et peu spectaculaire. Dans ses souvenirs, c'était surtout très propre, éclairé par un néon.

— Pardon, sans le vouloir, je t'ai obligé à évoquer ta femme, se désola Ambre tout bas.

— Ce n'est pas grave, c'est même normal ! J'ai fait mon deuil, tout en sachant que Véro sera toujours bien au chaud dans mon cœur. C'était une personne sensible et très douce, elle ne m'en voudrait pas de t'aimer. Si elle avait été moins soumise à ses parents, moins influençable, j'aurais pu la sauver en l'emmenant loin d'eux. Encore du champagne ?

— Volontiers, et ce sera à toi de me parler un peu de tes parents, de ta sœur. Attends, j'ouvre le bocal d'olives, si je bois trop vite alors que j'ai faim, j'aurai la migraine.

— Ah non, pas ce soir, sur le seuil de notre première nuit tous les deux.

Au même instant, ils entendirent une sirène dont les sons lugubres étaient amplifiés par la roche. Presque aussitôt le bourdonnement d'un hélicoptère se rapprocha.

— Vite, on doit se cacher, Ambre ! s'écria Grégoire. Si c'est la gendarmerie, ils peuvent nous voir.

Il dissimula les plats et la bouteille sous une couette de couleur grise, puis il montra l'entrée du souterrain, où ils s'engouffrèrent, le cœur serré…

10

Fausse alarme et vrais soupçons

Vallée des Eaux-Claires, même soir,
samedi 2 septembre

Ils étaient blottis dans les bras l'un de l'autre depuis une vingtaine de minutes, muets d'angoisse et seulement attentifs aux bruits en provenance de la vallée. L'hélicoptère tournait encore et le grondement lancinant de ses pales couvrait le plus souvent de lointains appels, des coups de sifflet.

— Je n'en peux plus, souffla Ambre. On devrait retourner dans la cavité et essayer de voir ce qui se passe.

— Non, je t'en prie, tiens bon encore un peu. Je pense qu'ils me cherchent. Quelqu'un a dû signaler ma présence à cause de ma photo dans les journaux et les médias.

— Greg, dans ce cas, pourquoi envoyer les pompiers ? Je suis habituée à identifier les différentes sirènes. Là, je t'assure, il ne s'agit pas de la police. Il y a peut-être un incendie ou un accident grave.

Ambre perçut sa respiration précipitée et à tâtons elle trouva son visage et le caressa sur le front.

— Si au moins on avait emporté la lampe de poche, dit-elle doucement. Je n'ai même pas pris mon téléphone… Je suis désolée, mais l'obscurité totale m'angoisse. En plus j'ai senti une bestiole courir sur mon bras.

— Pardonne-moi, je te fais vivre de sales moments et ce n'est sans doute pas fini. S'ils découvrent le puits derrière la maison, ils verront l'entrée du passage voûté et ils arriveront jusqu'à nous. Ambre, sauve-toi, je t'en supplie, on ne doit pas te trouver avec moi. Je refuse qu'on te considère comme ma complice. Tu perdrais ta réputation, ton travail que tu apprécies tant.

— Non, je ne m'en irai pas et personne ne viendra ici, j'en ai la conviction. Tout va bien, je crois que l'hélicoptère s'éloigne.

— Ambre, je ne t'entraînerai pas dans ma chute, comprends-tu ? Je suis accusé de l'enlèvement de ma fille, dont je n'avais pas la garde et à qui j'aurais fait subir des attouchements. C'est trop lourd à porter, toute la boue qu'ont agitée les Royer te salira toi aussi. Je ferais mieux de disparaître et de laisser la justice m'innocenter tôt ou tard. Ensuite je reviendrai.

Désespérée, elle l'étreignit de toutes ses forces. Il lui semblait désormais inconcevable de vivre sans Grégoire, d'être privée de ses baisers, de son corps.

— Tu cèdes à la panique, il ne faut pas ! C'est le moment de redoubler d'efforts pour avoir le droit de vivre au grand jour avec Emmie. Tu peux prouver que tu ne t'es pas drogué depuis des années et la police suspecte déjà tes beaux-parents. Ou bien tu me caches autre chose, qui t'empêcherait de gagner un procès contre eux ? Tu as été violent… Tu as vraiment trompé Véro ? Au point où on est, dis-le-moi, je suis prête à t'aider envers et contre tout.

Grégoire l'embrassa sur la bouche en guise de réponse, et il conféra à son baiser une fervente tendresse qui bouleversa Ambre.

— Je n'ai rien fait de mal, dit-il enfin, un peu haletant. À part avoir secoué et repoussé Firmin, je t'ai expliqué quand et pourquoi. Quant à ma femme, je lui étais fidèle, car je la respectais et je l'aimais. Seulement elle a douté de moi, épuisée par le harcèlement moral que lui faisait subir sa mère. Je réussissais souvent à réparer les dégâts, à la persuader de me croire, hélas Véro s'en moquait et pire encore, elle me trouvait des excuses.

— Comment ça ? Je ne comprends pas ?

— Elle me disait que j'avais le droit d'avoir des relations avec quelqu'un en bonne santé, capable de me satisfaire. Parfois ça me rendait fou de l'écouter justifier mes fautes imaginaires et j'avais envie de m'enfuir.

— C'était avant la naissance d'Emmie ou après ?

— Après, bien sûr. Véro avait tellement souffert de la grossesse et de l'accouchement qu'elle peinait à se rétablir. Madeleine nous imposait une infirmière, celle qui a gardé notre fille durant une semaine lors du décès de ma femme. Cette harpie faisait en sorte de me tenir à l'écart de notre chambre. Bon sang, quand j'y pense aujourd'hui, j'ai manqué de courage à l'époque. Je craignais de décevoir Véro si je m'opposais à mes beaux-parents de manière trop brusque. Ces trois années sous leur toit ont été un long calvaire qui s'est achevé tragiquement.

— Nous devons écrire tout ça, Greg, déclara Ambre. Viens, sortons de là, j'ai besoin d'air et de lumière. Du bas de la vallée, personne ne pourra nous voir.

— D'accord, tu es plus courageuse que moi !

— Mais non, j'ai juste envie de finir le champagne, plaisanta-t-elle pour le détendre. Tu dois me guider, tu connais mieux le chemin.

— Et je suis un spéléologue aguerri, comme le propriétaire des lieux. Adolescents, on explorait les grottes des environs en songeant aux hommes de la préhistoire qui ont vécu là et ont laissé des traces de leur existence… Attention, marche penchée en avant pour ne pas te cogner.

Grégoire la tenait par la main. Ils regagnèrent la cavité de la falaise, et Ambre éprouva un infini soulagement. Elle respira le vent frais du crépuscule, puis s'aventura jusqu'à l'ouverture de forme irrégulière sertie dans la roche.

— Il n'y a plus un bruit, dit-elle. Ce devait être un accident. Le calme est revenu. Regarde, le ciel est d'une couleur sublime, entre le bleu lavande et le mauve.

Il la rejoignit pour admirer le paysage bucolique qui s'étendait jusqu'à l'horizon, crénelé de collines boisées, sur un azur pâle, ponctué de nuages très fins, teintés d'or par le soleil couchant.

— Comme c'est beau, chuchota encore Ambre tandis qu'il l'enlaçait. On se croirait en haut d'un donjon, loin de tout.

Il la berçait un peu, comblé de la tenir contre lui. Toute contente, elle poussa un petit soupir de bien-être.

— La première fois que je t'ai vue, aux urgences, tu m'as paru une personne très sérieuse, souffla-t-il à son oreille. Dans ta blouse blanche, les cheveux attachés, tu représentais ce monde normal où je n'avais plus de place. Je me suis senti misérable et perdu, d'autant plus que je devais abandonner Emmie. Mais plus je te connais, plus je découvre une grande enfant rêveuse derrière la belle doctoresse.

— C'est ta faute, lui reprocha-t-elle en riant. Quand je suis avec toi, j'ai envie de vivre et de m'amuser, malgré ta situation et la croix que je porte, qui pèse si lourd.

— Que veux-tu dire, Ambre ?

— Oh, nous avons tous les deux un passé, le mien me blesse encore. Avant de te rencontrer, je puisais un réconfort dans mon métier. J'avais besoin de me dévouer pour ceux qui souffraient et qui avaient peur de mourir, soit la plupart des gens admis dans mon service. Un jour, je t'en parlerai, à présent je mangerai volontiers. J'ai préparé des sandwiches de luxe !

Ils dînèrent assis face à face, en se souriant beaucoup. Tous deux évitaient d'aborder des sujets pénibles et ils échangèrent quelques souvenirs anodins, charmés par la douceur du soir et la quiétude retrouvée de la vallée.

— Nous sommes si bien, soupira Ambre quand ils en furent au dessert, constitué de prunes et de biscuits aux amandes.

— Ces moments resteront gravés dans mon cœur, quoi qu'il arrive, répondit Grégoire. Excuse-moi d'avoir pris peur, tout à l'heure. Au fond, je ne suis pas d'étoffe à affronter les forces de l'ordre, la mise en examen et tout ce qui s'ensuit.

— Tu n'auras sans doute jamais à le faire.

— Je voudrais bien. Ma formation de paysagiste ressemble un peu à celle d'un architecte censé créer des décors naturels, composer un cadre harmonieux grâce aux fleurs, aux arbustes d'ornement, mais aussi aux pierres et à l'eau des fontaines.

— Mais tu n'as jamais pu exercer vraiment !

— Si, pendant presque trois ans, en Corrèze. Cela m'a permis de mettre de l'argent de côté, car j'étais nourri et logé gracieusement dans le pavillon de chasse du château où je travaillais.

— À quelle période ? S'il te plaît, raconte-moi comment tu as vécu après la mort de ta femme.

— Vraiment, ça t'intéresse ? s'étonna-t-il.

— Tout ce qui te concerne me passionne, Greg ! Par exemple, maintenant que j'ai appris que tu pratiquais la spéléo, je comprends mieux pourquoi tu es si à l'aise quand tu descends dans le puits et que tu empruntes le passage souterrain.

— Je faisais aussi de l'escalade, plus jeune, à l'époque du lycée, et j'ai continué à m'entraîner.

— J'adore ça, on en fera ensemble… Plus tard !

— Oui, plus tard. Bon, maintenant je dois te raconter mon parcours depuis cinq ans.

— Sauf si cela t'ennuie ou te rend triste.

— Non, c'est bon, allons-y. Personne ne me l'a jamais demandé, je vais essayer d'être concis et précis.

Ambre l'encouragea d'un sourire exprimant toute sa tendresse. Grégoire fixa le pan de ciel qui se découpait dans la roche, où brillaient les premières étoiles.

— Comme je te l'ai déjà expliqué, après les obsèques de Véro, j'ai pu revoir Emmie une poignée de minutes rue d'Iéna. Ensuite je suis parti, j'ai pris un train pour Paris, où je comptais habiter chez ma seule tante, la sœur de ma mère, mais je n'ai pas eu le courage de me rendre chez elle. J'avais un peu d'argent, j'ai échoué dans un hôtel minable et là, j'ai sombré. Je l'avoue, je buvais pour dormir mais le pire, c'était cette envie tenace de mourir. Je faisais une dépression sans l'admettre, mais ma brave tante m'a retrouvé et elle m'a obligé à consulter un médecin. Il m'a d'abord abruti de cachets, avant de me faire interner, afin de remédier à une tentative de suicide.

— Tu es toujours en contact avec ta tante ? l'interrompit Ambre, pleine de compassion.

— Elle est décédée, un cancer, bien sûr, le mal du siècle. Je reprends… Grâce à un psy, à des soins appropriés, j'ai fini par remonter la pente. Et une obsession m'est venue, centrée sur Emmie, ma fille, notre enfant, à Véro et moi. J'ai téléphoné aux Royer pour avoir de ses nouvelles. Je savais qu'elle était asthmatique, comme sa maman, et je m'inquiétais. J'avais déjà compris l'entêtement de mes beaux-parents à nier l'efficacité des médicaments en préconisant des soins par les plantes et la prière. Tu veux un exemple ? Pendant son accouchement, qui s'est passé à la maison, une exigence de Madeleine, Véro a enduré un véritable martyre. Peu après, une infection s'est déclarée et là j'ai fait venir un gynéco. Il a prescrit en urgence des piqûres d'antibiotiques, en injectant lui-même une première dose. Par la suite, j'ai dû me battre pour que ma femme ait droit à son traitement. Heureusement, Firmin m'a soutenu sur ce point, il avait peur de voir mourir Véro.

— Ces gens sont détraqués ! s'indigna Ambre. C'était de la non-assistance à personne en danger, tu aurais dû les dénoncer.

— Véro m'a imploré de ne rien faire. Elle était en extase devant notre bébé et se moquait du reste. Bon, où en étais-je ?

— Ta guérison, dans ce centre psychiatrique, et ton appel aux Royer…

— Ah oui. Au bout de plus d'un an de confusion et de chagrin, je me suis rétabli. Quand j'ai téléphoné, j'ai eu Madeleine en ligne. Tout de suite, elle m'a signifié de ne plus les contacter afin de préserver l'équilibre moral d'Emmie. Selon elle, ma fille allait très bien et m'avait sûrement oublié. Je suis devenu hargneux, la menaçant de prendre un avocat et de revendiquer mes droits de père.

Oppressé, Grégoire se tut un instant. Il but une gorgée d'eau, puis il baissa la tête.

— Et qu'est-ce qui s'est passé? demanda Ambre tout bas.

— Firmin a pris le relais, en m'annonçant qu'ils avaient constitué un dossier accablant sur moi, où il était établi que Véro avait succombé à une overdose par ma faute. Il disait en avoir la preuve et il affirmait que je n'étais pas de taille à lutter contre eux. C'était un déferlement de haine, de mépris, assorti de menaces. Ce salaud m'a même proposé de l'argent pour disparaître à jamais de leur vie.

— Mais si tu avais confié tout ceci à un avocat, tu aurais dû avoir gain de cause.

— Je manquais de courage, je n'ai pas vu d'avocat ni même d'assistante sociale. J'ai eu le tort de vouloir m'en sortir seul, parce que je me doutais que les Royer, pour être aussi sûrs d'eux, avaient l'appui de personnages très puissants. Sans oublier qu'ils étaient riches et que moi je n'avais plus un sou. Je devais travailler et réfléchir. C'était une décision un peu lâche et j'en ai encore honte.

Sur ces mots, Grégoire frissonna, le visage crispé par la détresse. Ambre se jeta dans ses bras.

— Pardonne-moi, je t'oblige à plonger dans un passé où tu étais très malheureux et plus faible qu'aujourd'hui. Tu avais sûrement de bonnes raisons d'avoir peur de tes beaux-parents.

— Non, Ambre, j'ai été lâche et j'en paye le prix! J'ai repoussé le moment de lutter, sous le prétexte de gagner de l'argent et de trouver la meilleure solution. Je suis loin d'être un héros… La preuve en est, j'ai de nouveau agi stupidement en enlevant Emmie. Mais c'était dans l'espoir de leur échapper pour de bon en quittant la France.

— Échapper à qui, Greg ?

— Ceux qui me traquent ! Dès que les Royer ont su que j'étais de retour à Angoulême, après trois ans passés en Corrèze, dans ce château dont je t'ai parlé, j'ai été épié, menacé de mort par les mêmes personnes qui ont tué Charles Favier et empoisonné son épouse.

— Dans ce cas, comment est-ce possible qu'ils ne soient pas venus jusqu'ici ? Ils pouvaient suivre ta camionnette ou ta voiture.

— Parce que j'ai développé des ruses savantes pour brouiller ma piste. J'ignore si cela va durer longtemps. Peut-être aussi que, de son Ciel, Véro me protège.

Ambre frissonna à son tour, en jetant des regards anxieux vers l'entrée du souterrain. Elle eut la soudaine impression qu'ils n'étaient pas à l'abri, mais plutôt dans la position du gibier tapi au fond de son terrier.

— Retournons à la maison, dit-elle tout bas. Au moins là-bas, il y a plusieurs issues si nous devons fuir.

— Je t'ai effrayée, excuse-moi, Ambre. Je t'aime tant.

Grégoire la serra contre lui. Ils s'embrassèrent longtemps, avec toujours la même avidité passionnée. De baiser en baiser, leurs angoisses et leurs craintes se dispersèrent pour succéder à un désir d'une intensité affolante. Bientôt ils furent nus parmi le désordre des couvertures, leurs jeunes corps nacrés par la clarté argentée de la lune presque ronde.

Au loin, un chien aboya et une chouette blanche lança son triste chant dédié à la nuit. Mais les deux amants n'entendirent rien, emportés vers un paradis de plaisir et d'harmonie.

Commissariat d'Angoulême, dimanche 3 septembre

Nathan tenait rarement compte des jours fériés ou de repos, surtout lorsqu'il était sur une enquête dans laquelle il s'investissait à fond. Xavier, qui était d'astreinte ce week-end-là, s'était dit satisfait de travailler avec lui. Assis chacun d'un côté d'un large bureau en bois verni, les deux hommes consultaient des documents qu'ils avaient reçus par mail et imprimés.

— Inspecteur, Thomas disait sûrement la vérité ! Le rapport d'autopsie de Véronique Royer a été falsifié. Personne n'y a prêté attention à l'époque ou bien il y avait un complice parmi le personnel du labo.

— Qu'est-ce qui te permet d'affirmer ça ?

— J'ai comparé la signature du légiste avec un autre rapport de cette période. Ce n'est pas exactement la même et le tampon officiel me semble bizarre. Comme par hasard, ce médecin a été muté, mais ce serait judicieux de lui téléphoner. Je cherche ses coordonnées.

— D'accord, tu t'occupes de ça, Xavier. Moi, j'attends un appel d'une certaine Héloïse Thomas, la sœur aînée de Grégoire, son unique famille à ce jour, leurs parents s'étant tués en voiture en 1999. Elle vit en Nouvelle-Calédonie depuis 2005. Je lui ai laissé un message vers midi, mais il était déjà tard là-bas. Il y a neuf heures de décalage horaire... A-t-on reçu les résultats d'analyse du sirop calmant que j'ai pris dans la chambre de la gamine ?

— Oui, je les ai là.

Xavier extirpa un feuillet d'une pile de documents et le lui tendit après y avoir jeté un rapide coup d'œil.

— Pour le poison ingéré par Valérie Favier, on doit être patients, l'autopsie a lieu demain matin, indiqua-t-il à Nathan.

— Cela m'arrangerait si on trouvait du raticide ou du tue-limaces dans son organisme, je pourrais placer les Royer en garde à vue. Il me faut de solides arguments, d'autant plus que le placement d'Emmie est prévu demain en fin de journée.

La mine sombre, Nathan consulta l'heure à sa montre. C'était le début de l'après-midi et il pensait sans cesse à Ambre. En dépit de tous ses efforts, il ne parvenait pas à lâcher prise et se le reprochait. Son esprit le harcelait d'images de la jeune femme en compagnie d'un inconnu, et il en souffrait.

— Est-ce que tu as déjà été en couple, Xavier ? marmonna-t-il d'un ton faussement léger.

— Oui, pendant quelques mois, mais ça s'est mal fini parce que je refusais de m'engager. Depuis je privilégie les relations épisodiques, qui durent un week-end ou une semaine grand maximum.

Nathan se contenta de hocher la tête. Il faisait rarement mention de sa vie privée dans le cadre professionnel, mais, ce jour-là, il aurait volontiers confié ses tourments à Xavier.

Il reporta pourtant son attention sur les résultats des analyses et un élément nouveau le détourna de sa hantise.

— Tu n'as rien remarqué dans la composition du soi-disant sirop homéopathique que les Royer donnent à leur petite-fille ? s'écria-t-il.

— Je n'ai pas eu le temps, inspecteur.

— C'est pourtant très instructif ! Il n'y a pas que des plantes inoffensives comme a voulu nous le faire croire l'infirmière. Des traces d'un calmant de composition chimique ont aussi été relevées. À faible dose certes, cependant son usage est assez surprenant vu l'état de santé de l'enfant.

— La petite Emmie était sans doute trop nerveuse ou très angoissée depuis l'enlèvement. Le médecin traitant de la famille a pu lui prescrire.

— J'ai eu par mail toutes ses ordonnances récentes, et ce produit n'y figure pas. Je penche pour de l'automédication, ce qui confirme mes soupçons. Je téléphone à Ambre, elle pourra me renseigner.

Nathan guetta en vain une réponse et finit par tomber sur le répondeur de la jeune femme. Il rédigea un court texto, en la priant de rappeler au plus vite.

— Et si c'était l'infirmière qui avait administré un calmant sans le signaler aux grands-parents ? hasarda Xavier.

— Histoire d'être tranquille et de faire dormir Emmie ? Pourquoi pas. De toute façon, on doit interroger Adeline Royer, mais seule et ici, dans nos locaux. La fameuse cousine éloignée sera moins à l'aise. On la convoque pour une audition demain matin.

— Et pour les caves dont parlait Valérie Favier avant de mourir ? On ne peut pas visiter toutes celles de la ville.

— On commencera par celle des Royer, ils doivent en posséder une de belle taille. Mais on verra ça demain. Ah, j'ai un appel, c'est Ambre.

Il se leva précipitamment pour s'isoler dans le couloir voisin, en emportant le feuillet où figuraient les analyses du sirop.

— Salut, tu en as mis du temps ! attaqua-t-il d'emblée.

— Précisément neuf minutes, Nathan, rétorqua-t-elle. J'étais en voiture, j'ai dû trouver un endroit où me garer. Qu'est-ce qui se passe, rien de grave ? Tu as ta voix des mauvais jours.

— Je ne vais pas exulter alors que je me bats pour boucler mon enquête, confronté à des mensonges et à des témoignages peu dignes de foi. J'ai une priorité, arrêter l'assassin des Favier, car la presse s'en donne à cœur joie avec ce crime commis à l'hôpital.

— Je comprends ! Est-ce que je peux t'aider ?

— On a découvert qu'Emmie recevait des doses d'un calmant assez fort, ajouté à un sirop à base de plantes que lui donne son infirmière. Je voulais ton avis sur sa composition.

— Bien sûr, dis-moi.

Après avoir écouté le policier, Ambre demeura silencieuse un court instant.

— C'est tout à fait contre-indiqué pour une enfant de son âge, déclara-t-elle enfin. Les Royer sont contre les médicaments et les soins médicaux, je les imagine mal faisant prendre ce sédatif à leur petite-fille.

— Il peut s'agir de l'infirmière, sans avoir sollicité leur accord. C'est une cousine de Firmin Royer qui aurait déjà veillé sur la mère d'Emmie.

Le renseignement causa un choc à Ambre. Elle fit sans peine la relation avec les confidences de Grégoire.

— Un conseil, Nathan, interroge-la au plus vite, répondit-elle en manquant un peu de prudence.

— Pourquoi ? Tu la connais de réputation ? Je ne t'ai même pas donné son nom.

— Nul n'est irréprochable. Cette femme a pu vouloir sédater Emmie pour avoir moins de travail. J'ai hâte que cette pauvre petite soit placée dans une famille digne de ce nom.

À cet instant précis, Nathan crut discerner, comme étouffée, une voix masculine qui posait une question à Ambre.

— Désolé, je te dérange, tu n'es pas seule, dit-il d'un ton sec.

— Ce n'est pas gênant, du moins de mon côté. J'ai répondu à ta question, je raccroche, je te rappellerai ce soir.

Furieux, le policier dut se contenir pour ne pas décocher un grand coup de poing contre la porte vitrée de son bureau. Il se reprocha aussitôt cette pulsion de violence.

— Si je n'arrive pas à tourner la page, je ferai mieux de demander ma mutation, enragea-t-il.

Vallée des Eaux-Claires, même jour, même heure

Assise tout près de Grégoire sur un des bancs de la cuisine, Ambre avait éteint son téléphone.

— J'ai encore menti à Nathan, soupira-t-elle. Et je dois te dire quelque chose d'important. L'infirmière qui veille sur Emmie depuis sa sortie de l'hôpital est la même personne qui s'occupait de Véronique après la naissance de votre fille. Nathan vient d'en parler.

— Si c'est le cas, je bénis cet inspecteur de faire placer Emmie en famille d'accueil. C'était une vraie harpie, mais j'aurais dû me douter que les Royer feraient appel à elle.

Afin de ne pas l'inquiéter davantage, Ambre évita d'évoquer le sirop calmant. Le cœur lourd, elle se blottit contre Grégoire, qui lui donna un baiser.

— Je suis désolé de te faire partager ma vie de paria, dit-il tout bas. Mais ne crains rien, si la police parvient à m'arrêter, je nierai t'avoir rencontrée. Tu ne dois pas être mêlée à ça. Il faut que tu sois libre et insoupçonnable, notamment si tu veux m'aider.

— Tu n'iras pas en prison, alors c'est inutile de prévoir quoi que ce soit de ce genre ! s'insurgea-t-elle. Nous avons établi ton plaidoyer et il est parfait. Nous devons l'envoyer au quotidien local, à la presse régionale et publier le texte sur les réseaux sociaux. Ce sera le cri du cœur d'un père que l'on a séparé de son enfant et qui réclame justice. Les médias vont s'en emparer et, cette fois, tu auras alerté l'opinion publique.

— Là encore, il pourrait y avoir des représailles et je voudrais t'en préserver. Si les Royer font appel à leurs complices de l'ombre, ils me feront taire définitivement. Ambre, en cas de malheur, veille sur ma fille. Fais en sorte de la confier à ma sœur, je vais te donner ses coordonnées.

— Tu ne m'as jamais dit son prénom. Tu m'as expliqué qu'elle n'était pas au courant de ce qui t'arrive, mais est-ce que tu l'appelles quand même de temps en temps ?

— Elle s'appelle Héloïse. Et depuis qu'elle est en Nouvelle-Calédonie, nous nous sommes éloignés. On prend quand même des nouvelles l'un de l'autre à Noël, bien sûr, en souvenir de notre enfance.

— Vous passiez de bons Noëls ?

— Des instants magiques, avec mes parents et mes grands-parents. On décorait la maison quinze jours avant le réveillon. Avec Héloïse, nous avions même joué une petite pièce de théâtre, sur le thème de la Nativité, évidemment.

— Tu es croyant ?

— Je l'étais enfant, à présent je ne sais plus, mais je voudrais offrir de merveilleux Noëls à Emmie.

Ambre approuva en souriant, touchée par ces aveux. Elle nicha sa tête au creux de l'épaule de Grégoire, pour ressasser de timides rêves, où elle serait auprès de lui durant de longues années.

— Je dois partir, dit-elle soudain, comme ramenée sur terre. Nathan va sûrement passer chez moi et c'est le dernier soir de la semaine où je suis de garde. À partir de demain, je travaillerai la journée, mais je pourrai te rejoindre le soir et dormir ici.

— Tant mieux, j'ai adoré me réveiller près de toi, Ambre. Mais sois vigilante, au moindre doute, reste à l'écart de la maison, promets-le-moi.

— C'est promis… Je ferai attention.

Angoulême, place Turenne, chez Ambre,
une heure plus tard

Fraîchement douchée, Ambre déambulait dans sa chambre en soutien-gorge et petite culotte. Il faisait très chaud et l'air extérieur lui avait semblé étouffant lorsqu'elle s'était garée place Turenne. Elle écoutait la radio régionale, tout en cherchant une tenue légère et pratique.

Une des informations retint son attention. Il était question d'un couple d'adolescents qui avaient fugué la veille. Mobilisés, les gendarmes s'étaient déployés dans la vallée des Eaux-Claires, secondés par les pompiers. La jeune fille, âgée de quinze ans, avait été retrouvée blessée à la suite d'une chute de vélo.

— C'était pour ça !

Elle courut monter le son de sa chaîne hi-fi pour mieux entendre la suite. Aux dernières nouvelles, disait le journaliste, le garçon de seize ans était introuvable, mais son père supposait qu'il avait dû quitter ce secteur, comme il était en scooter.

« Je vais envoyer un message à Greg, ça le rassurera. Ce devaient être de très jeunes amoureux qui avaient envie de liberté et d'une nuit ensemble. »

Attendrie, Ambre s'estima un peu trop conciliante. Élevée par des parents assez sévères, elle avait souvent déploré de devoir obéir à des consignes strictes.

Elle était presque prête à partir quand l'interphone sonna. Résignée à voir Nathan, comme elle l'avait prévu, elle répondit d'un ton aimable.

— Monte, mais je n'ai qu'une petite vingtaine de minutes à t'accorder, lui précisa-t-elle.

Le policier entra les mains dans les poches de son blouson, l'air maussade.

— Le bonheur t'embellit, lui assena-t-il. Tu resplendis et le mot est faible.

— N'exagère pas, j'ai juste lavé mes cheveux et je me maquille toujours pour aller à Girac. Qu'est-ce qui t'amène, Nathan ? En principe, tu ne dois rien me communiquer de l'enquête et j'ai déjà répondu à une de tes demandes cet après-midi.

— Je suis là à titre personnel, Ambre. Je tolère très mal de te savoir avec un autre homme. Si encore on n'avait pas refait l'amour la semaine dernière, ce serait moins pénible.

— Je sais, c'était une erreur et j'en suis navrée.

Nathan voulut lui prendre la main, mais elle bondit en arrière dans un réflexe instinctif.

— Quoi ? Je te répugne à ce point ? Ambre, j'en crève de jalousie, ça impacte mon boulot, mon raisonnement.

Je n'ai qu'une idée, être avec toi, te reconquérir. L'autre matin, tu étais heureuse dans mes bras.

— Je n'ai pas dit le contraire, c'était un moment d'égarement où j'avais besoin de tendresse et de plaisir. Je t'en prie, ne me harcèle pas ainsi, par respect pour toi-même.

— Bon sang, alors présente-moi ce type ! Je voudrais être sûr qu'il ne te fera pas souffrir.

— Tu n'as rien d'autre comme prétexte ? Tu vas le soumettre à un examen ? C'est hors de question ! Tu n'as pas à te mêler de ma vie privée. Nathan, tu devrais t'en aller.

— Je descendrai en même temps que toi !

— Non, sors tout de suite, tu commences à me faire peur. Je déteste la manière dont tu me regardes.

— Et Grégoire Thomas ?

Le cœur d'Ambre battit plus vite. Elle se détourna pour prendre son sac à main, craignant d'avoir rougi.

— Eh bien quoi, Grégoire Thomas ? Il ne m'a pas téléphoné. Ne t'inquiète pas, je ferai ce qu'il faut s'il m'appelle. Emmie sera dans sa famille d'accueil demain soir, c'est ça ?

— Si tout se déroule bien, oui, en effet. Une dernière chose, la prochaine fois que je t'ai en ligne, conseille à ton mec de se taire.

— Nathan, sois correct ! Tu dépasses les bornes, là, et moi aussi je pourrai porter plainte, même si je ne suis pas dans les bonnes grâces de ton commissaire.

Très pâle, envahie d'une affreuse angoisse, Ambre ouvrit sa porte et désigna le palier au policier, dont la colère venait de retomber brusquement. Il eut l'impression d'être dégrisé après avoir été ivre.

— Pardon, je ne sais pas ce qui m'a pris, lança-t-il. À moi aussi je me fais peur ces temps-ci.

Il dévala l'escalier sans lui dire au revoir. Sous le choc, Ambre osa concevoir l'étendue des dégâts si son ancien compagnon apprenait la vérité sur sa relation avec Grégoire. Elle en vint à imaginer d'atroces scènes de violence, ce qui la fit trembler de tout son corps.

« Nathan doit l'ignorer le plus longtemps possible. Je le crois capable du pire. »

Elle réprima des sanglots de nervosité, tout en cherchant comment protéger l'homme qu'elle aimait.

« Demain soir, quand j'irai rejoindre Greg, je ne prendrai pas mon téléphone, je le laisserai dans le vestiaire, à l'hôpital, car Nathan pourrait demander à un de ses collègues de localiser mon portable. Il ne se contrôle plus… »

La gorge nouée, Ambre monta dans sa voiture. Elle avait auparavant contemplé, au-delà du rempart, l'immense plaine où coulait la Charente, au pied de la haute ville. C'était un paysage qui l'enchantait depuis des mois, mais ce soir-là, elle aurait donné très cher pour pouvoir admirer les falaises majestueuses de la vallée des Eaux-Claires.

« Grégoire doit se sentir seul. Je n'ai pas pu lui envoyer de message à propos de ces adolescents. Une fugue amoureuse… Pourquoi pas nous deux aussi ? On prend ma voiture et on roule au hasard, en laissant nos ennuis derrière nous. »

Elle démarra et manœuvra pour quitter la place où elle s'était garée. Ce fut à cet instant qu'elle aperçut un homme dans son rétroviseur. Malgré la douceur de l'air, il était vêtu d'un manteau noir, coiffé d'un chapeau de feutre. Mais ce qui intrigua la jeune femme, c'était son attitude. De toute évidence, il l'observait. Immobile sur le trottoir, les traits durs, il semblait avoir surgi de nulle part.

— Qui est-ce ? se demanda-t-elle tout bas. Un autre enquêteur engagé par les Royer ?… Un nouveau voisin ?

Il émanait de l'inconnu quelque chose d'inquiétant et Ambre fut certaine qu'il était là pour elle.

— Si c'était un de ceux qui traquent Grégoire, un des agresseurs de Charles Favier…

Des phrases se bousculaient dans son esprit affolé : « les complices de l'ombre », « ils sont dans les caves ».

Sans réfléchir au bien-fondé de son initiative, Ambre décida de prendre un itinéraire différent de celui qu'elle empruntait habituellement pour rejoindre le secteur de Girac. Elle ne pouvait s'empêcher de regarder dans son rétroviseur, comme si l'homme en noir était susceptible de la suivre.

— Je me fais des idées, se répéta-t-elle. C'est à cause de Nathan qui m'a poussée à bout. Je ne vais pas commencer à me méfier de tout le monde, à soupçonner un passant dans ma rue.

Elle fut cependant soulagée de retrouver le cadre familier du service des urgences. Les infirmières l'accueillirent avec le sourire et Paul, un des internes, lui proposa un café allongé. Une fois en blouse blanche, son stéthoscope dans la poche, Ambre endossa son statut de médecin aguerri, pour une longue nuit de travail.

Rue d'Iéna, chez les Royer, même soir,
une heure plus tard

Assise dans son lit, Emmie jouait avec sa poupée, sous la surveillance de l'infirmière. Maussade, Adeline Royer tricotait une écharpe, son passe-temps favori.

— Ne fais pas tant de bruit, ordonna-t-elle à la fillette qui chantonnait.

— Je discute avec Doudoune.

— Ta mamie déteste ce surnom ridicule. Tu n'es plus un bébé, tu dois appeler ce vieux jouet Véro. Enfin, je vais avoir des vacances… Tes grands-parents n'ont pas dû te le dire, mais demain tu t'en vas de cette maison.

— Papa vient me chercher ? s'écria Emmie.

— Penses-tu, il n'est pas assez courageux !

— Si, l'autre soir, il était dans le jardin. Toi, tu dormais alors j'ai regardé par la fenêtre. Papi et l'homme tout noir lui ont fait du mal.

— Parce que ton père le méritait ! Seigneur, quel dommage que je n'ai plus de sirop à te donner. Tu es une vilaine bavarde, mon enfant.

— Je vais aller où ?

— Dans une famille d'accueil, la police et un juge en ont décidé ainsi. Mais il y aura deux autres enfants, et tu devras faire attention, ils vont sûrement te maltraiter, car tu es plus petite qu'eux. La méchanceté est partout dans ce monde.

Après s'être réjouie quelques secondes, Emmie prit peur. Elle aurait été contente de sortir de sa chambre et de pouvoir jouer dehors, mais les paroles perfides de l'infirmière avaient semé leur venin.

— Je préfère rester ici, gémit-elle. Mamie me gardera.

— Elle n'aura pas le droit. Le policier qui est déjà venu, il t'emmènera même si tu cries et que tu te débats.

Terrifiée, Emmie commença à suffoquer. Adeline Royer ouvrit la fenêtre en haussant les épaules. Ce soir, ses cousins s'étaient absentés et elle était libre d'en faire à sa tête.

11

Un sacrifice

Vallée des Eaux-Claires, lundi 4 septembre

La capuche de son sweat noir dissimulait ses courtes boucles brunes. Les mains dans les poches de son pantalon de treillis, Grégoire rentrait d'une longue balade nocturne. Avec un zeste d'ironie, il se comparait à ces êtres maudits obligés de vite regagner leur repaire avant le lever du jour.

Ambre ignorait encore tout des sorties de son amant à la fin de la nuit, où il parcourait la vallée endormie, discret et silencieux.

— Je voudrais tant que tu sois là, murmura-t-il en évoquant le joli visage de la jeune femme, ses beaux yeux bleus et son sourire amoureux.

Il savait qu'elle ne viendrait pas avant le soir et qu'il devrait l'attendre des heures.

— C'est aujourd'hui que tu vas publier ma lettre ouverte sur Internet et la donner à la presse.

Ils avaient mis au point ensemble la meilleure façon de procéder, afin de ne pas mettre Ambre en cause. Malgré tout, Grégoire éprouvait une angoisse pénible, pareille à une épine dans sa chair.

« Je dois y croire, avoir la foi », se dit-il.

Ce fut à cet instant qu'il entendit un faible appel, comme né des falaises. D'abord il songea au cri d'un oiseau, mais un « au secours » à peine discernable lui parvint. Stupéfait, il s'arrêta, en se demandant si ce n'était pas un effet de son imagination.

« Non, c'était bien réel... »

Un autre cri retentit, et encore une fois les mêmes mots de pure détresse résonnèrent dans le silence de l'aube, car déjà une vague luminosité se devinait à l'est et la nuit pâlissait. Grégoire scruta attentivement le paysage qui l'entourait.

— Qui est là et où ? s'interrogea-t-il tout bas.

Soudain il pensa à un piège que les complices des Royer lui tendraient, mais l'hypothèse lui parut saugrenue. Si ces gens avaient trouvé où il habitait, ils auraient investi la maison sans élaborer la moindre ruse. Au troisième appel, ponctué du mot « monsieur », il sut dans quelle direction chercher.

— Il me voit, donc j'ai des chances de le repérer.

La voix était jeune, d'une tonalité masculine. En se lançant à l'assaut de la pente tapissée d'herbe humide, Grégoire entrevit une explication. Il se remémora le message qu'Ambre lui avait envoyé la veille vers 23 heures, à propos de deux adolescents ayant fugué. Le garçon n'avait pas été retrouvé.

Il commença à grimper sur une paroi rocheuse aux prises faciles, et ses efforts furent vite récompensés.

— Par là, m'sieur ! lui cria-t-on. Aidez-moi, j'vais mourir...

Cette fois, Grégoire aperçut une main qu'on agitait, au bord d'un replat de la falaise. Il continua à progresser, malgré les risques qu'il prenait, sans être encordé. Enfin il se hissa de son mieux à côté du blessé.

— Tout va bien, tu n'es plus tout seul, murmura-t-il aussitôt.

Un sanglot de soulagement lui répondit, suivi de plaintes effrayées.

— Ma jambe, je perds du sang, m'sieur.

— Calme-toi, je vais regarder. Moi, c'est Greg, et toi ?

— Sacha... Je suis tombé de là-haut, je voulais me cacher dans une grotte que j'connais.

— Quand ?

— Cette nuit, d'abord j'ai planqué mon scooter, y'a une grange abandonnée à Chamoulard. Je l'ai couvert de vieille paille, de sacs d'engrais vides.

La respiration saccadée de Sacha rendait son élocution difficile. En lui touchant le front, Grégoire constata que le garçon avait de la fièvre. Il examina la plaie de sa jambe droite, par la déchirure du pantalon maculé de sang.

— Tu as besoin de soins urgents, je vais appeler le 15.

— Non, j'vous en prie, m'sieur ! J'veux pas rentrer chez mon père, il me cogne dessus et là, ce sera pire.

Apitoyé, Grégoire étudia la physionomie de l'adolescent. Des mèches blondes dépassaient de son bonnet en laine noire et il avait des traits délicats. Un hématome violacé marquait sa joue droite, tandis que sa lèvre supérieure était fendue. Mais cela ne datait pas de la chute.

— C'est toi qui as fugué avec ta petite amie ? hasarda-t-il d'un ton amical.

— Ouais, comment vous le savez ?

— Je n'habite pas très loin, la nuit dernière il y a eu la sirène des pompiers, un hélico, alors j'ai écouté les infos.

— Vanessa est tombée de vélo, je voulais pas la laisser toute seule, mais elle m'a supplié de partir pour pas que j'retourne chez mon père. Et puis on s'aime fort, tous les deux. Vous savez si elle va bien ?

— Non, je n'en sais rien. Mais ne t'inquiète pas, on a dû la soigner.

D'un élan désespéré, Sacha empoigna la main de Grégoire qu'il serra à lui faire mal.

— Restez avec moi, m'sieur, me lâchez pas. Et tant pis si je meurs ici, après tout. La vallée, c'était là où je jouais, gamin…

— Ne dis pas de sottises. Écoute, je préviens les secours et je leur précise où tu es, ils seront vite là ! Après, je devrai redescendre, je ne peux pas m'attarder, il va faire jour.

De nouveau, un sanglot éclata, pathétique parmi les premiers chants d'oiseaux saluant le lever du soleil.

— Sacha, je suis en cavale moi aussi.

Juste après cet aveu, il constata qu'un flux de sang sourdait de la plaie du garçon. Celui-ci, très pâle, eut un hoquet de chagrin.

— Me laissez pas, j'ai mal, j'ai tellement mal.

— Je crois qu'un garrot pas trop serré t'aidera, déclara Grégoire.

Il était tenté d'appeler Ambre, pour lui demander conseil, mais il renonça.

À demi conscient, Sacha gémissait et haletait, sans lâcher la main de Grégoire qui nouait le foulard au-dessus de son genou.

— Courage, mon petit gars, je n'ai plus le choix.

Il décida de s'en tenir à son plan : prévenir les pompiers et ensuite s'esquiver dès l'arrivée des secours.

— M'sieur... vous êtes là, hein ? ânonna l'adolescent.

— Mais oui, je reste près de toi, n'aie pas peur.

— Faudra dire à Vanessa que j'suis désolé, parce qu'on n'a pas pu passer la nuit tous les deux. Et aussi, je voulais pas l'abandonner.

— Tu lui diras tout ça toi-même, Sacha. Si vous vous aimez très fort, vous reprendrez votre histoire à votre majorité. Et tu dois signaler à la police que ton père se montre violent. Tu n'as plus ta mère ?

— Elle est morte il y a dix ans. Mon père, il dit que j'lui ressemble trop.

Plein de compassion pour le garçon, Grégoire appela le 18, en fournissant à son interlocuteur tous les renseignements utiles. Il raccrocha après avoir donné une fausse identité et se pencha sur Sacha.

— Je suis désolé, je n'avais pas le choix. C'était trop risqué pour toi de t'emmener à la maison. Il m'aurait fallu une corde et, aussi, que tu aies la force de te tenir à moi.

— D'accord, mais reste encore, j't'en prie.

— Oui, je suis là. Ne t'endors pas surtout, accroche-toi, parle-moi de Vanessa ! Je suis sûr qu'elle est très jolie.

Le soleil s'était levé et faisait resplendir la vallée des Eaux-Claires de ses rayons dorés. La rivière miroitait entre ses berges plantées d'ajoncs et d'herbes folles, survolée à cet instant-là par un martin-pêcheur au plumage orange et turquoise.

— Vous avez vu, inspecteur, il était superbe, cet oiseau, fit remarquer Xavier tout bas.

— Je n'en ai rien à faire, rétorqua Nathan, en proie à une colère froide. On a trouvé la planque de Thomas, mais le type a disparu. Alors il vaudrait mieux te concentrer sur le décor au lieu d'admirer la faune et la flore.

— Excusez-moi, inspecteur. Je n'étais jamais venu ici, le coin est agréable.

Ils marchaient côte à côte sur le chemin longeant les falaises. Nathan serra les poings, excédé par la désinvolture de son adjoint.

Il avait été réveillé à 4 heures du matin par un appel d'Héloïse Thomas. Il était alors 13 heures pour elle à Nouméa, mais le message que lui avait laissé l'inspecteur l'avait inquiétée et elle avait préféré le rappeler immédiatement, sans tenir compte du décalage horaire. Et Nathan s'en félicitait, car la jeune femme lui avait tout de suite parlé d'une maison inoccupée appartenant à un des seuls amis de Grégoire et dont ce dernier avait la clé.

Ils étaient arrivés dès 6 heures sur les lieux avec toute l'équipe, mais Grégoire Thomas s'était déjà enfui.

— Vous soupçonnez sa sœur de l'avoir averti ? Elle a pu être prise de remords.

— Je n'en sais rien, car elle semblait sincère quand elle disait avoir très peu de nouvelles de lui depuis six ans. J'ai enregistré notre conversation, elle pensait que les Royer élevaient Emmie, mais que son frère avait un droit de visite. À mon avis, Thomas ne lui confiait aucun de ses problèmes.

— Un drôle de personnage, au fond, avança Xavier. Mais la scientifique est déjà au travail, ils trouveront peut-être des éléments qui nous permettront d'en savoir plus sur ses faits et gestes.

Nathan bougonna une approbation. Il se revit au moment où ses hommes enfonçaient la porte d'un corps de ferme rénové, flanqué d'une grange. Il était entré le premier, son arme à la main, suivi de près par son adjoint.

— La camionnette et la voiture peuvent fournir des indices intéressants, admit-il d'un ton sec. Le commissaire se réjouit, il est certain qu'on va dénicher notre suspect avant midi.

— Il y a de fortes chances, inspecteur. Thomas a pu nous voir approcher et il aura filé. Mais il ne peut pas être bien loin.

— Filé par où, Xavier ? Il n'y a pas d'issues à l'arrière, à part une vieille porte condamnée. Enfin, j'ai envie d'inspecter un peu plus scrupuleusement l'ensemble des bâtiments. Écoute, c'est la sirène des pompiers ! Qu'est-ce qui se passe ?

Quelques minutes plus tard, ils voyaient arriver le véhicule rouge, dont le gyrophare tournoyait. Nathan présenta sa carte.

— On nous a signalé un adolescent blessé, inspecteur. Il s'agit de Sacha Ferry, c'est lui qui s'est sauvé en scooter avant-hier. On a déjà secouru sa petite-amie dans le secteur. Il a une jambe cassée et il a perdu du sang, annonça le capitaine des pompiers. Il est sur un replat rocheux. L'hélicoptère est en route pour le récupérer sur une civière, on sécurise le terrain en attendant.

— Qui vous a prévenus ?

— Un homme est grimpé là-haut pour secourir le garçon. Mais je n'ai pas son nom.

Pressentiment ou simple raisonnement, Nathan Delors étudia d'un œil avide les falaises qui les dominaient. Il sortit ses jumelles, ayant distingué deux silhouettes à flanc de rocher.

— C'est Thomas qui est en haut avec le gamin. J'en suis sûr ! Je monte, tu me couvres !

— Faites attention, inspecteur…

Le policier s'élança, son arme à la main. Du surplomb où il était, Grégoire avait pu analyser la situation. Il leva la tête afin d'observer la paroi abrupte qui était la seule issue possible pour fuir. À gauche, il repéra une faille d'où il pourrait plus aisément rejoindre le plateau.

— M'sieur, j'ai sommeil, souffla alors Sacha.

— Non, accroche-toi, les pompiers sont là, j'entends un hélico, on va t'emmener à l'hôpital, tiens bon.

— Et si je tombe plus bas, hein ? Si c'est mon père qui vient ?

— Tu n'as rien à craindre. Je t'en prie, lâche ma main, je dois m'en aller.

Mais Sacha lui serra plus fort les doigts. Il voulut même se redresser pour se cramponner à son bras, ce qui le fit basculer au bord du vide, avec un cri de douleur.

— Ne bouge plus ! hurla Grégoire.

— Vous non plus, Thomas, pas un geste ! s'égosilla Nathan.

Peu doué pour l'escalade, le policier avait dû s'arrêter au pied d'un large pan de calcaire grisâtre sur lequel il n'osait pas s'aventurer. Furieux, il pointait son revolver.

— N'essayez pas de nous fausser compagnie, Thomas, ajouta-t-il. Mes hommes sont chez vous, enfin chez votre ami Gilles Toussaint.

Ce furent pour Grégoire des secondes étranges, où après avoir rêvé d'une fuite impossible, il se sacrifia pour maintenir Sacha en sécurité sur le replat. Bizarrement, confronté à l'inéluctable, il se sentit soulagé.

— Ne tirez surtout pas ! cria-t-il à Nathan. Je n'ai pas d'arme et je ne peux pas lâcher le garçon qui va très mal.

Désorienté par la tournure que prenait cette arrestation tant espérée, le policier baissa le bras, mais il fit signe à Xavier de le rejoindre.

— Dès qu'ils auront emporté Sacha, je descendrai ! s'exclama Grégoire. Ce pauvre gosse est brûlant de fièvre et il a peur.

Nathan accepta d'un ton rogue. Il ne quittait pas son suspect des yeux et il le vit rejeter en arrière la capuche de son sweat, d'un geste qui avait quelque chose d'une libération. Xavier, debout derrière lui, marmonna son opinion :

— En tout cas, il est courageux, ce gars-là ! Vous avez vu où il est perché, inspecteur ?

— Oui, et il avait le temps de nous semer, car à mon avis il pratique la varappe depuis un bon bout de temps. Enfin, peu importe, on le tient...

Hôpital de Girac, même jour, même heure

Ambre avait accepté de remplacer un de ses confrères et quittait donc le service des urgences deux heures plus tard que prévu. Cela ne la dérangeait pas vraiment car avec la perspective de regagner son domicile, les mauvais souvenirs de la veille la tourmentaient à nouveau.

— Si Nathan continue à me harceler, je déménagerai, se dit-elle tout bas, enfermée dans les vestiaires. Et puis il y a cet homme en noir. Quand j'y pense, son attitude était troublante. Il avait l'air de me surveiller.

Cependant elle avait hâte d'être de retour chez elle afin de publier la lettre ouverte rédigée avec Grégoire. C'était un travail en commun, dont l'impact serait important, du moins elle voulait s'en persuader. Elle avait également prévu d'en envoyer une copie par mail à la rédaction du quotidien régional.

— Et ensuite je pourrai enfin aller retrouver Grégoire et le serrer dans mes bras.

Ambre poussa un léger soupir, en évoquant leurs baisers et leurs caresses, au creux du lit de la chambre mansardée. Mais on toqua à la porte et le minois de Jade, une des plus jeunes élèves infirmières, apparut dans l'entrebâillement.

— Docteur Chasselin, on nous apporte un adolescent victime d'une chute dans les falaises. Sa tension est faible, il a perdu beaucoup de sang.

— Je viens, préparez le matériel de réa et un lit !

Elles coururent à la rencontre des pompiers qui poussaient une civière dans le couloir.

— Sacha Ferry, seize ans, une vilaine fracture de la jambe, température élevée, débita le capitaine en les saluant. C'est le gamin qui a fugué samedi soir, j'ai prévenu son père.

Intriguée, Ambre s'autorisa une question, pendant que Jade posait un masque à oxygène et prenait le pouls du blessé.

— Il se trouvait encore dans la vallée des Eaux-Claires ?

— De toute évidence, il était en fâcheuse posture, sur un replat, et sans l'intervention d'un promeneur, il ne s'en serait sans doute pas sorti. L'homme nous a avertis et il est resté près de lui pour le rassurer jusqu'à notre arrivée. Il avait même fait un garrot, que nous avons remplacé.

— Cela a dû beaucoup aider. Je vous remercie, au revoir, capitaine.

Elle lui adressa un doux sourire, le connaissant bien. Tout au long de l'année, les pompiers étaient amenés à venir aux urgences après des interventions plus ou moins périlleuses.

— J'ai placé une perfusion, docteur Chasselin, notre patient est déshydraté, lui dit Jade.

— Dépêchons-nous, s'il faut l'opérer, il n'y a plus une minute à perdre.

Ambre songea en silence aux caprices du destin. Elle se retrouvait confrontée à ce jeune rebelle dont elle ignorait tout, mais à qui Grégoire et elle devaient une grande frayeur.

Il se passerait encore plus de trois heures avant une autre révélation liée à Sacha, et celle-ci lui briserait le cœur.

Vallée des Eaux-Claires, même jour, même heure

Grégoire Thomas et Nathan Delors étaient enfin face à face, le premier des menottes aux poignets, le second blindé dans son carcan professionnel.

— Il est 7 h 20, je vous place en garde à vue, débita l'inspecteur d'un ton neutre. Vous allez nous suivre jusqu'au domicile que vous occupez. Nous devons encore déterminer si vous avez ou non l'accord du propriétaire. Je vais le contacter dans la journée.

— Ne dérangez pas Gilles trop tôt, mon ami doit dormir. Il vit aux États-Unis, dans le New Jersey. Il m'a laissé les clefs de sa maison en partant et j'y venais souvent avec ma femme. Il n'y a rien d'illégal dans tout ceci.

Nathan supportait difficilement le regard bleu vert et très clair de Grégoire qui le fixait avec une sorte d'indifférence. Ils étaient seuls sur le chemin, Xavier s'étant éloigné au pas de course pour appeler un de ses collègues qui devait venir les chercher en voiture.

— Alors la cavale est finie, Thomas, murmura l'inspecteur. Vous serez déféré devant un juge, à qui vous devrez répondre de vos actes, notamment pour les accusations d'attouchements sur votre fille de huit ans.

— L'anniversaire d'Emmie est le 10 octobre, elle n'a pas encore cet âge-là.

— Bah, à quelques semaines près, ça ne change pas grand-chose, lui assena Nathan froidement.

— Pas pour un père que l'on a séparé de son enfant par des mensonges et des manigances honteuses. Je suis innocent, inspecteur.

— Bientôt vous nierez avoir enlevé Emmie !

— C'était une erreur, mais j'avais besoin de renouer le contact avec ma fille et elle n'a pas eu peur de moi quand je la tenais dans mes bras, comme si elle m'avait reconnu.

— Gardez vos arguments pour le tribunal, Thomas. Pour ma part, comme vous le savez, j'ai eu droit, grâce à vos contacts avec le docteur Chasselin, au récit de vos malheurs. Dès que nous serons au commissariat, j'enregistrerai votre déposition.

Grégoire acquiesça d'un sourire ironique. Il continuait à dévisager Nathan, or ce n'était pas le policier qu'il observait, mais l'ancien compagnon d'Ambre. En son for intérieur, il s'étonnait, incapable de les imaginer en couple, tant ils semblaient différents de caractère et mal assortis. Une pointe de jalousie lui donna envie de défier l'irascible inspecteur Delors.

— Je ne remercierai jamais assez le docteur Chasselin, qui a su m'écouter et croire en mon histoire, déclara-t-il. Son soutien m'a été précieux.

Piqué au vif, Nathan dut réprimer son exaspération, tout en contre-attaquant.

— Pourtant, vous avez refusé de la rencontrer, maugréa-t-il.

— Je me méfiais, elle pouvait collaborer avec la police. À ce propos, comment avez-vous eu connaissance du lieu où j'habitais ?

La voix de Grégoire avait vibré douloureusement, car une triste évidence venait de le frapper. Seule Ambre avait pu le trahir, même de manière involontaire si on l'avait suivie.

— Votre sœur aînée, Héloïse, s'est fait un plaisir de me renseigner sur l'endroit où vous pouviez loger. Vous n'avez pas été assez prudent, cette charmante dame se souvenait très bien de votre ami exilé dans le New Jersey.

Une voiture de police remontait le chemin. Nathan fit signe au conducteur de se garer.

— En route, Thomas, on va faire un arrêt à votre planque, je suis curieux de savoir ce que la scientifique a pu trouver.

Une chape de plomb pesa soudain sur les épaules de Grégoire. Lorsqu'elle l'avait quitté, la veille en début d'après-midi, Ambre avait oublié un gilet en lainage vert, sur le dossier d'une chaise.

Commissariat d'Angoulême, même jour, deux heures plus tard

Grégoire était assis en face de Nathan et de Xavier, séparé des policiers par une table. L'interrogatoire serait filmé et donc enregistré. Le commissaire ainsi que le procureur y assistaient, mais sans être visibles, derrière une large vitre fumée d'où ils pouvaient tout entendre.

— Monsieur Thomas, nous sommes au courant des sérieux problèmes dont vous avez fait état, au sujet de votre relation difficile avec vos beaux-parents, dès le début de votre mariage et plus tard, après le décès de leur fille Véronique, déclara d'emblée Nathan. Et vous prétendez que Mme et M. Royer, des gens connus pour leur respectabilité, auraient produit de faux documents à plusieurs reprises, sur le plan médical et administratif.

— Je maintiens mes propos, inspecteur. La première fois, je m'en souviens hélas trop bien, c'était lors de la mort de ma femme. Ils ont réussi à faire établir un certificat de décès par overdose, dont j'aurais été responsable.

Xavier tressaillit sur sa chaise, certain que l'inspecteur Delors allait confirmer la falsification du rapport d'autopsie, dont ils auraient très vite une preuve. Mais il fut déçu.

— Que s'est-il vraiment passé, selon vous ? demanda Nathan.

— J'aurais tant à dire, soupira Grégoire. Le jour où Véro nous a quittés, elle devait annoncer à ses parents que nous partions de chez eux. Je n'avais pas pu trouver de logement à notre convenance, si bien que Véro et moi avions décidé d'emménager dans la maison de mon ami Gilles Toussaint. Il était d'accord, et il ne voulait pas de loyer. Même si mon épouse se sentait faible à cette période, j'avais réussi à la convaincre de ne plus subir la tutelle malsaine des Royer. Je les soupçonnais d'être liés à une secte, ou à une organisation secrète de ce type, un groupement pratiquant une nouvelle religion…

— Venez-en aux faits, l'interrompit Nathan d'un ton rogue.

— C'est simple, ce jour-là quand je suis rentré rue d'Iéna vers 17 heures, la tragédie venait de se produire. J'étais à peine dans le vestibule que l'infirmière se ruait sur moi pour m'annoncer que Véro avait succombé à un arrêt cardiaque. Elle avait essayé de lui faire un massage, sans pouvoir la ranimer. J'étais sous le choc, mais j'ai demandé où était ma femme, pour l'embrasser, lui dire adieu… Ses parents avaient monté son corps dans sa chambre, sur notre lit, et, quand je suis entré, sa mère était en prières. Dès qu'elle m'a vu, elle a hurlé que j'étais l'unique coupable, à cause des substances illicites que je faisais consommer à Véro. Sur le coup, j'étais si malheureux que j'ai à peine relevé ces paroles, je les ai mises sur le compte d'un délire désespéré.

— Où était Emmie à ce moment-là ?

— J'ai pensé que Firmin Royer l'avait mise à l'écart et s'occupait de la distraire.

— Et ce n'était pas le cas ?

— Je ne sais plus très bien, mais je crois qu'elle était enfermée dans sa chambre, où l'infirmière a dû la rejoindre. Le soir même, elle emmenait ma fille.

— Ces faits n'étant pas prescrits, nous allons vérifier votre déposition, en convoquant Adeline Royer, l'infirmière en question, que Mme et M. Royer ont de nouveau engagée pour Emmie. Peut-être êtes-vous au courant ?

— Vous me l'apprenez, inspecteur, mais j'en suis soulagé, car elle pourra témoigner, si toutefois elle est encore en mesure de le faire, hasarda Grégoire.

— Que voulez-vous dire par là ?

— On a fait taire définitivement Charles Favier, qui selon moi appartenait à cette secte.

Sur les nerfs, Nathan dévisagea son suspect d'un air hostile. La séduction innée qui émanait de cet homme au regard limpide l'irritait. Sans avoir des traits réguliers, Grégoire Thomas possédait un charme indéniable, une voix suave et grave. Il comprenait pourquoi la petite Emmie avait dû immédiatement l'accepter pour père. Ce qui l'agaçait au plus haut point, c'était l'engouement d'Ambre pour lui. Si elle l'avait rencontré ne serait-ce que deux fois, elle avait pu être fascinée et se ranger de son côté.

« Si vraiment elle l'a uniquement vu à l'hôpital et au Jardin Vert, devant la grotte de l'ermite ! » songea-t-il en frémissant de colère.

L'interrogatoire se poursuivit. Grégoire raconta en détail sa descente aux enfers après la mort de Véronique, puis le lent cheminement de sa guérison. Il cita d'un ton net les personnes qui l'avaient aidé à l'époque, de sa tante désormais décédée aux psychiatres, du directeur de l'entreprise où il était employé comme paysagiste au propriétaire du château en Corrèze chez qui il avait travaillé presque trois ans, en étant nourri et logé.

— Nous vérifierons toutes ces informations, déclara Xavier. Mais pourquoi n'avez-vous pas revendiqué vos droits sur Emmie de manière officielle et légale ? Si vous aviez mis de l'argent de côté, vous pouviez prendre un avocat.

— J'ai manqué de confiance en moi, certain que mes beaux-parents avaient monté un lourd dossier pour me priver de ma fille. S'ils avaient pu faire passer un infarctus pour une overdose, je craignais d'autres accusations qui me feraient perdre toutes mes chances. Ils viennent de le démontrer, en m'accusant du pire. Mais je peux le jurer ici ou bien devant un juge et des jurés, je n'ai jamais attenté à la pudeur de mon enfant, ni avant ses trois ans ni durant les quelques heures où j'ai pu renouer le contact avec elle. Emmie était heureuse près de moi, je lui ai parlé de sa mère longuement et nous avons regardé des photos de nous trois, que j'avais en ma possession.

Perplexe, Nathan hocha la tête en tapotant une chemise cartonnée posée sur la table.

— Monsieur Thomas, au cours de la fouille de votre actuel domicile, l'équipe de la police scientifique a découvert des feuillets de papier sur lesquels était rédigé un plaidoyer. Vous y relatez de manière explicite et assez rapide tout ce que vous venez de nous dire. Apparemment, c'étaient de simples brouillons, froissés et jetés dans une poubelle.

— En effet ! J'ai été lâche par le passé, en abandonnant la lutte pour récupérer Emmie, mais depuis six mois, je cherche le meilleur moyen de la sauver… De pouvoir la chérir et lui offrir une véritable enfance. Comprenez donc ! Les Royer sont contre l'emploi des médicaments, contre les jouets en plastique et le moindre divertissement virtuel, même les dessins animés. Ce ne serait pas forcément une démarche négative, si elle n'était pas aussi excessive. Véro, mon épouse, n'a jamais été soignée, de ses onze ans à sa mort, et ils font pareil pour Emmie. Ils repousseront sans cesse l'opération du cœur dont ma fille a besoin, ou ils se procureront de faux documents pour attester qu'ils y ont consenti.

— Toujours aidés par cette prétendue secte, je suppose, persifla Nathan. Monsieur Thomas, nous avons consulté les comptes bancaires des Royer, sans trouver trace de transactions douteuses ni de sorties d'argent conséquentes.

— Mais ils sont beaucoup plus riches que vous le croyez, je le tiens de Véro elle-même. Ses parents auraient des propriétés viticoles acquises sous des noms d'emprunt, et d'autres dont ils ont hérité du côté de Madeleine.

— Ce qui pourrait justifier leur mépris à votre égard, c'est encore assez courant, les grosses fortunes qui refusent un mauvais parti pour leur fille unique.

— Je l'admets, je n'étais pas le gendre idéal, ceci dit aucun autre homme n'aurait convenu. Malgré tout, ils semblaient se réjouir à la naissance d'Emmie, même si je représentais un obstacle à abattre.

— Restons-en là pour le moment, je tiens à vérifier certains points avant de continuer, trancha le policier. Xavier, ramène M. Thomas en cellule.

Nathan s'empressa de rejoindre le commissaire et le procureur. Tous deux affichaient une expression de grande perplexité.

— Qu'en pensez-vous ? leur demanda-t-il. Pour ma part, Thomas me paraît jouer la carte du mélo. Il est peut-être aussi manipulateur, à sa façon, que ses anciens beaux-parents.

— Quand même, Delors, si l'infirmière confirme ce qu'il a dit sur le décès de sa femme, il n'y aura aucun doute, d'autant plus que vous auriez déjà établi la falsification du rapport d'autopsie de Véronique Royer.

— Personnellement, je lui ai trouvé des accents de sincérité indéniables, décréta le procureur. Il faut être prudent, Delors, pas de faux pas. Je révélerai bientôt aux médias le rôle qu'a joué Grégoire Thomas dans le sauvetage du jeune Sacha Ferry, cela influencera ses jurés lors de son procès. Faites vite la lumière sur les soupçons pesant sur les Royer.

— Il y a cependant les accusations d'inceste, insista Nathan.

— Des accusations sans preuve manifeste, contestées par deux psychologues. Elles peuvent avoir été lancées afin de nuire à Grégoire Thomas, allégua le commissaire. C'était votre théorie première, Delors. Restez objectif dans cette affaire.

— Je suis désolé, mais les types qui s'en prennent à leur propre gamine, ça me hérisse. Emmie peut se taire pour ne pas causer de tort à ce « papa » réapparu par miracle.

— Nous en aviserons en temps voulu, le plus important est de protéger cette enfant, soupira le procureur. Il faudra faire surveiller la maison où elle va être placée. Sait-on jamais, si les grands-parents ont vraiment des complices, ils peuvent leur demander d'enlever la petite. Les passions se déchaînent souvent autour d'un être innocent.

— Je ferai au mieux, affirma Nathan. L'audition d'Adeline Royer sera déterminante. J'envoie Xavier et un autre agent la chercher au plus vite.

— Oui, cela me rassurerait, approuva le commissaire. Cette personne est peut-être en danger et si elle subit le même sort que Valérie et Charles Favier, la situation n'en sera que plus compliquée. Avez-vous du nouveau sur la fouille de la planque ?

— L'équipe scientifique vient justement de terminer, ils sont en route pour le commissariat. Je les attends pour faire un point.

— Très bien, faites-moi suivre leur rapport dès qu'il sera prêt, Delors.

Resté seul, Nathan regagna son bureau où il ressassa la question qui le taraudait, et dont l'objet principal était un gilet de femme en lainage vert. Quand, équipé de gants en latex, il avait voulu l'enlever du dossier de la chaise où il était posé, Grégoire Thomas avait poussé un cri de protestation : « N'y touchez pas, c'était à Véro, à ma femme, il est là depuis des années ! »

— Sa réaction m'a paru excessive, soliloqua-t-il, debout près de la fenêtre, pour guetter l'arrivée de la police scientifique. De toute façon, que ce soit à sa défunte épouse ou non, il sera dans les scellés, j'ai dit à un de nos gars de le prendre.

Ce vêtement lui était inconnu, cependant Nathan aurait voulu le sentir et l'examiner de très près, malgré sa terreur d'y apercevoir un long cheveu mordoré.

— Mais non, je suis fou, se raisonna-t-il. Ambre n'a pas pu se rendre là-bas. Elle était accaparée par son nouvel amoureux…

Une intolérable hypothèse surgit dans son esprit, avec le fracas douloureux d'un éclair.

— Thomas avait peur que je m'approche de ce gilet, je l'ai lu dans ses yeux. Donc il protégeait quelqu'un, ce bout de tissu n'a jamais été à Véronique Royer. Il paraissait neuf.

Les battements de son cœur s'accélèrent dès qu'il imagina Ambre en compagnie de cet homme au charme magnétique.

— Avec son empathie excessive, elle a pu le rencontrer sans le dénoncer ni me prévenir ! Ils sont devenus amis ou alors…

Ravagé par la jalousie et la fureur, Nathan prit son téléphone et appela Ambre, déterminé à savoir la vérité.

12

Les secrets d'Emmie

Place Turenne, même jour, même heure,
lundi 4 septembre

Ambre venait de rentrer chez elle dans un état de confusion extrême. Elle s'était enfermée à double tour, car, en se garant sur la place, l'homme en manteau noir semblait l'attendre. Il avait même soulevé d'un doigt le bord de son chapeau, comme pour la saluer.

— Je ne me suis pas trompée, il me surveille, murmura-t-elle en essayant de garder son sang-froid.

La jeune femme avait une autre raison d'être angoissée. Après les premiers soins donnés à Sacha Ferry, suivis d'examens méticuleux, l'adolescent avait été transféré en chirurgie. Jade s'étant absentée, Ambre s'était chargée elle-même du travail de l'élève-infirmière, en plaçant les vêtements de son patient dans le sac plastique réservé à cet usage.

La pièce de tissu qui avait servi pour le garrot, en cotonnade légère et rayée de bleu, sur un fond beige, lui était familière. Grégoire portait une écharpe semblable la veille. Une conclusion s'imposait donc : l'homme qui avait posé le garrot et tenu compagnie à Sacha n'était autre que Grégoire.

« Je l'appellerai une fois chez moi », avait-elle décidé, l'esprit survolté par une sourde inquiétude.

À présent, son téléphone entre les mains, Ambre regrettait de ne pas pouvoir discuter avec l'adolescent, dont l'opération n'était pas terminée lorsqu'elle avait quitté l'hôpital. Elle se demandait si les pompiers avaient identifié Grégoire quand le numéro de Nathan s'afficha sur son écran.

— Qu'est-ce que je fais ? Je ne lui réponds pas... Je dois en priorité publier la lettre sur Internet et l'envoyer au journal.

De toute sa volonté, Ambre lutta contre le stress qui l'avait envahie. Elle éteignit son téléphone pour se concentrer, Nathan l'ayant rappelée une deuxième fois.

— Même s'il vient jusqu'ici, je n'ouvrirai pas. Je peux très bien être partie courir le long des remparts, ou au Jardin Vert.

Sa mission accomplie, Ambre se détendit un peu.

— Mon Dieu, je vous en prie, aidez-nous, chuchota-t-elle.

Cette invocation lui était venue naturellement aux lèvres, ultime viatique resurgi de son enfance où une foi rêveuse la transportait de joie, surtout pendant la messe de minuit, à Noël.

— Les dés sont jetés, ajouta-t-elle.

Pressée de joindre Grégoire et d'entendre sa voix, Ambre ralluma son téléphone. Il n'y avait aucun message, mais quatre autres appels manqués de Nathan et cela l'affola. Afin de savoir ce qu'il voulait, elle préféra le contacter la première.

— Où étais-tu, bon sang ? s'exclama le policier aussitôt.

— Mais chez moi, je n'avais plus de batterie.

— La belle excuse, tu n'as rien trouvé d'autre ?

— Qu'est-ce qui te prend, Nathan ? se défendit-elle, tout de suite alarmée aussi.

— On a arrêté Thomas ce matin, je tenais à te l'annoncer. Il est en garde à vue. Il sera confronté au juge d'instruction mercredi au plus tard et sûrement placé en détention.

Le souffle coupé, Ambre fit un effort surhumain afin de ne pas trahir son émotion. Elle demeura silencieuse, ce qui incita Nathan à poursuivre sa diatribe.

— Thomas a voulu jouer les héros en veillant sur un ado en cavale, victime d'une chute. On a pu le coincer sans problème. La police scientifique a fouillé l'endroit où il se planquait de fond en comble.

— C'est moi qui me suis occupée de Sacha Ferry, l'adolescent en question, précisa Ambre d'un ton net. Je comptais prendre de ses nouvelles, il doit être en salle de réveil.

— Tiens, tu ne m'interroges pas sur ton protégé ?

— Quel protégé ?

— Le séduisant M. Thomas, qui n'a pas cessé de me défier en clamant son innocence, rétorqua Nathan.

— Pourquoi es-tu si agressif ? s'étonna Ambre.

Elle devait s'accorder une rapide introspection, car elle craignait d'avoir laissé des traces de sa présence dans la maison de Grégoire.

— En fait, je suis dans le local des scellés, avec entre les mains un sac transparent contenant un gilet de nana, en lainage vert, répondit Nathan. Un modèle récent, à première vue, qui t'irait parfaitement. Il était sur le dossier d'une chaise, ça ne te dit rien ?

— Non, rien du tout.

Le cœur d'Ambre cognait à grands coups, en pensant à ce cardigan qu'elle s'était acheté récemment, mais que le policier n'avait pas vu sur elle.

— Réfléchis bien à ta réponse, insista celui-ci. Si tu as été en contact avec ce vêtement, on trouvera un ADN dessus, même s'il s'agit un minuscule cheveu. Je vais devoir te soumettre à un test, comme tu n'es pas fichée. Et je saurai vite si tu as rendu visite à Thomas, dont tu soutenais la cause avec tant de chaleur.

Prise au piège, Ambre eut du mal à ne pas céder à la panique. Si elle parlait d'une seconde rencontre avec Grégoire, sous le prétexte de l'aider, elle était coupable de toute façon, n'ayant pas respecté son engagement moral auprès de la police. Quant au reste, ce merveilleux amour qui les avait réunis, elle osait à peine en imaginer les conséquences.

— Si je comprends bien, Nathan, la seule chose qui t'intéresse, c'est de savoir si ce gilet m'appartient ou non ?

— Disons que tu es en très mauvaise posture au cas où il serait à toi ! Le commissaire n'appréciera pas du tout s'il apprend que tu es allée boire le thé avec Thomas sans nous avertir.

Soudain Ambre s'estima perdue. Au mieux, elle pouvait gagner du temps.

— Attendons les résultats de la police scientifique, déclara-t-elle d'un ton désinvolte. Et viens quand tu veux prélever un échantillon de ma salive. D'ici là, j'ai un autre souci qui serait susceptible de te concerner.

Dérouté par son ton calme, Nathan se demanda s'il n'avait pas soupçonné Ambre à tort, sous l'aiguillon de sa jalousie maladive. De plus, accoutumé aux nuances de sa voix, il perçut son anxiété.

— Qu'est-ce que tu as comme ennuis ? s'enquit-il d'une manière moins hargneuse.

— Hier soir, lorsque je suis partie pour Girac, il y avait un homme d'une cinquantaine d'années sur le trottoir d'en face. Il fait encore chaud, pourtant il portait un manteau noir assez long et un chapeau de feutre Il m'observait pendant que je manœuvrais, sans pour autant m'adresser un signe de politesse, ce qu'aurait fait un nouveau voisin.

Plus elle parlait, plus Ambre reprenait son sang-froid. Se plaindre de cet inconnu l'aidait à mettre de côté la terrible réalité. Grégoire était arrêté, elle ne le verrait pas ce soir.

— Et ce matin, quand je suis rentrée, il était au même endroit, mais cette fois, il a soulevé son chapeau, avec un regard étrange.

— Tu te fais des idées, il peut s'agir d'un vieux célibataire qui apprécie les jolies femmes, hasarda Nathan.

— Mais Valérie et Charles Favier sont morts ! protesta-t-elle. Et, pour l'instant, vous ignorez qui est le coupable.

J'ai la nette impression que cet homme me surveille. Du coup, je me suis enfermée à double tour.

— D'accord, écoute-moi, va voir s'il est encore là d'une des fenêtres du salon.

Provisoirement rassurée par l'attitude conciliante de Nathan, Ambre fit ce qu'il lui conseillait.

— Il est toujours là, et il regarde dans ma direction, souffla-t-elle, sincèrement effrayée. J'ai une idée, je prends une photo de lui et je te l'envoie.

— Si tu veux. Ambre, je te rappellerai, là j'ai une audition. Ne bouge pas de chez toi.

Elle coupa la communication avec soulagement, mais quand elle voulut photographier l'inquiétant personnage, il avait disparu de son champ de vision.

« On dirait qu'il a deviné », se dit-elle.

Sa résistance nerveuse faiblissait. Oppressée, le cœur pris dans un étau de chagrin, Ambre s'allongea sur son canapé.

— Grégoire, j'avais tellement hâte de te retrouver, d'être dans tes bras, bouche contre bouche, tous les deux malades de désir. J'ai besoin de toi, comme tu as besoin de moi. Mais ils t'ont arrêté, mon amour…

Elle se mit à pleurer sans bruit, le sachant dans une cellule, derrière des grilles, hors de sa portée pour longtemps peut-être.

« Pourvu qu'on ne l'ait pas brutalisé ! Et moi j'ai laissé mon gilet hier, c'était fait exprès, pour qu'il puisse le toucher, sentir mon parfum… »

Complètement affolée, Ambre se redressa. Si Nathan sentait le cardigan, il reconnaîtrait sans peine la subtile fragrance à base d'iris et de lys qu'elle portait depuis plusieurs mois.

« Peut-être qu'il m'a interrogée juste pour m'entendre lui mentir », se dit-elle.

C'en était trop pour la jeune femme. Durant des années, elle s'était forgé un caractère intrépide, en faisant table rase de ses deuils. Redevenue extrêmement sensible depuis sa rencontre avec Emmie et Grégoire, elle éclata en sanglots. L'avenir lui paraissait sombre et menaçant, pareil à un orage capable de la détruire corps et âme.

— Je suis toute seule, gémit-elle.

Ambre se vit au bord d'un gouffre, cet abîme terrifiant qui l'avait déjà aspirée et dévastée dix ans auparavant.

Commissariat d'Angoulême, même jour

En tailleur de flanelle grise, Adeline Royer crispait ses mains sur l'anse en cuir de son sac, qu'elle avait gardé sur ses genoux. Assise en face de l'inspecteur Delors et de son adjoint, elle fixait d'un air méfiant la petite caméra qui enregistrerait son audition.

— Madame, j'ai plusieurs questions à vous poser, annonça Nathan sèchement. D'abord sur ce sirop que vous donniez à Emmie, dans lequel ont été relevés des composants douteux et même nocifs pour une enfant de cet âge. Vos employeurs savaient-ils que vous sédatiez leur petite-fille ?

— Je préfère dire mes cousins, inspecteur, et ce sont eux qui m'ont priée de calmer Emmie à son retour de l'hôpital.

— La calmer ? Vous pouvez être plus précise, madame ?

Manifestement très mal à l'aise, l'infirmière s'agita sur son siège. Nathan devina qu'elle hésitait à parler, soit par crainte soit par solidarité avec les Royer.

— Emmie était vraiment perturbée quand ils l'ont ramenée de Girac, expliqua-t-elle en fuyant le regard des policiers. Elle pleurait en réclamant son père et elle refusait de manger. La tâche de la nourrir me revenait, c'était une épreuve, croyez-moi. Dès que je tournais le dos, elle se levait de son lit pour sortir de la chambre. Nous avons donc décidé de lui faire prendre quelque chose d'assez fort.

— Sans consulter son médecin traitant ?

— Firmin en a changé il y a un mois ou deux, je ne sais plus.

— M. Royer ne nous l'a pas signalé.

— Mon pauvre cousin a été si choqué par l'enlèvement, il n'y a pas pensé.

— Passons à un autre point, continua Nathan. Madame, en votre qualité d'infirmière de Véronique Thomas, vous connaissez sûrement la cause de sa mort.

— Oui, car à cette époque je logeais rue d'Iéna. J'avais surtout la fonction d'une nounou, car Emmie était un bébé fragile qui pleurait beaucoup. Je la quittais rarement.

— Pourtant sa grand-mère nous a affirmé qu'elle s'occupait exclusivement de l'enfant, sans mentionner votre présence.

— C'était une mamie dévouée. Disons que nous nous partagions ce doux labeur.

La respiration irrégulière et l'élocution affectée d'Adeline Royer trahissaient sa nervosité croissante. Nathan en profita.

— Si vous me disiez maintenant de quoi est morte Véronique Royer ?

— Une overdose, parce que son mari l'avait entraînée dans l'enfer de la drogue, débita-t-elle en baissant la tête.

— Vous en êtes certaine ? Vous ferez la même réponse au tribunal, après avoir prêté serment de dire la vérité ?

— Pourquoi irai-je témoigner, inspecteur ? Et au procès de qui ?

Xavier jeta un coup d'œil exalté du côté de Nathan, sachant que, pour l'instant, l'arrestation de Grégoire Thomas n'avait pas été divulguée. Le trouble évident d'Adeline Royer lui semblait significatif : la femme mentait.

— Pourquoi prévoyez-vous un procès ? s'écria-t-elle au même instant. S'il s'agit de mes cousins, cousins éloignés je le rappelle, je n'ai rien à voir dans leurs affaires.

— Vous pourriez comparaître pour entrave à la justice et faux témoignage, lui assena Nathan. Donc, vous confirmez que Véronique Thomas a succombé à une overdose ?

— Je crois, oui…

— Vous en paraissez moins certaine, soudain ! J'aimerais juste comparer votre version à celle de Grégoire Thomas, qui aurait dit tout autre chose à sa sœur.

Le policier utilisait Héloïse afin de ne pas révéler que le renseignement venait du suspect lui-même.

— J'ignorais qu'il avait une sœur, inspecteur.

— Eh bien si. Allons, faites un effort, cherchez dans votre mémoire. Que s'est-il passé exactement ce jour-là, celui où une jeune femme de vingt-trois ans s'est effondrée au milieu du salon, après une violente querelle qui l'opposait à ses parents ? Vous étiez là, oui ou non ? demanda Nathan de façon plus autoritaire.

— Oui, c'est moi qui ai dû annoncer la mort de Véronique à son mari. Il rentrait du travail toujours à la même heure, alors je guettais son arrivée.

— Et que lui avez-vous dit ?

— Que Véronique avait fait un arrêt cardiaque et que je n'avais pas pu la ranimer, balbutia Adeline Royer. Mais, inspecteur, l'abus des drogues dures peut causer un infarctus.

— Hélas, il est trop tard pour le vérifier, trancha Nathan. Et on ne peut pas non plus procéder à une exhumation, Véronique Thomas ayant été incinérée.

— Madeleine et Firmin m'ont persuadée que, poussée par Grégoire, leur fille consommait des substances redoutables. Je les ai crus, et puis ils m'ont demandé d'emmener Emmie chez moi. J'ai gardé la petite une semaine. Ce n'était pas facile, elle réclamait sa maman.

Nathan approuva d'un air perplexe. Il éprouva la nécessité d'analyser les propos de l'infirmière avant de poursuivre l'audition. Mais ce fut l'image d'Ambre qui s'imposa à lui, ainsi que leur dernière conversation. Il consulta son téléphone, pour constater qu'il n'avait pas encore reçu la photo de l'homme dont elle avait peur.

— Madame, est-ce que vous vous souvenez d'autres incidents, datant de cette époque ? reprit Xavier, le voyant préoccupé. Notamment la cause de cette querelle ?

— Madeleine et Firmin étaient furieux parce qu'ils venaient d'apprendre que Véronique et son mari avaient prévu de quitter la maison le lendemain, avec Emmie. Leurs bagages étaient prêts sur le palier du premier étage.

— Pourquoi tenaient-ils tant à cohabiter avec un jeune couple ? s'enquit Nathan.

— Ils voulaient protéger leur fille et leur petite-fille, inspecteur. Mais aussi, enfin selon moi, ils refusaient la façon dont elles allaient vivre une fois parties.

— Soyez plus précise, ordonna le policier.

Au bord des larmes, un rictus de détresse l'enlaidissant, Adeline Royer renonça à travestir ce qu'elle savait.

— Eh bien, je me souviens que Véronique comptait se faire opérer de sa malformation cardiaque, qui la faisait vivre au ralenti, et aussi soigner l'asthme de sa petite par des traitements appropriés. Elle les accusait aussi d'avoir fait passer son mari pour un débauché.

En d'autres circonstances, le terme vieilli aurait fait sourire Nathan, cependant un pan du voile se déchirait, derrière lequel se dessinaient l'innocence de Grégoire Thomas et la possible culpabilité des Royer.

Malgré son souci de justice, il en était secrètement déçu et amer, toujours à cause d'un gilet de lainage vert, imprégné du parfum d'Ambre, la femme qu'il désirait et aimait sans commune mesure.

Une heure plus tard, Grégoire se trouvait de nouveau confronté à l'inspecteur en salle d'interrogatoire, mais cette fois ils étaient seuls. Xavier avait été chargé de reconduire l'infirmière à son domicile, où elle devait bénéficier d'une protection policière.

— Monsieur Thomas, je viens d'entendre Adeline Royer, dont le témoignage concorde avec le vôtre au sujet du décès de votre épouse, commença Nathan. Il semble probable que vos anciens beaux-parents ont établi cette version d'une mort par overdose de leur fille dans le but de vous nuire, d'où la volonté de Firmin Royer de faire incinérer Véronique. Toute cette histoire me paraît néanmoins pleine de zones d'ombre. D'une part la haine inexplicable que vous vouaient ces gens, d'autre part votre propre renoncement à faire valoir vos droits, il y a cinq ans.

— Je vous ai dit combien je le déplorais, répondit Grégoire. Je ne me sentais pas de taille à lutter contre eux. Ils avaient toutes les cartes en main : la fortune, l'apparente respectabilité et des soutiens secrets sûrement monnayés très cher.

Les nerfs à vif, Nathan faisait tourner un stylo entre ses doigts. Hanté par la certitude que cet homme en face de lui avait rencontré Ambre au moins trois fois, il faisait des efforts surhumains pour ne pas lui poser immédiatement la question.

— De mystérieux complices en somme, qui n'existent peut-être pas. Jusqu'à présent, monsieur Thomas, aucune preuve tangible n'atteste de leurs faits et gestes. Revenons sur votre intrusion dans le jardin des Royer, le soir du 31 juillet. Vous avez dit au docteur Chasselin, votre interlocutrice, que Firmin Royer vous avait frappé, secondé par un autre homme. L'avez-vous identifié ?

— Je prenais des coups violents, j'étais au sol, le nez dans les cailloux, alors non je n'ai pas vu son visage. Mais il y a de fortes chances que ce soit un de leurs acolytes, toujours vêtu de noir, assez grand et doté d'une force peu commune.

— Son âge ?

— La cinquantaine. Son allure m'a fait penser à un type qui venait parfois chez mes beaux-parents, le soir. Habillé été comme hiver d'un long manteau et d'un chapeau de feutre, précisa Grégoire. Je l'ai croisé cinq ou six fois dans le vestibule. Firmin et lui remontaient de la cave, une ou deux bouteilles à la main. La porte est située sous l'escalier.

Sur le qui-vive, Nathan acquiesça d'un signe de tête, certain que le renseignement était important. Peu à peu, investi par sa conscience professionnelle, il faisait passer au second plan ses soupçons sur Ambre pour s'inquiéter à juste titre de sa sécurité.

— Mais pourquoi cette tentative d'enlèvement pendant le festival du film francophone, parmi une foule d'éventuels témoins ? demanda-t-il d'un ton moins dur. Vous auriez pu choisir un autre lieu et un autre moment.

— Quand ? À la sortie de son école ? Son grand-père la dépose et s'assure qu'elle est bien rentrée. Le soir, c'est le même schéma. Depuis six mois, je guettais les sorties que s'autorisent les Royer avec ma fille. Parfois un tour au Jardin Vert, mais si rarement et si irrégulièrement que je n'étais jamais sûr de rien. Là, je connaissais l'engouement de Firmin pour le cinéma et les stars. Il aime aussi la photographie et il tire lui-même ses clichés, pris avec son appareil argentique.

— Il a donc un local réservé à cet usage !

— Oui, une pièce du rez-de-chaussée qu'il ferme toujours à clef. Pour moi, c'était la meilleure occasion et l'endroit le plus adapté, avec le parking souterrain de la galerie marchande à proximité.

— Et vous ne craigniez pas de terroriser Emmie ? Vous la laissez de côté plus de quatre ans, pour l'emporter dans vos bras, vos traits dissimulés par une casquette et des lunettes noires.

— Je lui ai tout de suite dit que j'étais son papa, se défendit Grégoire. J'ai murmuré : « N'aie pas peur, mon ange, c'est papa ! Je viens enfin te chercher ! » Et là, c'était magnifique, Emmie m'a fait un beau sourire. Vous me reprochez d'avoir autant attendu, sans faire de procès à mes beaux-parents ni revendiquer mon droit de garde, mais j'avais une raison. Je me répétais que mon enfant vivait dans la confortable maison où elle était née, qu'elle ne manquait de rien. Madeleine lui achetait de jolis vêtements, la nourrissait sainement. Au fond, je croyais avoir un peu de temps pour préparer un lieu où je pourrais l'accueillir au mieux. L'amour a plusieurs facettes, inspecteur. Je ne suis pas de nature possessive ni égoïste, ce qui m'a poussé aussi à ne jamais brusquer Véro ni lui faire de reproches, même quand je subissais au quotidien les vexations de ses parents. J'avais l'illusion de préserver son bonheur, ses habitudes de jeune femme riche. Je l'aimais et je tenais à la protéger.

— Dites tout de suite que vous prôniez le sacrifice, comme vous l'avez fait en restant près de Sacha Ferry.

— Je devais veiller sur ce garçon. J'aurais eu honte de moi si je l'avais laissé alors qu'il pouvait tomber et se tuer. Ce n'est pas bon de salir son âme par des actions répréhensibles, dictées par son intérêt personnel. L'unique chose dont on peut m'accuser, c'est d'avoir enlevé Emmie, même si le peu de temps que j'ai passé avec elle m'a réconcilié avec la vie et m'a encouragé à me battre pour la rendre heureuse.

— Vous parliez carrément de la sauver lors d'une conversation téléphonique avec le docteur Chasselin.

— Oui, c'est vrai, car je me souvenais des principes ineptes de mes beaux-parents ! Ils n'avaient jamais fait soigner Véro ni pour son asthme ni pour son cœur. Madeleine lui donnait des infusions de plantes, assorties de prières étranges. J'ai pris peur pour ma fille.

— Là encore, vous avez préféré l'amener aux urgences, au risque d'être arrêté. Peut-être aussi que vous n'aviez pas envie de vous occuper d'une gamine malade.

— Pensez ce que vous voulez, je m'en moque, inspecteur. Quand verrai-je le juge d'instruction ?

— On vous le fera savoir. De toute façon, je prolongerai votre garde à vue le temps nécessaire. Mais vous pouvez avoir un avocat commis d'office.

— Non, c'est inutile, inspecteur.

Sur ces mots, Grégoire toisa Nathan avec une expression singulière, comme s'il cherchait à lire en lui. Agacé, le policier se leva en reprenant un dossier posé sur la table.

— Monsieur Thomas, en fin d'après-midi, Emmie sera placée en famille d'accueil, chez des personnes qualifiées et très appréciées des services de l'ASE. L'enquête se poursuivra, mais votre fille sera tenue à l'écart des incidents pouvant se produire et susceptibles de la perturber.

— Je vous remercie pour cette mesure de précaution, répondit Grégoire d'une voix chaleureuse. Savez-vous, curieusement, je suis soulagé de ne plus me cacher. Je vivais en redoutant à chaque instant l'arrivée de ceux qui me traquent depuis mon retour en Charente.

— Vous persistez à vous croire en danger ?

— Le meurtre de Charles Favier ne vous suffit pas pour prendre en considération mes propos ? Ni l'empoisonnement dont a été victime son épouse ?

— Qui vous en a informé ? Vous ne disposez pas d'Internet dans votre logement et je suppose que vous ne sortez pas tous les matins acheter le journal !

— Je l'ai su par Ambre Chasselin, puisque nous avons eu des contacts par téléphone.

— Oui, ma compagne s'intéresse beaucoup à votre cas, sans nul doute à cause de son empathie maladive, ironisa Nathan.

Mécontent de son mensonge, mais l'esprit en ébullition, le policier quitta la salle, après avoir ordonné à un agent de ramener Grégoire en cellule.

Rue d'Iéna, même jour, trois heures plus tard

Madeleine Royer en personne ouvrit la porte aux deux policiers, qui étaient accompagnés par Irène Galande, la psychologue de l'ASE. Murée dans sa réprobation, elle les fit entrer d'un geste irrité. Son mari apparut aussitôt, en affichant un sourire de convenance, où perçait son mépris pour les visiteurs.

— Madame, messieurs, passons au salon, dit-il poliment. Mais ce serait aimable de nous avertir quand vous avez l'intention de venir ici.

L'inspecteur Nathan Delors haussa les épaules, déterminé à résoudre son enquête au plus vite. Déjà il avait fait un sérieux travail sur lui-même au cours de l'heure qu'il venait de passer à visionner et écouter l'enregistrement de la toute dernière audition de Grégoire Thomas. Il avait pu étudier ses regards, ses mimiques et les nuances de sa voix. Trois fois, il avait analysé la manière révélatrice dont son suspect prononçait le prénom « Ambre ». Délire jaloux ou instinct policier, il était sûr d'avoir distingué une vibration amoureuse qui l'avait fait frémir de rage. Peu après, il s'était plongé dans une triste songerie.

— Qu'est-ce que cette femme vient encore faire ici ? s'égosilla Madeleine. Emmie n'a aucun besoin d'une fouineuse !

— Allons, allons, chérie, reste calme, recommanda Firmin.

— Mme Galande vient chercher Emmie, annonça alors Xavier. Nous l'emmenons ensuite dans la famille d'accueil qui l'attend impatiemment.

— Jamais, ça jamais ! hurla Madeleine Royer. Cette enfant nous appartient, les dieux nous l'ont donnée pour remplacer Véro.

— Excusez-moi, mais quels dieux ? demanda Nathan. Je vous pensais catholique pratiquante.

— Pardonnez mon épouse, elle ne sait pas ce qu'elle dit, inspecteur, affirma Firmin Royer. Madeleine parlait de Dieu, sa langue a fourché. Sans notre infirmière pour s'occuper de la petite, ma femme est épuisée.

— Puis-je monter discuter avec Emmie, afin de la préparer au départ ? s'enquit la psychologue.

— Allez-y, nous vous attendons ici, concéda Nathan. Je dois discuter avec Mme et M. Royer.

Firmin invita l'inspecteur et son adjoint à s'asseoir dans le salon.

— Je suis prêt à coopérer, messieurs. N'est-ce pas, chérie ?

Xavier nota qu'il avait saisi son épouse par le poignet et qu'il lui adressait des coups d'œil presque menaçants.

— J'ai une nouvelle qui va vous réjouir, Grégoire Thomas a été arrêté ce matin, ajouta Nathan.

— Si ce monstre ne peut plus faire de mal à Emmie, pourquoi voulez-vous emmener notre trésor ? se lamenta Madeleine. Elle va être désorientée de vivre parmi des étrangers.

— Des gens très bien qui vont veiller sur sa santé et son équilibre mental, madame Royer, riposta le policier. Je vous prierai dans ce but de me remettre son carnet de santé et les ordonnances en cours pour son traitement de l'asthme.

— Mais bien sûr, inspecteur, concéda Firmin.

Le grand-père d'Emmie n'était pas un excellent comédien. Derrière son air conciliant et ses intonations doucereuses, sa colère et son hostilité transparaissaient au fond de ses yeux.

— Si je vous offrais un café ? proposa-t-il.

— Je préférerais que vous me montriez votre labo photo, et même vos plus récents tirages, répliqua Nathan.

— Cela ne me pose aucun problème, balbutia Royer, soudain livide. Mais qui vous en a parlé ?

— Grégoire Thomas, parmi d'autres infos intéressantes vous concernant ainsi que votre épouse.

Irène Galande avait frappé à la porte de la chambre avant de l'entrouvrir. Assise sur son lit, Emmie serrait un coussin entre ses bras, comme pour se protéger. La psychologue vit tout de suite que la poupée de la fillette avait disparu de la pièce.

— Bonjour, Emmie, tu te souviens de moi ? On s'est vues la semaine dernière.

L'enfant approuva en silence. Même si Adeline Royer l'effrayait souvent, son absence la désemparait et elle scrutait la visiteuse avec angoisse.

— Je peux m'installer au bout de ton lit, Emmie ?

— Oui, souffla celle-ci.

— Tes grands-parents ont dû te dire que tu allais passer quelques jours dans une autre famille. Il ne faut pas avoir peur, ce sont des gens très gentils. Je vais t'aider à préparer ta valise, ou un sac. Tu n'as plus ta poupée ?

— Mamie me l'a reprise parce que je n'étais pas sage.

— Avais-tu fait une bêtise ? interrogea Irène Galande avec un sourire très doux.

— Non, mais je pleurais trop fort... Madame, c'est vrai qu'il y a deux enfants très méchants dans la famille où je vais ? L'infirmière m'a dit qu'ils me battraient peut-être, comme je suis plus petite qu'eux.

— C'est ridicule ! Déjà ce sont des filles, la plus grande qui a onze ans s'appelle Camille et sa sœur, Céline, a seulement six mois de plus que toi. Elles sont impatientes de te rencontrer. Tu verras, le jardin est superbe et presque au bord du fleuve.

— Et mon papa, il pourra venir ?

Surprise, la psychologue hésita sur la réponse à donner. Elle décida de laisser une part d'espoir à la petite, dont le visage émacié et les grands yeux bleus l'attendrissaient.

— C'est possible, cependant ce ne sera pas dans les jours qui viennent. Tu l'aimes bien, ton papa ?

Délivrée de sa timidité et rassurée, Emmie révéla les secrets de son tout jeune cœur meurtri.

— Oh oui, il est gentil, mais il est peut-être mort, maintenant, comme maman.

— Pourquoi penses-tu une chose pareille ?

— Une nuit, l'infirmière dormait dans le fauteuil, je me suis levée pour regarder par la fenêtre parce qu'il y avait du bruit dans le jardin et aussi des cris. Mon grand-père et un autre monsieur ils faisaient du mal à papa. Le pauvre, il était par terre et ils lui donnaient des coups de pied. J'avais très peur.

— Mais comment as-tu vu tout ça ? Il y avait de la lumière ?

— L'autre monsieur tenait une lampe de poche, madame. C'était pour empêcher papa de m'emmener. Pourtant il a une maison à la campagne, sauf qu'il fait un peu noir dedans…

Abasourdie, Irène Galande fit en sorte de garder un air serein, afin de ne pas décourager l'enfant de parler.

— As-tu vu ou entendu d'autres choses qui t'ont fait peur ? lui demanda-t-elle. Tu peux tout me dire. Et sur ton papa aussi. Pourquoi le trouves-tu très gentil ? Il te faisait beaucoup de câlins, quand tu étais dans sa maison…

— Non, juste des bisous sur ma joue. Et il m'a portée sur son dos, quand on est descendus dans le puits. C'était si amusant ! Mamie et papi, ils ne m'embrassent jamais, sauf devant les invités, et ils me grondent tout le temps. Quand je ne peux plus respirer, ils me font sentir de l'eau à la menthe et ils ouvrent ma fenêtre. Alors l'infirmière et mamie elles récitent des prières. Dites, madame, vous pouvez reprendre ma poupée ? Je sais où elle est rangée.

— Je dois avoir la permission de ta grand-mère.

— Mais c'est dans la chambre de ma maman, la clef est cachée derrière un tableau.

La psychologue tirait des conclusions instructives sur la personnalité réelle de la fillette, très précoce et qui devait échapper de temps en temps à la surveillance d'Adeline Royer.

— Si on faisait d'abord tes bagages, Emmie ? s'écria-t-elle gaiement. Où sont rangés tes vêtements ?

— Dans l'armoire, madame.

— Tu peux m'appeler Irène et me tutoyer.

— Mamie me l'a défendu, parce que ce n'est pas poli. Mais Ambre, elle était contente que je lui dise « tu » ! Ambre, elle aura le droit de venir dans ma famille d'accueil ? C'est une jolie dame rousse, un docteur de l'hôpital. Elle m'embrassait quand j'étais malade.

— Pourquoi pas ? Je lui en parlerai.

Pressée d'éloigner Emmie de ses grands-parents, Irène Galande chercha en vain une valise. Elle finit par dénicher un sac de voyage en cuir. Une fois l'armoire ouverte, elle prit deux pyjamas, du linge de corps, et des habits adaptés à la saison.

— Est-ce que tu veux emporter cette robe bleue, celle avec un col blanc ? questionna-t-elle.

Comme l'enfant ne répondait pas, elle se retourna. Le lit était vide et il y avait un léger bruit sur le palier.

— Oh non, elle va dans la chambre de sa mère !

Soucieuse d'éviter un esclandre de la part des Royer, la psychologue courut rejoindre Emmie. Elle découvrit ainsi une pièce aux volets clos, où de l'encens se consumait dans un vase en cristal, et où brûlaient deux cierges en cire noire.

— Voilà, j'ai repris Doudoune, déclara la fillette, sa poupée dans les bras.

Troublée, Irène Galande observait les portraits géants qui tapissaient les quatre murs de la chambre de Véronique Royer et qui représentaient de toute évidence la jeune femme, de l'enfance à l'adolescence, puis âgée environ de vingt ans. Le lit double était drapé d'un tissu blanc, orné d'étranges symboles rouge sang.

— Sortons vite, Emmie. Ta maman est très belle sur ces photos, mais c'est un peu triste pour une petite fille.

— L'infirmière, quand elle me gardait et que je ne pouvais pas m'endormir, elle m'enfermait là. Alors je parlais à maman.

— Viens avec moi, ma mignonne, soupira la psychologue. Tu devrais mettre ce joujou dans le sac avec tes vêtements si tu veux vraiment l'emporter.

Songeuse, Emmie considéra la poupée d'un air indécis, enfin elle la tendit à Irène Galande.

— Je la laisse à mamie. J'aime mieux celle que papa m'a donnée. Elle a une robe argentée et de longs cheveux blonds.

Nathan, qui montait l'escalier, entendit ces derniers mots. Il atteignit le palier du premier étage en ayant soin d'arborer un sourire amical.

— Bonjour Emmie, dit-il. Vous êtes prêtes, toutes les deux ?

— Oui, monsieur, déclara l'enfant en prenant la main d'Irène Galande, dont elle étreignit les doigts.

— Allons-y, inspecteur, le plus tôt sera le mieux, murmura celle-ci.

13
Les tourments d'une conscience

Place Turenne, même jour, lundi 4 septembre

Nathan restait assis au volant de sa voiture, garée à une dizaine de mètres de la place Turenne et derrière celle d'Ambre. De là, il pouvait voir les fenêtres de l'appartement de la jeune femme, dont les volets étaient coffrés.

Peut-être pour la première fois de sa carrière, le policier était la proie de tourments intérieurs qui le rendaient profondément triste.

— Qu'est-ce que je fais ? se demanda-t-il tout bas, son téléphone à la main.

Soudain il revit le visage aux traits tendus d'Irène Galande. Pendant qu'Emmie descendait l'escalier devant eux, la psychologue avait pu lui souffler qu'il devrait sans tarder obtenir un mandat de perquisition afin de fouiller le domicile des Royer.

— J'outrepasse ma fonction, inspecteur, mais considérez que c'est juste un conseil, avait-elle ajouté.

Songeur, Nathan alluma une cigarette. Même sans ce conseil chuchoté d'un air affolé, il avait prévu de passer au crible la belle demeure bourgeoise de la rue d'Iéna.

— Notamment le labo photo du maître des lieux, marmonna-t-il. Il y avait tellement de négatifs et de clichés empilés… Bon, courage, je dois voir Ambre au plus vite.

Mal à l'aise, il écrasa son mégot à moitié consumé dans le cendrier et remit le contact pour remonter les vitres. Ce fut à cet instant précis qu'un homme apparut, en provenance de la rue Bouillaud. Assez grand et d'allure athlétique, il portait un manteau noir et un chapeau de feutre, une tenue qui détonnait sous le soleil encore chaud de cette fin d'été. Il ne prêta attention ni au véhicule banalisé stationné sur la place ni à son conducteur. Les bras ballants, il scrutait les fenêtres d'Ambre, à l'instar de Nathan un moment plus tôt.

— Qui c'est, cet énergumène ? s'interrogea le policier. Ambre avait raison, on dirait bien qu'il la surveille.

Survolté, l'inspecteur réussit à le photographier avec son téléphone. Il envoya aussitôt le fichier à Xavier afin d'essayer d'identifier l'inconnu.

— Et si c'était un des agresseurs de Charles Favier et le type qui aidait Royer à tabasser Grégoire Thomas ? Ça pourrait correspondre à la description d'Emmie et de Grégoire Thomas…

Durant le trajet jusqu'à l'allée des Tilleuls, où résidait sa famille d'accueil, la petite fille lui avait raconté ce qu'elle avait vu dans le jardin de ses grands-parents, la semaine précédente. Son récit, avec des mots simples mais efficaces, entérinait le témoignage de son père.

« Cette fois, j'y vais, inutile de me torturer davantage », se décida Nathan en sortant de sa voiture.

Jouant les bons citoyens, il salua l'homme d'un signe de tête, car il passait à quelques mètres de lui. Mais quand il sonna à l'interphone, l'étrange individu tourna les talons et s'éloigna.

— Qui est-ce ? s'enquit Ambre d'une voix faible.

— Nathan, ouvre vite.

Il faisait sombre et frais dans l'appartement, où flottait le parfum discret du thé russe à la bergamote. Comme hébétée, les paupières meurtries, Ambre reçut le policier d'un bonsoir à peine audible. Elle était en peignoir de satin vert, orné de motifs floraux d'inspiration orientale. Sa chevelure rousse ruisselait sur ses épaules, dans un charmant désordre.

— Tu as pleuré ou trop dormi ? hasarda-t-il gentiment.

— Les deux, Nathan. Désolée, je dois avoir une sale mine !

— Ce n'est pas important, tu es toujours jolie. Si on faisait un peu de lumière ?

— Non, je n'ai pas envie de voir le monde extérieur !

— Ou bien tu as peur de cet homme qui traîne en bas, sur la place ! Il était là, j'ai pu le prendre en photo. S'il est connu de nos services, je saurai rapidement de qui il s'agit. Ambre, je venais te donner des nouvelles d'Emmie. À l'heure qu'il est, elle découvre son nouveau cadre de vie. Je l'ai accompagnée avec Mme Galande, la psy de l'ASE.

— Alors ? La maison est agréable ? Il y a d'autres enfants ? s'intéressa-t-elle d'un ton moins morne.

— Le couple a deux filles, juste un peu plus âgées qu'Emmie, et elles m'ont paru adorables. Ces gens ont été choisis pour leur disponibilité actuelle. De plus, ils ont l'habitude de s'occuper d'enfants en perdition.

— C'est le cas d'Emmie ?

— Je pense, oui ! Est-ce que je peux m'asseoir et boire une tasse de thé avec toi, Ambre ?

— Tu es bien cérémonieux, tout à coup ! Et tu n'apprécies guère le thé.

— Aujourd'hui, j'en ai envie.

Nathan semblait accablé par une mystérieuse détresse. Ses gestes, son attitude, ses soupirs, le rendaient si différent que la jeune femme s'en inquiéta.

— Tu me caches quelque chose de grave, s'affola-t-elle. Dis-le-moi, je t'en prie.

— Mais non, je suis épuisé par le manque de sommeil et le stress. Au fait, demain matin, on perquisitionne chez les Royer. Comme la petite n'est plus là, on aura le champ libre. Bien sûr, ils l'ignorent. En fait, ton intuition était la bonne. Véronique et Grégoire Thomas ont bien vécu une sorte d'enfer. Et Emmie aurait tôt ou tard subi l'influence dévastatrice de ses grands-parents. J'ai déjà un témoignage de leur infirmière, qui pèsera lourd dans la balance.

Sidérée, Ambre but un peu de thé. Elle prit le temps de réfléchir avant d'interroger Nathan.

— Pourquoi tu me dis tout ça ? Tu n'es pas censé me confier l'avancée de ton enquête.

— J'ai bien le droit de t'informer. De toute façon, ce sera bientôt dans les journaux et dans les médias, comme la lettre ouverte de Grégoire Thomas, qui fait le buzz sur Internet. Dis-moi, Ambre, pourquoi tu as tant pleuré ? Que tu dormes après une nuit blanche à Girac, ça se comprend, mais qu'est-ce qui te faisait du chagrin ?

Ce n'était plus le moment de tricher ni de se ridiculiser avec des mensonges de pacotille. Résolue, Ambre respira à fond, en se redressant pour fixer le policier.

— J'ai cru devenir folle cet après-midi, expliqua-t-elle. C'est mon jour de congé, j'aurais pu prendre un somnifère, mais je voulais garder les idées claires. Pourtant plus je ressassais tous mes problèmes, moins je voyais d'issue. Nathan, tant pis pour ce qui m'arrivera, je dois te faire des aveux. Je suis quelqu'un de loyal en règle générale, et mes parents m'ont inculqué l'honnêteté. Alors je ne peux pas continuer ainsi.

— Tais-toi, pas un mot de plus ! s'écria-t-il. Je ne veux rien savoir, Ambre, rien ! Si tu me dis la vérité, en effet tu iras au-devant de graves ennuis.

— Mais...

— Par pitié, tais-toi ! J'ai détruit la preuve que tu as rencontré Grégoire Thomas plus d'une fois. En principe, personne ne s'en apercevra. Maintenant tu vas te tenir à l'écart de lui et de moi pour me laisser boucler l'enquête. Reprends le travail demain, et si tu souhaites des renseignements, lis les journaux ou écoute les infos. Je te demande aussi d'être très prudente tant que cet homme rôde dans le coin. Ah, autre chose, j'ai décliné ton nom et ton signalement aux Fougerat, ceux qui ont accueilli Emmie. Tu pourras leur rendre visite, et tu en profiteras pour apporter cette figurine de cheval à la gamine. Ils habitent l'allée des Tilleuls, presque au bord de la Charente.

Il regardait le jouet toujours posé sur la table basse, entre la théière et le sucrier.

— Nathan, tu ne peux pas faire ça, c'est toi qui auras de graves soucis si le commissaire le découvre.

— Je m'en fiche ! Quand ce micmac sera résolu, je demanderai ma mutation dans les DOM-TOM, n'importe où. J'en ai ma claque de la région, et surtout j'ai envie de nouveaux horizons, très loin d'ici. Alors rends-moi service, fais-toi très discrète. J'espère que Grégoire Thomas sera le bon, celui qui te donnera tout le bonheur possible et de beaux enfants. Je ne peux pas te promettre qu'il ne passera pas quelques mois en prison, mais tu l'attendras.

Bouleversée, Ambre dut contenir ses larmes. Le revirement stupéfiant de Nathan lui paraissait incroyable.

— Comment sais-tu ? balbutia-t-elle. Comment sais-tu que je l'attendrai et qu'il pourrait être le bon ?

— Appelle ça du flair, l'instinct du flic ! J'ai tout compris en l'écoutant parler d'amour et puis franchement, tu n'aurais pas pleuré autant s'il était resté un correspondant téléphonique. Ambre, je souffre depuis notre séparation ! Le cœur brisé à la perspective de ne plus pouvoir tenir l'être aimé dans ses bras, le manque chaque nuit, je sais ce que c'est. Tu étais désespérée, car tu pensais ne plus le voir avant longtemps…

— Merci, Nathan, et pardonne-moi de t'avoir menti comme je n'avais jamais menti de ma vie.

Il haussa les épaules avec un sourire désabusé. Elle étouffa un sanglot avant de tendre le bras pour lui étreindre la main.

— Toi qui étais si jaloux, pourquoi as-tu changé à ce point ? murmura-t-elle prudemment.

— Sans doute une prise de conscience ! Je m'accrochais à nos souvenirs et, en les égrenant, j'ai constaté que j'étais possessif, exigeant, sans t'écouter ni tenir compte de ta personnalité. La rupture était inévitable, tu ne t'épanouissais pas avec moi, malgré tes louables efforts pour m'être agréable. Finalement j'ai admis que le véritable amour est fondé sur le partage, le respect, et accepter l'autre pour ce qu'il est, sans vouloir le modeler selon nos désirs.

— Fort de ces révélations, à l'avenir tu as toutes les chances de croiser la femme qui t'est destinée et surtout de former un couple heureux, Nathan.

— Je verrai bien, mais ce n'est pas ma priorité.

— Je ne sais comment te remercier. Je m'imaginais déjà en cellule, avec des codétenues que je devrais amadouer… Sans parler de la déception de mes parents. Et de Noël, passé derrière les barreaux.

— Tu m'as beaucoup offert, Ambre, disons que nous sommes quittes. Un jour, tu me proposeras peut-être de devenir le parrain d'un poupon aux yeux bleus.

Ambre baissa la tête, en lâchant la main du policier.

— Cela n'arrivera pas, Nathan, je n'aurai jamais d'enfant à cause des suites de la fausse couche que j'ai faite il y a dix ans. Je m'y étais résignée et je n'osais pas te le dire. Seule ma mère est au courant. Voilà, je n'ai plus de secrets pour toi…

Choqué par la confession que lui avait faite Ambre, Nathan la dévisagea avec tendresse. Il cherchait quelle réponse la réconforterait lorsque son téléphone vibra.

— Excuse-moi, c'est mon adjoint.

Nathan se leva promptement et se dirigea vers une des fenêtres avant de décrocher. Il acquiesça plusieurs fois tout bas, avant de hausser un peu le ton pour exiger l'envoi immédiat d'un dossier.

— Eh bien voilà, on avance à grands pas, déclara-t-il après avoir coupé la communication. L'homme en noir, comme tu le surnommes, figure dans nos fichiers.

Séverin Ducat, un ancien vigile qui bossait à Paris, dans une grosse entreprise, avant de s'installer à Angoulême. Il a été entendu puis relaxé pour une agression il y a de ça quatre ans. Mais par chance, à l'époque, on avait pris son ADN. On pourra le comparer avec celui relevé sur un mégot de cigarette trouvé dans le jardin des Royer.

Ambre abandonna le refuge de son canapé. Elle alla ouvrir la fenêtre du salon, en repoussant les volets.

— Crois-tu qu'il me ferait du mal ? demanda-t-elle.

— Je t'avais acheté une bombe lacrymo. Si tu ne l'as jamais utilisée, elle doit encore fonctionner. Emporte-la dans ton sac quand tu vas jusqu'à ta voiture. Sois vraiment vigilante.

— D'accord, je ferai ça. À partir de demain, je travaille la journée. Le soir, je ne sortirai pas.

— Tu m'appelles au moindre souci, promis ? Et je suis navré pour toi. Tu aurais été une maman formidable.

— Nathan, je ne comprends pas…

— Ne crains rien, je suis un homme de parole. Voudrais-tu en savoir un peu plus sur Emmie ?

— Volontiers ! Je suis tellement soulagée qu'elle puisse enfin s'amuser et connaître un autre environnement.

Le policier s'adossa au mur, en croisant les bras sur sa poitrine.

— Au fond, c'est une drôle d'enfant. Au début, on la croit très fragile, docile, mais dès qu'on l'écoute, on constate son intelligence et son courage. Le plus étonnant, c'est de la voir prendre la défense de son père. La psychologue de l'ASE était sous le charme.

— Madeleine Royer n'a pas fait de scandale, quand vous avez emmené Emmie ?

— J'ai eu la nette impression que son mari lui avait fait la leçon auparavant. Elle fulminait, mais en silence et sans intervenir. Je me suis montré civil et poli, en assurant que c'était une mesure provisoire. Quand Emmie a voulu les embrasser, ils se sont penchés avec une mine lugubre. La petite avait l'air si contente, un peu comme si on la libérait d'une cage dorée. Elle ne t'a pas oubliée, Ambre, elle voudrait te revoir…

— Un lien s'est créé entre nous dès le premier soir où je l'ai soignée.

Rêveuse, Ambre s'accouda au rebord de la fenêtre. Des martinets striaient le ciel bleu lavande de leur vol acrobatique, en poussant des cris brefs mais stridents.

— Évidemment, il est hors de question que tu sollicites un droit de visite à la maison d'arrêt quand Thomas y sera. Il est confronté au juge demain après-midi. Sans les accusations de sévices sexuels, il aurait pu bénéficier d'une liberté aménagée avec un bracelet électronique. Mais si les Royer ne se rétractent pas, ce genre de délit peut le faire écoper d'une peine sévère. Eh bien, je m'en vais à présent.

Ambre se retourna et marcha vers lui, en étudiant d'un air anxieux sa physionomie.

— Es-tu vraiment dans ton état normal, Nathan ? s'enquit-elle à mi-voix.

— Que dois-je faire pour t'en convaincre ? protesta-t-il. Tu veux que je mette les points sur les « i » ? Ce matin, assis en face de Grégoire Thomas, j'aurais voulu le haïr, au moins le mépriser, or je n'ai pas pu. Lorsqu'il me regardait, je lisais dans ses yeux non seulement son innocence, mais aussi une bonté et des qualités humaines qui me terrassaient. Il était parfois presque insolent, et à sa place je l'aurais été aussi. Alors, petit à petit, je me suis engagé, en mon for intérieur, à œuvrer pour la justice. Il me revient de punir les véritables coupables, et je peux bien te le dire, je suis persuadé que Firmin Royer a du sang sur les mains. Il me reste à le prouver. Je te le répète, j'ai agi en mon âme et conscience. De surcroît, comme j'étais certain que c'était Thomas ton nouvel amour, j'ai refusé de gâcher ta vie et ton avenir. C'est aussi ça, l'amour…

— Très bien, je te fais confiance, Nathan. Tu es vraiment mon ami, mon meilleur ami.

Elle s'avança encore, prête à le serrer dans ses bras, mais il recula aussitôt. En guise d'au revoir, il lui caressa la joue et enfin, il quitta l'appartement.

— Merci, mille fois merci, chuchota Ambre.

Tout étourdie, la jeune femme hésitait entre le rire et les larmes. Une longue soirée en solitaire l'attendait et elle regretta d'être en congé, privée ainsi de la compagnie des internes et des infirmières.

— J'ai une idée, je vais écrire à Grégoire, oui, une lettre par jour, jusqu'à ce qu'il soit libéré.

Rassérénée, Ambre se prépara un dîner léger en écoutant de la musique classique, qu'elle affectionnait, avant d'allumer son ordinateur. La « lettre d'un père désespéré », publiée sur un réseau très fréquenté, avait eu déjà une centaine de vues. Les témoignages affluaient, d'hommes compatissants ayant enduré la même situation.

La sonnerie de l'interphone la fit sursauter et, tout de suite, son cœur s'affola, en pensant à l'homme au manteau noir. Elle récupéra la bombe lacrymogène rangée dans un des tiroirs du buffet, puis elle décrocha.

— Qui est là ?

— Bonsoir, mademoiselle Chasselin, c'est Héloïse, la sœur de Grégoire. Il y a eu un quiproquo. L'inspecteur Delors, que j'ai réveillé à quatre heures du matin, ne m'a pas laissé le temps de lui expliquer d'où je lui téléphonais. En fait, je n'étais plus à Nouméa, mais à Londres depuis une semaine. Quand j'ai compris la gravité de la situation, je n'ai pas hésité un instant, j'ai décidé de venir sur place pour aider mon frère.

— Je vous ouvre, madame. Montez, c'est au second étage.

Exaltée, Ambre n'appréhenda plus les heures à venir, où elle ferait la connaissance de l'unique famille de Grégoire…

Héloïse Granville, née Thomas, s'installait dans la seconde chambre dont disposait Ambre, et qu'elle donnait à ses parents lors de leurs rares visites. Le décor était sobre mais de bon goût.

— Mettez-vous à l'aise, madame. Puisque vous avez dîné dans le train, je peux vous préparer une tisane, de la verveine ou du tilleul.

— Je préférerais un bon café, mademoiselle. Si cela ne vous dérange pas, nous pourrions nous appeler par nos prénoms et nous tutoyer.

— Oui, ce sera plus cordial !

— Alors, Ambre, pas trop surprise de me voir débarquer ainsi chez toi ?

— Un peu, comment avez-vous eu mon adresse, et même mon nom ? Pardon, comment as-tu fait ?

— Grégoire a eu le droit de passer un coup de fil une fois en garde à vue. Bien sûr, il m'a choisie ! Je lui ai dit que rien ne m'empêcherait de venir à Angoulême, et il m'a parlé de toi, en m'affirmant que tu m'expliquerais mieux les choses et que tu m'aiderais à me loger. Pour te trouver, mon frère m'avait indiqué l'hôpital et la place Turenne, j'ai commencé par ici en cherchant les noms sur les sonnettes, et me voilà !

Assez grande, brune aux yeux bleus comme son frère, Héloïse avait tout d'une femme de caractère. Son port de tête, ses gestes précis s'accordaient à sa nature énergique et communicative.

— Je sais aussi que mon petit frère t'aime ! Je le comprends, tu me sembles généreuse, intelligente et ce qui ne gâche rien, tu es très jolie.

— Merci, c'est gentil, murmura Ambre, un peu désorientée par le franc-parler de son invitée. Moi aussi j'aime Grégoire. Cela peut paraître précipité, car je le connais depuis dix jours seulement, mais j'ai tout de suite été attirée par lui. Pour le logement, ne cherche pas, tu peux rester ici, chez moi, j'ai une chambre en plus.

— J'espérais que tu me le proposerais, merci. Tu vas tout me raconter, et ensuite on fera le point sur la situation, répliqua Héloïse. Mais d'abord serait-il possible de me doucher, pour me sentir plus à l'aise ?

— Bien sûr.

En s'affairant dans le coin cuisine, séparé du salon par un comptoir en bois verni, Ambre songeait que ce lundi l'avait vue victime d'émotions aussi fortes que contradictoires.

« J'ai l'impression qu'un siècle s'est écoulé depuis ce matin, se dit-elle tout bas. Grégoire, tiens bon, je pense à toi à chaque instant. Et ta grande sœur est là... »

Héloïse la rejoignit, vêtue d'un élégant pyjama en satin bleu foncé, ses courtes boucles brunes enveloppées dans une petite serviette-éponge. Elle respira avec avidité l'odeur du café chaud.

— Tu as du lait ? demanda-t-elle.

— Oui, et des sablés aux amandes.

— Parfait, j'adore le sucré. Je suis émue de me retrouver à Angoulême, tu sais. Je n'étais pas revenue depuis mon mariage et mon départ pour la Nouvelle-Calédonie.

— Grégoire et toi, vous avez grandi ici ? Au fond, j'ignore tout de son enfance. Nous n'avons pas eu le temps de nous confier l'un à l'autre.

Héloïse hocha la tête en allant s'asseoir sur le canapé. Elle avait emporté la cafetière et l'assiette garnie de biscuits.

— On habitait place Saint-Gelais, en bas de l'église Notre-Dame d'Obézine. Une belle maison du XIXe siècle avec un jardin. À la mort de nos parents, dans un terrible accident de voiture, je l'ai vendue et j'ai loué un petit appartement pour Greg et moi, rue de la Tourgarnier. Il allait au lycée Guez-de-Balzac, pendant que je travaillais comme secrétaire médicale. Et toi, tu es médecin urgentiste, c'est bien ça ?

— En effet, j'exerce la profession dont je rêvais adolescente. J'étais de garde à l'hôpital le soir où Grégoire a amené Emmie, le lendemain de l'enlèvement. Elle faisait une crise d'asthme assez sévère.

— Explique-moi tout en détail. Je dois comprendre pourquoi et comment mon frère risque de finir en prison.

Ambre relata scrupuleusement ce qui s'était passé. Elle insista sur l'attitude hostile des Royer, mais elle fut plus discrète sur sa relation amoureuse avec Grégoire. Héloïse devina cependant grâce à certains mots la passion qui était née entre les deux jeunes gens.

— Je crois que tu n'es pas au courant, mais c'est ma faute si cet inspecteur, ton ex, a pu arrêter mon frère. Je n'ai pas hésité à lui donner l'adresse de la propriété de Gilles Toussaint, un des seuls amis de Greg. Ce policier disait le rechercher pour une affaire très grave, je me suis affolée.

— Mais tu n'avais pas appris l'histoire de l'enlèvement ? Il y a eu une alerte diffusée pendant plus de vingt-quatre heures, s'étonna Ambre.

— J'étais dans le Sussex, chez de vieux amis que j'avais connus à Nouméa. Ils venaient de perdre leur fils et je tenais à être présente aux obsèques. Non, je n'en savais rien, mais Greg est en tort sur ce point. Il a coupé les ponts, et quand il me donnait des nouvelles, il répétait que tout allait bien. À l'écouter, il avait la garde alternée de sa fille, qu'il prenait surtout pendant les vacances. Je suppose qu'il refusait de m'avouer la vérité. J'en suis malade ! Emmie est ma nièce, mais je n'ai pas vu de photos d'elle depuis cinq ans. Je suis peut-être coupable moi aussi, je ne me posais guère de questions. J'avais un boulot accaparant. Mon mari et moi, nous gérons une importante entreprise. Nous n'avons pas eu d'enfants, mais c'était par choix.

La précision surprit Ambre, qui assumait mal le fait d'être devenue stérile.

— Emmie est vraiment adorable, déclara-t-elle d'une voix douce. J'ai hâte de lui rendre visite. Je demanderai à Nathan si tu peux m'accompagner, lorsque j'irai dans sa famille d'accueil.

— Pas la première fois, ce serait trop pour la petite. Tu lui parleras de sa tante, elle doit ignorer mon existence. Enfin, si je récapitule, le plus grave, ce sont ces ignobles accusations d'inceste. Je connais mon frère, il est incapable de ce genre de choses. Ces gens, les Royer, ont mis le paquet. Il faudrait les obliger à se rétracter.

— Je pense que leur avocat, maître Bonneau, fait partie de leurs complices, avança Ambre. Qu'il s'agisse d'une secte ou d'un rassemblement de fanatiques, ils sont dangereux.

— Dans ce cas, Greg a eu de la chance de leur échapper, soupira Héloïse. Je m'en veux maintenant, j'ai la sensation d'avoir abandonné mon frère. Je ne suis même pas venue à son mariage. Je dois l'aider à tout prix. Et pour commencer je vais engager un avocat.

Les deux femmes discutèrent encore longtemps. Il était plus de 3 heures du matin lorsqu'elles se résignèrent à se coucher.

— Héloïse, demain je dois être à Girac très tôt et je rentrerai en fin d'après-midi, expliqua Ambre sur le seuil de sa chambre. Je te laisserai un double des clefs. Sois prudente si tu sors ! Il y a cet homme dont je t'ai parlé et qui rôde, on ne sait jamais…

— Ne t'inquiète pas, je peux me défendre, je suis ceinture noire de karaté, annonça Héloïse en souriant.

Rue d'Iéna, mardi 5 septembre

Il était 7 heures du matin quand Nathan sonna à la porte des Royer, escorté par son adjoint et deux autres policiers. Comme personne ne se manifestait, il insista en frappant du poing.

— À mon avis, inspecteur, ils sont partis en douce pendant la nuit, lui dit Xavier.

— Ils n'avaient aucune raison de le faire, rétorqua Nathan. J'ai un mauvais pressentiment. Appelle un serrurier.

— Si on téléphonait à Adeline Royer ? En tant qu'infirmière, elle peut avoir un double. En plus, elle n'habite pas loin, rue Waldeck-Rousseau.

— D'abord faites le tour du pâté de maison, Thierry et toi. Le jardin doit donner sur le boulevard Émile-Roux. Si Thomas a pu y entrer, vous trouverez sans doute le passage.

Nathan recommença à cogner sur le battant de la porte double, peinte en vert foncé.

— Si ces gens ont avalé des somnifères, ils n'entendent rien, inspecteur, hasarda l'agent resté près de lui.

— Ils ont pu s'absenter. Adeline Royer m'a dit qu'elle devait souvent garder leur petite-fille, car ils passaient régulièrement la nuit à l'extérieur.

De plus en plus nerveux, Nathan alluma une cigarette, qu'il fuma très vite en faisant les cent pas le long du trottoir. Enfin des bruits retentirent à l'intérieur du bel immeuble bourgeois, érigé environ cent cinquante ans auparavant dans cette partie de la haute ville où s'établissaient les notables.

— Inspecteur, on essaie de vous ouvrir, fit la voix de Xavier. J'ai pu déverrouiller, mais je dois forcer la serrure, un modèle compliqué.

Après d'interminables minutes d'attente, Nathan put entrer dans la grande maison où régnait un silence qui l'oppressa. Il ordonna à deux de ses hommes d'inspecter tout le rez-de-chaussée et la cave, tandis que lui montait au premier étage, son arme à la main, suivi par son adjoint.

— Irène Galande m'a parlé d'une chambre en particulier, à gauche de celle d'Emmie. C'est là ! Bon sang, ils l'ont fermée à clef. Tu as senti ?

— On dirait de l'encens, inspecteur. J'ai jeté un œil dans la chambre d'en face, tout est en ordre. Je vous dis qu'ils se sont enfuis.

— Ou il s'agit d'autre chose, marmonna Nathan. On enfonce cette porte, c'était la chambre de Véronique Royer.

À eux deux, ils firent vite céder la serrure. Le sinistre tableau qu'ils découvrirent les stupéfia. Madeleine et

Firmin Royer étaient allongés sur le lit, dans l'attitude des gisants d'église, en apparence inanimés. Les cierges en cire noire étaient presque consumés, et les cônes d'encens dégageaient de fines colonnes de fumée odorante.

Nathan se pencha sur le couple pour vérifier s'ils étaient encore vivants.

— Appelle le SAMU, Xavier ! Il faut les sauver, ils ne peuvent pas s'en tirer comme ça…

Furieux et affolé, le policier chercha en vain une lettre que les Royer auraient laissée. Ne trouvant rien, il regarda un à un les portraits de Véronique, des agrandissements en noir et blanc de photographies prises par son père.

— On nous envoie une ambulance et un médecin, inspecteur, annonça Xavier. À votre avis, ils ont pris du poison ?

— Du poison ou des barbituriques, mais, s'ils meurent, il n'y aura plus aucun moyen d'innocenter Grégoire Thomas. C'est sans doute ce qu'ils veulent. Ils ont dû haïr leur gendre dès le premier jour et, maintenant encore, ils comptent le détruire.

Exaspéré, Nathan faillit quitter la chambre, mais un cliché de petite taille retint soudain son attention. Il était fixé par deux punaises sur un des murs, entre deux grands cadres. Il le détacha d'un geste vif pour l'étudier de plus près.

— Qu'est-ce que ça signifie ? murmura-t-il.

Une frêle silhouette féminine, au visage voilé d'un tissu rouge et vêtue d'une longue tunique blanche, se tenait debout au centre d'une immense cave voûtée. Cinq hommes lui tournaient le dos, devant lesquels elle s'inclinait. Les ultimes paroles de Valérie Favier lui revinrent : « Les caves, ils sont dans les caves ».

Hôpital de Girac, même jour, deux heures plus tard

En blouse blanche, très pâle, Ambre marchait vers Nathan. Il lui avait envoyé un message pour lui dire qu'il était dans la salle d'attente des urgences. Il se précipita à sa rencontre, les traits tirés par l'angoisse.

— Alors ?

— Leur pronostic vital n'est plus engagé, mais il s'en est fallu de peu, affirma-t-elle aussitôt. On a dû leur faire un lavage d'estomac. D'après les analyses, ils avaient pris une dose létale de tranquillisants. Si tu n'étais pas allé perquisitionner chez eux très tôt ce matin, ils seraient morts.

— Tu es certaine qu'ils vont se rétablir, Ambre ?

— Oui, néanmoins tu ne pourras pas les interroger avant deux jours. Madeleine Royer est très affaiblie. Son mari reprendra sûrement conscience le premier. Nathan, et si ce n'était pas un suicide ?…

Ambre avait chuchoté en l'entraînant vers le distributeur de boissons chaudes.

— Je t'offre un café, proposa-t-elle. Moi, j'en ai besoin. J'ai été très choquée lorsque je les ai reconnus sur les civières.

— Tu suggères que leurs mystérieux complices auraient décidé de les supprimer ? dit Nathan tout bas.

— Ou bien ils leur auraient ordonné de mettre fin à leurs jours, une sorte de punition.

— Mais pourquoi ? Regarde la photo que j'ai trouvée dans la chambre de Véronique. Si tu avais vu ça, un vrai sanctuaire dédié à leur fille unique.

Le policier tendit le cliché à Ambre qui l'examina en silence. Elle lui rendit en frissonnant.

— On dirait une cérémonie de très mauvais goût, admit-elle. Ce sera difficile d'identifier la femme en blanc.

— Je sais, mais pas impossible. Au fait, j'ai eu les résultats pour l'ADN relevé sur le mégot de cigarette que mon adjoint a ramassé dans le jardin des Royer. Il matche avec celui de ce type en manteau noir, l'ex-vigile. Je me félicite d'avoir eu cette prise de conscience, Ambre, et je reconnais que tu avais raison depuis le début de l'affaire. L'intuition féminine, évidemment.

— J'aurais pu me tromper, Nathan, et t'empêcher de mener à bien ton enquête. Que vas-tu faire pour cet homme qui me surveille ? Je l'ai aperçu ce matin dans la rue Bouillaud, alors je suis vite montée dans ma voiture et j'ai verrouillé les portières.

— On s'arrangera pour l'interpeller d'ici ce soir. Tu n'auras plus rien à craindre, du moins je l'espère. Je n'aime pas te savoir seule.

Un fin sourire illumina Ambre, dont les yeux noirs brillèrent de joie. Elle tendit son gobelet au policier qui la remercia d'un signe de tête.

— Ne t'inquiète pas pour moi, Nathan, je ne suis plus seule. J'héberge Héloïse, la sœur de Grégoire. Elle est arrivée hier soir, assez tard.

— Comment a-t-elle fait pour être déjà en France ? Elle s'est téléportée depuis Nouméa ? ironisa-t-il.

— Non, elle t'a appelée d'Angleterre, car elle séjournait dans le Sussex. Dès que son frère lui a téléphoné du poste de police, Héloïse est venue le rejoindre. C'est une femme étonnante, dotée d'un sacré caractère et ceinture noire de karaté.

— Eh bien, me voici rassuré, marmonna-t-il. Je dois voir le commissaire et informer le procureur des derniers événements. Est-ce que les Royer sont dans la même chambre ?

— Non, pourquoi ?

— Je vais exiger qu'ils soient ensemble, pour mettre en place une surveillance au cas où ils subiraient le même sort que ce pauvre Favier, étranglé en plein jour.

Nathan reculait déjà, mais Ambre le retint par le bras. Il lui jeta un regard perplexe.

— Je voulais rendre visite à Emmie vers 18 heures si ça ne pose pas de problème.

— Aucun souci pour moi, tu peux y aller.

— Et si Emmie me demande des nouvelles de ses grands-parents ?

— Réponds-lui gentiment que tu ne les as pas vus. De mon côté, j'appellerai les Fougerat pour les prévenir de ta visite et j'en profiterai pour les informer et leur dire d'être vigilants. Cette petite doit être épargnée.

— Oui, c'est la priorité, insista Ambre. La lettre ouverte de Grégoire est parue ce matin dans le quotidien régional et sur Internet, les réseaux s'enflamment. Je ne voudrais pas qu'on la perturbe avec tous ces débats sur son père.

Amusé, Nathan lui tapota l'épaule d'un geste paternaliste. Il la fixa ensuite d'un air moqueur.

— Toi, tu brûles de savoir comment va Grégoire, souffla-t-il. Son audience chez le juge est repoussée, donc il est encore en garde à vue. On le nourrit, sois tranquille.

— Merci… Il ne risque rien, dans vos locaux ?

— Qu'est-ce que tu es jolie quand tu parles de lui ! Ne te ronge pas les sangs. En principe, Thomas est en sécurité, bien plus que dans sa planque de la vallée des Eaux-Claires.

Sur ces mots, l'inspecteur Delors s'éloigna pour de bon, l'âme et le cœur en paix. Il se sentait délivré de son obsession pour Ambre, tout en se promettant de faire éclater la vérité très prochainement.

« Après ça, je fais mes adieux à la Charente et même à la France, pour m'envoler outre-mer, sous le soleil des Tropiques », se disait-il.

Ce matin-là, le ciel était lourd de nuages et il pleuvait sur les imposants bâtiments de l'hôpital, ce qui encourageait Nathan à rêver de son futur exil…

14

Ceux des caves

Angoulême, allée des Tilleuls, même jour, mardi 5 septembre

Dès qu'elle s'approcha du portail blanc, qui ne laissait rien voir du jardin, Ambre entendit de joyeux rires d'enfant. Elle leva le nez pour admirer la cime des sapins bleutés, agitée par un vent frais. La pluie avait cessé au début de l'après-midi et le soleil revenu exaltait le parfum subtil des chèvrefeuilles encore fleuris dont les lianes dépassaient du mur d'enceinte.

Bientôt un aboiement retentit, tout proche, celui d'un chien de petite taille, à en juger par son timbre aigu. Elle sonna, tout émue à l'idée de revoir Emmie.

— C'est vous, docteur Chasselin ? fit une voix de femme derrière les panneaux immaculés du portail.

— Oui, madame, je suis désolée d'être en retard.

On lui ouvrit et tout de suite Ambre aperçut trois fillettes en train de jouer au badminton. Marie Fougerat l'invita à entrer, après une chaleureuse poignée de mains.

— Venez vite, je vous avais préparé du thé, il est encore tiède, dit-elle aimablement. D'abord je vous présente mes princesses ! Camille, Céline, nous avons de la visite, la jolie dame rousse. Eh oui, docteur, notre protégée vous surnomme ainsi.

Un peu gênée, Ambre vit accourir les deux enfants, suivis de près par Emmie. Le teint coloré, le regard brillant de joie, la petite avait un beau sourire qui la rendait encore plus adorable. À ses pieds, un caniche nain couleur abricot sautillait, en quête de caresses.

Camille et Céline saluèrent la visiteuse, puis, sur un signe de leur mère, elles se dirigèrent vers le perron de la maison, une construction assez récente.

— Tu es là, Ambre ! s'écria Emmie. Tu sais, je m'amuse beaucoup et tout le monde est très gentil avec moi !

— J'en suis très contente. En plus, tu as bonne mine.

— Vous pouvez vous asseoir sur la terrasse couverte, conseilla Marie Fougerat, une quadragénaire aux courts cheveux blonds. Même s'il se remet à pleuvoir, vous serez à l'abri. Je vous laisse, vous avez sûrement beaucoup de choses à vous raconter.

— Je vous remercie, madame, répondit Ambre. Quel cadre agréable ! Vos rosiers sont superbes.

— J'en prends soin. Excusez-moi, je rejoins mes filles. Hier, c'était la rentrée des classes, nous devons vérifier qu'il ne leur manque rien.

— Moi, je ne suis pas allée à l'école, déclara Emmie.

— Ah oui, en effet j'ai respecté les consignes de l'inspecteur Delors, expliqua Marie Fougerat. Il préfère que je garde la petite à la maison. Nous en discuterons un peu plus tard.

Ambre acquiesça avant d'aller s'installer sur la terrasse, dont l'auvent était envahi par une glycine. Elle sortit de son sac la figurine de cheval, pour la poser sur la table.

— Je te l'ai apportée, puisque tu l'aimais bien.

Radieuse, Emmie s'empara du jouet, puis elle sauta au cou de la jeune femme pour l'embrasser.

— Merci, Ambre. Dis, je vais rester encore un peu dans ma famille d'accueil ? Tu as vu, il y a un chien ! Souvent, il grimpe sur mes genoux et il me lèche le menton. Et ma chambre est très belle. En plus, j'ai le droit de regarder des dessins animés. Mamie ne voulait pas, elle...

Soudainement, la fillette s'assombrit, ses yeux bleus voilés par des larmes naissantes.

— Tes grands-parents te manquent ? s'inquiéta Ambre.

— Si je te dis non, tu vas me trouver très méchante.

— Pas du tout, car tu les as quittés hier, et ici tu t'amuses bien. Écoute, à ton âge, mes parents m'ont envoyée en colonie de vacances. C'était au bord de la mer et j'étais tellement heureuse de nager, de construire des châteaux de sable, que je ne pensais plus à eux. Au bout de six jours, je leur ai quand même écrit une carte postale. Alors tu n'es pas méchante.

— Marie m'a dit qu'on allait m'opérer bientôt, c'est pour ça que je ne retourne pas en classe. Dis, ce sera dans ton hôpital ? Tu t'occuperas de moi ? Et papa, il pourra venir me voir ?

— Tu me poses beaucoup de questions ! Je te réponds dans l'ordre, oui tu seras sûrement opérée à Girac, là où je travaille, et je veillerai sur toi. Pour ton papa, je ne sais pas encore.

Le fin visage d'Emmie se crispa de contrariété. Prête à pleurer, elle serra la figurine de cheval entre ses doigts.

— Ambre, je veux habiter avec papa, dans sa maison, mais après, quand je serai guérie.

Si elle avait été mère, Ambre aurait prôné la franchise envers ses enfants. Elle estima judicieux de confier à Emmie la situation actuelle de Grégoire.

— Tu as presque huit ans et tu es une petite fille intelligente, commença-t-elle. Alors je dois te dire ce qui se passe. Quand ton papa t'a enlevée, c'était pour te revoir et être avec toi, mais il n'avait pas le droit de le faire. Tu avais été élevée par tes grands-parents, qui avaient ta garde, et en te prenant à eux, en te cachant chez lui, ton papa a commis une erreur. Hier, la police l'a arrêté et il va devoir expliquer à un juge pourquoi il s'est conduit ainsi. On lui donnera sans doute une punition, mais ensuite il sera libre et tu le reverras.

— Il va aller en prison, c'est ça la punition, alors ce n'est pas juste, se révolta Emmie.

Sa vivacité d'esprit et son air furibond firent sourire Ambre qui rectifia tout bas :

— Ton papa ira peut-être en prison, mais ce ne sera pas pour longtemps. Et j'ai une bonne nouvelle. Sa grande sœur, Héloïse, qui habitait à l'autre bout du monde, est venue à Angoulême pour l'aider. C'est ta tante et elle rêve de faire ta connaissance. Je crois aussi qu'elle pourra rendre visite à son frère, comme elle est sa seule famille. Si tu fais un dessin pour ton papa, elle lui donnera.

— Alors j'ai une tata ? s'émerveilla Emmie.

— Mais oui ! Je viendrai avec elle la prochaine fois, si tu veux bien et si Mme Fougerat est d'accord.

— Vite, on court lui demander...

Une demi-heure plus tard, Ambre prenait congé de Marie Fougerat qui l'avait raccompagnée jusqu'au portail.

— Je vous remercie, madame. Emmie n'est plus la même, en vingt-quatre heures à peine. Avez-vous son traitement pour l'asthme ? Elle s'agite beaucoup, elle qui était alitée depuis une semaine environ. Mais je préfère la voir ainsi, joyeuse comme tous les enfants devraient l'être à son âge. Et vos filles sont charmantes.

— Ne vous inquiétez pas, docteur Chasselin, j'ai déjà eu sous mon aile des petits asthmatiques. Mon médecin traitant a examiné Emmie ce matin et je suis allée tout de suite chercher ses médicaments.

— Je vous en prie, appelez-moi Ambre, nous nous verrons souvent. Vous devez être au courant de l'enquête en cours au sujet de son père et de ses grands-parents.

— L'inspecteur Delors m'a exposé le problème et j'en ai parlé à mon mari. Nous serons très attentifs afin d'éviter la moindre angoisse à Emmie. Je vous dis à jeudi soir, alors, avec sa tante Héloïse !

— C'est ça, à jeudi, encore merci, madame.

Place Turenne, même soir, un peu plus tard

Durant quelques secondes, Ambre craignit de découvrir son appartement vide, comme si la présence réconfortante de la sœur de Grégoire n'avait été qu'une illusion.

« Je suis vraiment stupide d'imaginer des choses pareilles, se reprocha-t-elle en poussant sa porte, après l'avoir déverrouillée. Et Héloïse a pu sortir prendre l'air ou bien faire des courses. »

Elle entra sans bruit, charmée par la lumière orangée du soleil couchant qui inondait son salon, grâce aux fenêtres ouvertes dont les volets n'étaient plus coffrés.

« Peut-être qu'elle dort... »

Ambre avança jusqu'à la chambre de son invitée, qui était là, assise en tailleur sur le lit, en train d'écrire sur son ordinateur portable, un petit modèle très performant.

— Bonsoir, je suis de retour !

— Ah te voilà ! s'écria Héloïse. Alors, comment vont ces gens, les Royer ? Quand tu m'as annoncé qu'ils avaient voulu mourir, j'en ai eu froid dans le dos, car j'ai pensé comme l'inspecteur Delors... C'était leur dernier moyen de détruire mon frère. Ceci dit, ils ont dû beaucoup souffrir pour en arriver à une telle extrémité.

— Leur état est stabilisé maintenant, mais Madeleine Royer reste très faible. Je me suis renseignée, elle va passer un scanner demain matin.

Héloïse approuva, en regardant à nouveau l'écran de son ordinateur.

— Accorde-moi une dizaine de minutes, Ambre, je finis ce que j'étais en train de faire.

— D'accord, je vais me doucher avant de préparer à dîner.

— Ce n'est pas la peine, on ira manger un morceau dans le quartier. En me baladant, cet après-midi, j'ai repéré des petits restaurants fort sympathiques. Tu n'as plus rien à craindre, ton type en manteau noir a été arrêté par deux policiers il y a une heure et des poussières.

— Vraiment? Pourtant Nathan ne m'a pas prévenue! Il aurait pu m'envoyer un message. Oh, je suis tellement soulagée.

— Moi aussi, et ça peut jouer en faveur de Greg, si ce malfrat est un complice des Royer! Je suis en train de lire tous les commentaires en réponse à sa « lettre ouverte d'un père désespéré », et hormis quelques grincheux, il n'y a que des encouragements. Alors, as-tu rendu visite à Emmie?

— Oui, elle nous attend jeudi soir. Si tu l'avais vue sourire en apprenant qu'elle avait une « tata », comme elle a dit.

— Ce sera moi la plus émue. À tous les coups je fondrai en larmes devant ce bout de chou, affirma Héloïse.

Attendrie par cet aveu, Ambre avait envie d'embrasser cette alliée inespérée, dont la compagnie lui était déjà précieuse.

— Je suis si contente que tu sois là, murmura-t-elle. Je me sentirais très seule sans toi.

— Si tu deviens ma belle-sœur, autant créer des liens bien vite. Dans le cas contraire, j'aurais eu le plaisir de passer du temps avec une jeune femme formidable.

— Merci pour le compliment, je me demande s'il est mérité, répliqua Ambre en souriant.

Elles dînèrent rue Saint-André, dans ces quartiers proches de l'hôtel de ville, souvent surnommés « le vieil Angoulême ». En tailleur de lin beige, Héloïse avait beaucoup de classe, et son allure élancée lui valait des coups d'œil de la gent masculine. Mais Ambre attirait encore plus de regards, ayant eu envie de « se faire belle », selon l'expression chère à sa mère.

— Tu es sublime, je comprends Greg d'être tombé amoureux de toi.

Ses cheveux d'un roux chatoyant répandus sur les épaules, mais ornés d'un fin bandeau noir, la jeune femme s'était maquillée avec soin et portait une robe moulante du même bleu intense que ses yeux. Le décolleté en V dévoilait la naissance de ses seins, tandis qu'un collier en or rehaussait son teint.

— J'adore tes taches de rousseur sur ton joli petit nez et sur tes joues, chuchota Héloïse. Pourtant je suis sûre que tu en étais complexée, adolescente.

— Parfois, mais comme ma sœur aînée en avait aussi, elle m'a raisonnée. Nous tenons ça de notre père. Maintenant je les apprécie.

Elles avaient commandé des salades composées et de l'eau gazeuse. Devant son assiette très copieuse, Ambre songea à Grégoire et son cœur se serra.

— Ce doit être pénible, la garde à vue dans une cellule, soupira-t-elle.

— N'y pense pas, notre Greg surmontera ça ! Mais j'ai hâte de pouvoir lui parler et le revoir, après toutes ces années.

— Depuis ton départ pour Nouméa, vous ne vous êtes jamais revus ? s'étonna Ambre.

— J'admets que c'est bizarre. Au début, on se téléphonait deux fois par semaine. Il logeait dans l'appartement dont je t'ai parlé, rue de la Tourgarnier. J'avais confiance en lui, il suivait une formation de paysagiste, faisait des stages, enfin il menait sa vie de jeune homme. De mon côté, j'étais accaparée par l'entreprise de construction de bateaux que nous montions, mon mari et moi. Le temps passait vite. Un jour, Greg m'a annoncé qu'il allait être papa et qu'il avait épousé la future maman, Véro ! J'étais heureuse pour lui…

— Je ne le comprends pas ! Il aurait dû te dire ce qu'il endurait chez ses beaux-parents. Même s'il m'a expliqué pourquoi il refusait de te déranger avec ses ennuis, tu étais sa seule famille, à part votre tante de Paris.

— Ce qui est fait est fait, trancha Héloïse. Mange un peu, tu dois prendre des forces pour le soutenir, lui, et aussi pour me supporter.

La sœur de Grégoire éclata de rire, cependant Ambre ne fut pas dupe. Derrière cette touche de gaîté se dissimulaient une vive anxiété et bien des regrets, voire des remords.

Commissariat d'Angoulême, mercredi 6 septembre

L'inspecteur Delors, assisté par son adjoint, s'apprêtait à interroger l'ancien vigile appréhendé la veille, près de la place Turenne. Il avait eu soin de l'installer dans une cellule isolée, d'où il ne pourrait pas voir Grégoire Thomas.

Un agent fit entrer l'homme dont les poignets étaient menottés. Même délesté de son manteau noir, il avait une carrure impressionnante et, privé de son chapeau de feutre, il exhibait des cheveux ras, déjà blancs, ce qui renforçait la dureté de ses traits.

— Asseyez-vous, monsieur Ducat, lui dit Xavier, tout en plaçant un dossier sur la table. Vous savez sûrement pourquoi vous êtes ici ?

— Non, je n'ai rien fait de mal ! Si on n'a plus le droit de se promener en ville.

— Vos balades s'effectuaient surtout près de la place Turenne et, d'après des témoins, vous sembliez très intéressé par un immeuble en particulier, et par une jeune femme que votre attitude inquiétait.

— Si on ne peut plus admirer les jolies filles, maugréa Ducat.

— Je vois une égratignure sur votre joue gauche, en voie de cicatrisation, insinua Nathan, silencieux jusqu'à présent. Comment vous êtes-vous fait ça ?

— Bah, en me rasant !

— Ou bien Charles Favier vous a griffé, lorsque vous l'avez agressé, la semaine dernière ! Nous sommes à l'ère de l'ADN, ce qui facilite grandement notre travail, or le vôtre a été relevé sous les ongles de Favier. Nous l'avons trouvé aussi sur un mégot de cigarette, ramassé dans le jardin des Royer, rue d'Iéna.

— Je ne fume pas, ça m'étonnerait, répliqua l'homme d'un ton hésitant.

— Ne perdons pas de temps, Ducat, décréta Nathan en haussant la voix. Les preuves sont formelles, vous feriez mieux d'avouer.

— Je n'ai rien à dire.

— Récapitulons, vous avez agressé Charles Favier, en lui volant la somme de vingt mille euros. Il vous a griffé et vous avez encore la marque. Récemment, Grégoire Thomas, qui s'était introduit chez ses anciens beaux-parents, a été roué de coups lui aussi, par Firmin Royer et un autre homme, vous en l'occurrence ! Inutile de nier, c'était votre mégot sur les cailloux du jardin. Maintenant j'ai une autre question. Qui était le deuxième agresseur de Charles Favier, rue Archambault, près de son domicile ?

Tête basse, Séverin Ducat fixait le métal luisant des menottes. Il devait peser le pour et le contre des conséquences, s'il passait aux aveux.

— Ce n'est pas la peine de réfléchir, vous finirez par dire ce que vous savez, insista Nathan en le fixant d'un air impérieux. Je ne vous lâcherai pas et les Royer aussi seront contraints de parler. Ils doivent s'acheter vos services à prix d'or !

Xavier jugea le moment opportun pour sortir du dossier un sachet en plastique transparent contenant le fameux mégot, ainsi qu'une photo post-mortem de Charles Favier défiguré par les coups.

— Moi, je fais ce qu'on me demande, bougonna l'ancien vigile. S'agissait de malmener ce type et de récupérer l'argent.

— Et vous l'avez achevé à l'hôpital, en l'étranglant, avant d'envoyer à son épouse des roses et un ballotin de chocolats où avait été injecté du poison.

— Ah ça, pour sa femme, je n'y suis pour rien !

— Alors c'est qui ? s'exaspéra Nathan.

— Pas moi, marmonna Ducat en s'agitant sur son siège.

— Mettons ! Mais vous venez d'avouer le meurtre de Favier !

— Paraît qu'il avait promis de se taire, seulement s'il causait, c'était trop risqué. On m'a payé pour le tuer, oui. Je suis entré dans l'hôpital avec une tenue d'infirmier. Je suis allé jusqu'à sa chambre et là, ça n'a pas été long. Après j'ai ôté ma blouse et je suis reparti.

— Ducat, qui vous a payé pour tuer Favier ? Firmin Royer ?

Le prévenu se tut un certain temps, en observant le plafond cette fois.

— Vous serez vite écroué pour assassinat, autant nous donner le nom de vos employeurs et nous aider à les localiser et à les arrêter. Le juge tiendra compte de votre collaboration.

— Tout passait par Royer, qui suivait les consignes et allongeait la tune. Les autres, je ne sais pas où ils sont, ni qui ils sont.

— Pourtant le soir où Grégoire Thomas s'est introduit dans le jardin de la rue d'Iéna, vous étiez chez les Royer. Comme la visite nocturne de leur gendre était imprévisible, que faisiez-vous là-bas ?

— Mon boulot de vigile justement, je devais surveiller, au cas où Thomas viendrait.

— Et la surveillance toute récente place Turenne, qui vous l'avait demandée ?

Il y eut de nouveau un silence. Séverin Ducat haussa les épaules en secouant les menottes.

— Les Royer et aussi ceux des caves, dit-il enfin.

Ces trois derniers mots retentirent dans la pièce et firent tressaillir Nathan.

— Vous étiez chargé d'épier Mlle Chasselin, c'est bien ça ? Pourquoi ?

— En fait, je devais juste lui faire peur. Et...

— Et quoi ? vociféra le policier, à bout de patience, d'autant plus qu'il était question d'Ambre.

— Si l'occasion se présentait, la malmener un peu. Ça, c'était la volonté de Mme Royer surtout. Elle disait tout le temps que la doctoresse leur avait volé la gamine, Emmie.

— Ramène-le en cellule, Xavier, demanda Nathan. On reprendra plus tard. Tout est enregistré. Quand on pourra interroger les Royer, ils auront du mal à se dire innocents…

Rue d'Iéna, même jour, une demi-heure plus tard

Nathan avait ses raisons pour couper court à l'interrogatoire de Séverin Ducat. Escorté par Xavier Martin et un autre policier, il voulait fouiller à nouveau la demeure bourgeoise des Royer.

— Hier matin, la perquisition a peut-être été perturbée par la découverte de nos deux suicidés, avec ce qui s'est ensuivi, le SAMU, les ambulances, expliqua-t-il à ses hommes. Je voudrais retourner dans la cave. Quelque chose a pu nous échapper.

— J'en doute, inspecteur, c'est moi qui suis descendu le premier, il n'y avait rien d'intéressant à part quelques bonnes bouteilles de bordeaux, affirma son adjoint.

— On va vérifier, insista Nathan tandis qu'ils entraient dans le vestibule.

Il actionna un interrupteur, car les volets sur la rue étaient restés fermés et il faisait sombre. Le silence qui régnait dans la grande maison lui conférait une atmosphère lugubre.

— Certains diraient qu'il y a de mauvaises vibrations ici, commenta Xavier. Ce n'était pas bien gai pour la petite Emmie d'habiter là.

— Ni pour sa mère, quand elle était gamine. À ce propos, il faudra se renseigner sur un point que j'avais laissé de côté mais qui pourrait être important au vu des derniers événements. Au cours de ses échanges avec Thomas, Ambre a appris une tragédie qui date de l'enfance de

Véronique Royer. Le frère de Firmin s'est pendu quand sa nièce avait onze ans. Les Royer l'auraient lui aussi accusé d'inceste. Ce pauvre homme ne l'a pas supporté et il a mis fin à ses jours.

— Ces gens sont vraiment des tarés, si je peux me permettre, inspecteur.

— On peut dire ça, mais on ignore encore les tenants et les aboutissants, soupira celui-ci. Thierry et toi, allez fouiller le labo photo, et embarquez tout ce qui vous semble pertinent. Moi, je vais faire un tour à la cave. Si j'ai besoin de vous, je vous appellerai.

Nathan éprouvait la nécessité d'être un peu seul, afin de ne pas être troublé par les commentaires de son jeune adjoint. Il appréciait Xavier Martin, tout en étant souvent agacé par son côté désinvolte.

Un néon éclairait les marches en ciment et les murs couverts d'un enduit blanc de la cave. Il se retrouva entre quatre parois bien lisses, auxquelles s'adossaient un casier métallique garni de bouteilles et une armoire en contreplaqué. Tout était impeccable, du sol au plafond.

— C'est quand même bizarre, se dit-il. La ville d'Angoulême est connue pour ses nombreuses caves, souvent d'anciens souterrains. Et dans ce quartier proche de l'hôtel de ville, qui était jadis le château comtal de la cité, il y a forcément des caves plus spectaculaires.

Le policier continua son monologue, tout en inspectant les murs qu'il frappait de son poing dans l'espoir d'une résonance. Mais rien ne trahissait l'éventualité d'une issue cachée qui aurait communiqué avec une autre pièce. Désappointé, il remonta et se rendit dans le jardin.

— « Ceux des caves », murmura-t-il. Valérie Favier en a parlé avant de mourir et Ducat aussi. Et il y a cette photo qui était accrochée dans la chambre de Véronique.

Nathan avait confié le cliché à un spécialiste en informatique du commissariat, chargé de l'agrandir et d'en étudier le moindre détail. Tout en réfléchissant, il suivit l'allée circulaire entourant un massif de rosiers. Au passage, il effleura du dos de la main une des quatre boules de buis soigneusement taillées.

— C'est d'un triste, ce jardin, même en été ! L'hiver, ça doit être affligeant.

Il finit par entrer dans le cabanon, où il soupesa la pioche qui aurait pu tuer Grégoire Thomas. Là aussi, tout était en ordre et très propre, jusqu'au sol couvert d'un lino vert.

— Mais...

Une légère déformation du revêtement, à droite de ses pieds, venait d'éveiller sa curiosité. Il recula vers le seuil pour mieux étudier l'intérieur du cabanon.

Fébrile, Nathan se mit au travail, sans solliciter l'aide de ses hommes. Il sortit tous les outils et une caisse et en dégageant le lino, il découvrit ce qu'il avait soupçonné : une trappe en planches, munie d'un anneau en fer, était sertie dans la terre battue. Il la souleva et la rabattit contre une des cloisons du cabanon. Un puits d'ombre lui apparut, ainsi que le premier échelon rivé dans la pierre.

— Il nous faut de la lumière ! s'exalta-t-il en téléphonant à son adjoint.

— Vous êtes où, inspecteur ? s'enquit Xavier.

— Rejoignez-moi dans le jardin avec vos lampes torches. Je crois avoir trouvé le passage qui mène à la vraie cave des Royer.

Commissariat d'Angoulême, même jour, même heure

Grâce à l'inspecteur Delors, Héloïse avait obtenu le droit de voir son frère, toujours en garde à vue. Elle ignorait s'il était possible de lui remettre des douceurs à manger, mais elle en avait apporté quand même.

— Vous avez trente minutes, madame, indiqua un policier en faction dans le couloir.

— Oui, monsieur, je me suis renseignée, répondit-elle en jetant des regards humides vers Grégoire.

Nathan avait laissé des consignes, si bien que le prévenu rencontrait sa sœur dans la salle d'interrogatoire, dûment surveillée par une caméra et par un des agents qui se tenait près de la porte.

— Je n'y crois pas, Héloïse, tu as quitté Nouméa à cause de moi ? dit tout de suite le jeune homme.

— Non, tu as de la chance, j'étais près de Londres, répliqua-t-elle. Alors, frérot, on a fait des siennes !

En dépit de sa volonté, sa voix tremblait un peu et elle séchait ses larmes du bout des doigts.

— Ne pleure pas, je t'en prie, souffla-t-il. Je comparais cet après-midi devant le juge. Ensuite je serai sûrement transféré à la maison d'arrêt. Quand on passait devant à vélo, on rêvait de voir ce qui se passait derrière les murs, tu te souviens ?

— Eh bien, cette fois, tu seras exaucé, plaisanta Héloïse. Surtout ne te décourage pas. La police a appréhendé hier soir un type louche qui épiait les faits et gestes d'Ambre. Un ancien vigile qui aurait laissé son ADN un peu partout, je n'en sais pas plus.

— C'est déjà beaucoup ! Il n'a pas agressé Ambre ?

— Non, elle va bien ! Je veille sur ta jolie fiancée qui est d'excellente compagnie.

— Nous n'en sommes pas aux fiançailles, hélas !

— Croisons les doigts, ça viendra. Greg, je te demande pardon. Plus j'y pense, plus j'ai l'impression de t'avoir laissé livré à toi-même, alors que tu étais encore si jeune. Ambre m'a raconté ta vie chez les Royer, la mort de Véronique et tout le reste.

— Tu n'as pas changé, Héloïse, admit Grégoire. Je retrouve ta voix grave, ton énergie, ton sourire.

— Menteur, j'ai vieilli !

— Tu as mûri, c'est différent.

— Et toi tu es encore plus séduisant, un véritable héros romantique, avec tes boucles brunes et ton regard bleu vert si clair, celui de notre mère.

— Emmie en a hérité également. Héloïse, puisque j'ai la chance de te parler aujourd'hui, promets-moi de t'occuper de ma fille si j'écope d'une lourde peine.

— Tu veux dire l'emmener en Nouvelle-Calédonie ?

— S'il n'y a pas d'autre solution, oui, tu l'élèveras jusqu'à ma libération. J'ai eu le temps de réfléchir, les Royer peuvent perdre la garde d'Emmie, si la police prouve qu'ils ont falsifié beaucoup de documents et qu'ils ne la soignaient pas. Tu es ma sœur, la seule habilitée à devenir sa tutrice.

— D'accord, je m'y engage, mais le vent tourne, Greg. Je ne sais pas si on te l'a dit, Madeleine et Firmin Royer ont voulu mourir, hier matin. Ils sont tirés d'affaire, hospitalisés à Girac. Les soupçons se focalisent sur eux, désormais, crois-moi. Tu auras l'indulgence du juge, quand il sera établi qu'Emmie pouvait être en danger chez ses grands-parents et cela justifiera l'enlèvement dont tu es coupable.

— J'admire ton optimisme, Héloïse. Chaque fois que j'ai tenté de solliciter un droit de visite, les Royer me menaçaient et je renonçais. Ma lâcheté de ces dernières années ne plaidera pas en ma faveur.

— Hé, frérot, on ne baisse pas les bras ! Maintenant on va t'écouter. Ta lettre suscite déjà des réactions chaleureuses, on te soutient dans les médias. Au fait, je t'ai apporté quelques sucreries et un paquet de biscuits. Et zut, ils auraient pu t'ôter ces menottes.

— Ta visite est déjà inespérée, Héloïse. Je pensais que c'était impossible de voir un proche en garde à vue.

— Moi aussi, mais il faut croire que maintenant c'est permis[1]. Il nous reste un quart d'heure. Tiens bon. Demain je verrai enfin ma nièce. Ambre et moi, nous allons dans sa famille d'accueil. Tu imagines ça, Emmie était tout heureuse d'avoir une « tata », elle m'a appelée ainsi ! Il paraît que ce sont des gens charmants, qui ont

1. Loi passée presque inaperçue en novembre 2016, mais effective.

deux fillettes juste un peu plus âgées. Il y a un caniche nain et un grand jardin.

— Tant mieux, je suis rassuré, affirma Grégoire. Hélo, je peux te demander un service ?

S'entendre surnommer « Hélo », comme dans leur enfance, fit de nouveau s'embuer les yeux clairs de sa sœur. Elle souffla un « oui » attendri.

— La maison de Gilles doit être sous scellés, mais j'ai laissé la poupée que j'avais offerte à Emmie dans un lieu très particulier. Ambre sait comment y aller, et de toute évidence, la police n'a pas trouvé notre cachette au sein de la falaise. Si vous pouviez récupérer son jouet et lui apporter demain soir, je serais si content.

— Compte sur Ambre et moi, Greg ! Je préfère te dire au revoir tout de suite, avant qu'on vienne te chercher. Aie du cran, frérot, plaide ta cause avec ferveur, murmura Héloïse.

Cinq minutes plus tard, elle lui souriait de tout son cœur, alors qu'on le ramenait à sa cellule.

Rue d'Iéna, même jour, même heure

Nathan était passé le premier, dans sa hâte de découvrir une cave ressemblant à celle de la photographie. Xavier le suivait, mais le troisième policier devait les attendre dans le cabanon, tout en étant prêt à intervenir en cas de souci.

— On est déjà descendus de cinq mètres environ, indiqua l'inspecteur. Mais je vois le fond et un passage à gauche…

— Il faut le vouloir pour utiliser ces échelons, et c'est raide, nota son adjoint. Vous croyez que Madeleine Royer le faisait, ou juste son mari ?

— On lui posera la question, répondit-il tout bas. Si tu pouvais te taire, Martin. Peut-être qu'il y a du monde plus loin, ce serait bien de les surprendre ou même de pouvoir les observer.

Douché par le reproche, Xavier ne prononça plus un mot. Il vit son supérieur s'engager dans un couloir voûté, et il fit au plus vite pour le rattraper.

— C'est très silencieux, chuchota Nathan. Mais c'est la fin de matinée, les réunions ont peut-être lieu le soir.

Le souterrain en pente douce qu'ils empruntaient était taillé dans le rocher, sauf certaines parties composées de moellons joints à la chaux. Tous deux marchèrent sur une vingtaine de mètres, en braquant le faisceau de leurs lampes sur le sol argileux.

— On ne doit plus être sous la maison des Royer, inspecteur.

— Je sais, nous n'avons pas avancé dans sa direction, c'est encore plus intéressant. Écoute !

— Quoi ?

— J'ai entendu comme des gémissements, dépêchons-nous.

Ils déboulèrent enfin dans une immense cave voûtée, où brûlait une lanterne rouge, posée sur un autel en marbre, de taille moyenne, mais sculpté de fleurs et de feuillages. Les dimensions surprenantes faisaient penser à une salle capitulaire, édifiée dans les profondeurs d'Angoulême. Un homme en longue tunique noire gisait par terre, les bras en croix, le visage fracassé et en sang.

— Monsieur, eh, monsieur, dit-il en lui prenant le pouls.

Le blessé laissa alors échapper un râle d'agonie. Il lança un regard éteint sur les deux hommes en essayant de lever la main.

— Je suis le dernier maître, il n'y a plus personne, articula-t-il péniblement.

— Xavier, appelle les secours ! s'écria Nathan. Vite !

— Aucun réseau ici, inspecteur.

Après avoir poussé un juron bien français, le policier se mit à genoux près du mourant.

— Où sont les autres ? questionna-t-il.

— Nous sommes les Ombres du Bien, nous officions dans les caves. Mais ils m'ont abandonné.

L'inconnu avait dû faire un effort surhumain pour répondre. Il ferma les yeux et sa respiration devint rauque, saccadée. Nathan lui souleva un peu la tête au moment où il expirait.

— On est arrivés trop tard, Martin. Remonte dans le jardin et fais venir la scientifique. Le légiste nous dira ce qui a tué cet homme, le dernier maître…

— À mon avis, inspecteur, ce serait plutôt qui l'a tué. Regardez la déchirure dans sa tunique, on l'a poignardé.

— Si seulement on avait pu le sauver, on aurait su le fin mot de toute cette histoire. Ceux des caves…

Xavier acquiesça avant de partir au pas de course. Nathan se redressa et inspecta les lieux. Il n'aurait juré de rien, cependant le cliché qui l'intriguait tant avait pu être pris là, depuis le seuil du souterrain. Il constata bientôt que des porte-flambeaux de facture ancienne étaient fixés sur les parois, qui contenaient des vestiges de torches artisanales. Trois portes cloutées, sans doute vieilles de plusieurs siècles, brisaient l'alignement des murs composés de pierres taillées de main d'homme. Il subsistait par endroits des plaques d'enduit à la chaux, d'un blanc jaunâtre.

— Un sacré boulot en perspective, bougonna-t-il. Il faudra forcer les serrures pour savoir dans quelles caves voisines on débouchera.

Le retour de son adjoint le fit sursauter, tellement il était perdu dans ses pensées.

— Une équipe se met en route, inspecteur. Thierry l'attend dans le vestibule. Dites, c'est un drôle d'endroit, jadis il y a peut-être eu des messes noires ici, avec des sacrifices de bébé.

— Qui sait ? Récemment, j'ai lu un article dans une revue qui faisait froid dans le dos, mais ce ne serait qu'une rumeur, voire une légende urbaine : les nonnes d'un couvent d'Angoulême descendaient dans les souterrains où elles assassinaient leur progéniture, les chastes religieuses n'étant pas censées mettre des enfants au monde.

— C'est répugnant !

— Ouais, je suis d'accord... Pour l'instant, prends-moi des photos de cette cave sous tous les angles, qu'on puisse comparer avec le cliché où il y a la jeune femme en blanc.

— Et si c'était Véronique Royer, inspecteur ?

— Qui sait ? J'ai hâte aussi d'identifier cet homme, mort dans mes bras. Le dernier maître, soit ! Mais le maître de qui ou de quoi ?...

15

Les merveilles de Noël

Commissariat d'Angoulême, une semaine plus tard, mercredi 13 septembre

L'inspecteur Nathan Delors aligna d'un geste méticuleux la pile de dossiers qu'il avait posée près de lui. Il jeta un coup d'œil vers la large vitre teintée derrière laquelle le commissaire et le procureur se tenaient, pour assister à l'interrogatoire.

— Je suis vraiment satisfait de vous voir assis en face de moi, monsieur Royer, déclara-t-il. J'ai hâte d'entendre votre déposition, qui nous apportera des éclaircissements sur toute cette affaire. Vous persistez à ne pas vouloir d'avocat ?

— Ce serait inutile, j'ai perdu la partie, autant m'éviter des frais.

— D'autant plus que votre avocat, maître Bonneau, vient d'être inhumé hier. Je ne l'ai pas reconnu quand il agonisait dans cette cave, c'est mon adjoint ici présent, Xavier Martin, qui a fait le rapprochement avec l'homme qu'il avait vu chez vous. Quel paradoxe, ce maître du barreau était aussi le dernier maître, selon ses derniers mots. Ceci dit, il plaidait rarement, ce que nous avons vérifié. C'était juste pour maintenir son statut de notable. Au fond, il n'avait pas besoin de gagner de l'argent, vous l'aviez suffisamment enrichi durant des années.

Imperturbable, les traits figés, Firmin Royer fixait Nathan d'un air hautain.

— Si vous pouviez cesser de persifler et de faire de l'ironie bon marché, inspecteur, nous gagnerions du temps.

— Dans ce cas, nous vous écoutons, monsieur Royer, mais j'ai d'abord une question. Comment Jérémie Bonneau a-t-il survécu aussi longtemps, après avoir été pratiquement défiguré et poignardé par vos soins ? Le légiste n'avait jamais été confronté à une telle résistance. Néanmoins cet homme a dû souffrir le martyre, seul dans l'obscurité la plus totale, sans espoir d'être secouru. Savez-vous qui l'a tué ? Je vous rafraîchis la mémoire, nous vous avons découverts inconscients, votre épouse et vous, le mardi 5 septembre à 7 heures du matin. Ducat, votre garde du corps et exécuteur de vilaines besognes, a été arrêté le soir même. Jérémie Bonneau est mort le lendemain, mercredi donc, à 10 heures, sous mes yeux.

— Je n'avais pas le choix, inspecteur, je devais l'éliminer mais, dans la précipitation, j'ai dû rater le cœur, avoua Firmin Royer d'un ton froid. C'était mardi à 5 h 30. Ensuite nous avons pris un mélange de médicaments, Madeleine et moi, afin de quitter ce monde pourri.

— Pourquoi vous acharner sur son visage ? Il était méconnaissable, insista Nathan.

— Je lui avais donné rendez-vous, bien décidé à mettre un terme à ses exigences financières de plus en plus exorbitantes. Il en était venu à me faire chanter, menaçant de dévoiler ce qu'il qualifiait de crimes. J'ai encore en tête ses mots exacts : « Vous devez payer pour vos crimes et vous perdrez tout, comme vous avez perdu Emmie. » J'avais sur moi un couteau de chasse et un marteau assez lourd dissimulés sous ma veste, bloqués dans mon ceinturon. Fidèle à ses principes, il n'était pas armé. Je me suis jeté sur lui et je l'ai poignardé ! Ahuri, Bonneau s'est effondré sur le sol et là j'ai pu frapper, frapper sur ce visage dont je ne tolérais plus la vue. Ensuite je suis parti, en sachant qu'il n'avait aucune chance de survivre à sa blessure, car nous n'étions que trois à emprunter le passage du cabanon, mon épouse, lui et moi. Les autres arrivaient par leurs propres souterrains.

— Les portes que nous avons ouvertes, ce qui nous a permis d'arrêter les autres membres de cette secte de pacotille, précisa Nathan.

— Ce n'était pas une secte, mais un ordre, inspecteur, celui de la renaissance par la pureté et les bienfaits de la nature.

— J'appellerai ça un groupuscule d'illuminés, monsieur Royer, que vous avez intégré il y a vingt ans, si mes calculs sont bons. Toutes les photographies et les négatifs que nous avons trouvés dans votre labo en attestent. Vous immortalisiez vos réunions nocturnes, en notant la date au dos du tirage. À mon avis, c'est pathétique de vous être laissé abuser ainsi.

— Pensez ce que vous voulez, pour Madeleine et moi, la vie avait enfin pris un sens.

— Et celle de votre fille Véronique, quel sens avait-elle ? À onze ans, de santé fragile, victime de sévères crises d'asthme, votre frère décide de l'emmener consulter un médecin. Mais ce brave oncle est accusé de sévices sexuels et met fin à ses jours. Cette tragédie a fortement marqué votre fille, qui a dû se sentir coupable, d'où son obéissance ultérieure.

— Je demeure certain que cet homme l'avait souillée.

— Vincent, il s'appelait Vincent et c'était votre frère aîné, sans doute affolé de vous voir suivre des directives insensées, mettant ainsi sa nièce en danger. Comment êtes-vous tombé entre les griffes de ces charlatans ?

— Il ne s'agissait pas de charlatans, mais de gens inspirés qui prêchaient une religion basée sur la confiance en l'univers et une nouvelle médecine.

— Pas très efficaces, leurs méthodes, puisqu'on a diagnostiqué une tumeur au cerveau à votre épouse ! Son état lui évite d'être ici à vos côtés, cependant j'ai pu recueillir son témoignage à l'hôpital. Elle a été encore plus stricte que vous dans les règles à suivre. Royer, êtes-vous conscient de votre responsabilité dans le décès de votre fille ?

— La faute en incombe à Grégoire Thomas. Il a détourné notre Véro de son destin et du bel avenir qui l'attendait.

Nathan s'efforça de garder son calme. Il sortit d'un des dossiers le fameux cliché qui avait bien été pris dans l'immense cave où était mort « le dernier maître ». La preuve était faite, l'étrange cérémonie avait bien eu lieu sous la voûte de cette salle souterraine. Il poussa la photographie agrandie vers Royer.

— La silhouette féminine en blanc, c'est Véronique, nous avons pu l'établir. À quel rituel se prêtait-elle pour se plier à vos absurdités ?

— Vous ne pourriez pas comprendre, même si je me donnais la peine de vous expliquer.

— J'insiste, et j'ajoute que vous n'avez pas le choix !

— Notre fille, de par la soigneuse éducation que nous lui avions donnée à dater de ses dix ans, avait été choisie comme le symbole incarné de la virginité. Le maître de l'époque, le prédécesseur de Jérémie Bonneau, nous avait promis que Véro n'aurait plus de problèmes de santé et qu'au fil des rituels, elle deviendrait forte et énergique.

— Quel âge avait-elle sur ce cliché ?

— Dix-huit ans. Madeleine était vigilante pour préserver la pureté de notre enfant. Nous la conduisions à tour de rôle au lycée et nous l'attendions à la sortie. Elle déjeunait à la maison, pour ne pas trop créer de liens avec ses camarades. Véro s'en plaignait parfois, mais elle obéissait, sachant que c'était dans son intérêt.

— Avait-elle moins de crises d'asthme ? Pouvait-elle faire du sport ? ironisa le policier, abasourdi par ce qu'il entendait.

— Non, cependant le maître nous rassurait, affirmant que la renaissance du corps de notre fille prendrait du temps. Il nous a aussi recommandé de lui laisser un peu de liberté. Nous avons signé sa perte, en lui lâchant la bride.

— Pourquoi ?

— C'est pourtant évident. Véro a rencontré Grégoire et elle a commencé à nous mentir, à nous trahir !

— On la comprend sans peine, marmonna Xavier, outré par l'éclat fanatique du regard de Royer.

Ce dernier, indifférent à la remarque, continua son récit d'une voix assourdie par une fureur rétrospective.

— Véro fréquentait cet individu de bas étage quand Jérémie Bonneau est devenu notre maître.

— En parlant de son prédécesseur, que lui était-il arrivé ? Il avait été exécuté également ? s'enquit Nathan.

— Pas du tout, il était très âgé et il a rejoint l'univers à la suite d'un décès naturel.

— Son nom, pour vérifier vos propos ?

Royer déclina le patronyme d'un notaire de Soyaux, une ville proche d'Angoulême, et Xavier lança tout de suite une recherche.

— Revenons à Grégoire Thomas ! Vous avez quand même consenti au mariage de votre fille.

— Il le fallait bien, Véro portait un enfant. Tous nos efforts avaient été vains, mais la vie d'un innocent est sacrée.

— Peut-être aussi que vous n'étiez pas mécontents de jouer les bons grands-parents !

— Je l'admets, surtout Madeleine, inspecteur. Nous avons repris espoir, en misant sur Emmie pour incarner plus tard le symbole de la pureté. Il y avait une condition au mariage, Véro devait nous promettre de ne jamais révéler l'existence de notre ordre. Elle a tenu parole, malgré l'amour incompréhensible qu'elle vouait à Thomas. Lui, il s'entêtait à poser des questions, à exiger des soins médicaux qui nous répugnaient. Il a même réussi à lui faire donner des antibiotiques après la naissance du bébé. Madeleine et moi avions déjà décidé de nous débarrasser de ce crétin, sans toutefois causer sa mort.

— Pour quelle raison ? interrogea Xavier.

— Grégoire était le géniteur d'Emmie et son décès ou sa disparition aurait détruit Véro, dont la santé ne s'améliorait guère.

— Pourtant, vous ne doutiez pas des préceptes de votre ordre ?

— Non, nous avions toute confiance et la patience était de mise. Hélas, notre gendre complotait ! Il avait persuadé Véro de déménager, de nous fuir ! Pendant la violente querelle qui a précédé son décès, elle nous a traités de fous, d'êtres malsains ! Elle nous quittait soi-disant pour pouvoir soigner Emmie par des traitements efficaces et se faire opérer dans le but de mener une vie normale. Nous ne l'avions jamais vue dans un tel état de colère et de chagrin.

— Et son cœur malade a lâché ! s'écria Nathan. Je considère que vous avez assassiné votre fille par des voies détournées, et vous alliez faire de même avec votre petite-fille !

— Je ne sais plus, balbutia Firmin Royer, soudain abattu. Il m'est arrivé de douter ces dernières semaines. Malgré l'aide précieuse de maître Bonneau, en dépit des faux documents qui nous avaient coûté une fortune, Grégoire Thomas demeurait un élément à risque. J'ai encore payé des sommes folles pour le réduire à néant, mais bien en vain. Toutes les tentatives de le localiser échouaient, avant et après l'enlèvement.

— En effet, la déposition de votre épouse le confirme.

— La situation s'aggravait, reprit Royer. Emmie était placée en famille d'accueil, Thomas en sécurité dans vos locaux, où il pourrait se faire passer pour une victime ! Il me fallait punir le maître pour ses fautes et nous en aller dignement, Madeleine et moi.

— Sans vous soucier du sort de votre petite-fille ? Et si son père coupable du pire en obtenait la garde exclusive, vous ne vous seriez pas retournés dans votre tombe, tous les deux ?

— Le destin d'Emmie nous avait échappé, nous ne pouvions pas reculer. De surcroît, Grégoire n'a jamais touché son enfant, ces accusations étaient une idée de maître Bonneau. J'ai pensé qu'il ferait un père convenable même s'il se pliait aux mœurs actuelles, adepte de la modernité et de ses souillures.

Intimement soulagé par cet aveu énoncé à haute voix, Nathan poussa son avantage.

— Venons-en à Charles Favier, dit-il. Ainsi qu'à sa malheureuse épouse. Séverin Ducat a avoué être l'un des agresseurs de votre ami et enquêteur. Vous étiez l'autre homme ?

— À quoi bon nier, puisque je finirai mes jours en prison ! Oui, j'ai cogné autant que je le pouvais sur ce triste personnage. Ayant eu une prise de conscience, il venait de m'extorquer vingt mille euros pour son silence, que je tenais à récupérer.

— À propos de quoi, cette prise de conscience ? s'enquit Xavier d'un ton méprisant.

— Il se disait choqué par les allégations de sévices sexuels inventés par le maître. Et puis il appartenait à l'ordre depuis six ans, il en savait trop. C'était Ducat et Favier qui étaient chargés de traquer Grégoire, mais les deux fois où ils l'ont repéré en ville, il a réussi à les semer.

— Que devaient-ils faire, s'ils parvenaient à le coincer ? questionna Nathan.

— Le neutraliser et lui injecter des drogues dures que je m'étais procurées pour provoquer une overdose fatale. J'en avais assez, je voulais qu'il meure !

— Comme Charles Favier, qui pouvait vous trahir ?

— Exact, inspecteur ! Ducat a reçu la consigne de l'achever. Quant à son épouse, très perfide, nous la soupçonnions d'être au courant de beaucoup de choses. Madeleine a préparé des chocolats, en leur injectant un mélange de raticide et de tue-limaces avec un peu de belladone.

Profondément écœuré, Nathan songeait que les médias surnommeraient sans doute les Royer « le couple infernal ». Il savait que l'affaire allait faire couler beaucoup d'encre et même créer un scandale, trois notables d'Angoulême étant des adeptes de Jérémie Bonneau. Toutefois, ils n'étaient coupables d'aucune exaction, hormis envers eux-mêmes, car d'âge respectable, ils avaient refusé d'être soignés par la véritable médecine et leur état de santé était alarmant.

— Vous n'avez rien d'autre à confesser, monsieur Royer ? dit-il d'une voix lasse.

— Non, mais je voudrais qu'Emmie soit épargnée ! Sa toute jeune âme ne doit pas être blessée. Il faudrait la tenir à l'écart de la presse, qu'elle ignore tout de nous, ses grands-parents.

— Préserver cette petite est ma priorité, concéda Nathan. Ceux qui l'aiment feront de leur mieux...

Maison d'arrêt d'Angoulême, rue Saint-Roch,
lundi 18 septembre

Ambre sentit son cœur cogner comme un fou, en franchissant le portail de la maison d'arrêt. C'était la première fois qu'elle obtenait un parloir et la seule idée de revoir enfin Grégoire la bouleversait. C'était un jour de pluie fine, où elle avait mis un trench-coat gris très élégant, sur une jolie robe en lainage bleu. Coiffée d'une natte sur l'épaule gauche, elle avait opté pour un léger maquillage.

« Je ne dois pas pleurer, se disait-elle. Nous avons vingt-cinq minutes, il ne faut pas les gâcher. »

Les formalités réglementaires, dont l'avait informée Nathan, dissipèrent un peu son émotion. Ambre dut montrer sa carte d'identité et déposer ses effets personnels dans une consigne, à l'exception des livres et du linge propre destinés au prévenu. Une fois passée au détecteur de métaux, on la fit entrer dans une pièce où Grégoire fut amené peu après. Il n'y avait pas de dispositif de séparation et ils se jetèrent dans les bras l'un de l'autre.

— Ambre, enfin tu es là. Comme tu es belle ! Et tu sens bon !

— Tu m'as tellement manqué, mon amour, souffla-t-elle à son oreille.

Ils se séparèrent à regret, pour s'asseoir chacun d'un côté d'une petite table, mais ils se prirent par la main.

— Ce n'est pas trop pénible ? s'inquiéta Ambre. Héloïse m'a décrit les conditions d'incarcération après t'avoir rendu visite. Mais elle a pu arrondir les angles afin de me ménager.

— Ma sœur en serait capable, cependant c'est supportable. La nourriture est correcte, d'autant plus que je peux cantiner grâce à votre générosité à toutes les deux.

— Je serais moins courageuse sans Héloïse. Elle veille sur mon moral et je ne peux pas m'ennuyer ni broyer du noir, en sa compagnie. Greg, je voudrais tant que tu sortes de cet endroit.

— Je garde bon espoir, Ambre. Mon avocat se démène pour obtenir au moins une libération conditionnelle avec le port d'un bracelet électronique. La peine dont je peux écoper, même si Emmie n'est restée que trente heures avec moi, irait de un an à sept ans, assortie d'une amende de plusieurs milliers d'euros. Mais selon lui, j'ai une chance d'avoir un sursis grâce à des circonstances atténuantes évidentes et au témoignage d'Adeline Royer, l'infirmière, qui attestera que ma fille était en danger chez ses grands-parents, qui se sont révélés de vrais criminels.

— Oui, si Madeleine Royer finit ses jours à l'hôpital, son mari a été transféré à la maison d'arrêt de Gradignan, près de Bordeaux, en attendant son procès. Nathan a fait en sorte que cet homme ne soit pas écroué à Angoulême, ce qui aurait été difficile pour toi.

— Sage mesure, murmura Grégoire. Ambre, parle-moi plutôt de ma petite Emmie. J'ai accroché ses dessins au-dessus de mon lit et, chaque fois que je les regarde, je suis heureux.

— Alors, pour commencer, ta fille idolâtre la poupée que tu lui avais offerte. Si tu savais comme nous avons ri, ta sœur et moi, en descendant dans le puits et en empruntant le souterrain pour aller récupérer ce jouet. Héloïse faisait le pitre pour dominer sa peur. Nous avons raconté notre expédition à Emmie que cela a beaucoup amusée.

— Quelle coquine !

— Bien sûr, comme tu t'en doutes, le courant est passé tout de suite entre ta sœur et sa nièce. Héloïse lui a montré des photos de sa maison de Nouméa sur son téléphone. Maintenant elles se font des câlins et des bisous. Emmie n'est plus la même enfant, elle s'est épanouie comme une adorable fleur. Sa famille d'accueil est formidable, je t'assure. Ne te fais aucun souci, ton petit ange n'a pas fait de crise d'asthme, ayant un excellent traitement. Je te ferai savoir la date exacte de son opération. Pour le moment, elle profite du grand air, elle mange bien et elle joue avec Camille et Céline, les filles de ces gens charmants, et surtout elle s'est prise d'affection pour leur petit caniche qui le lui rend bien.

— Plus tard, nous aurons un chien, d'accord ?

Ambre hésita à répondre, ce qui alarma Grégoire. Il serra plus fort ses mains entre les siennes.

— Qu'est-ce que tu as ? demanda-t-il.

— J'ignore s'il s'agit de ta fille et de toi, ou de nous trois, murmura-t-elle.

— Pourquoi ? Tu voudrais rompre ? Ambre, je tiens le coup en m'accrochant à des rêves merveilleux, où tu es ma femme, ma compagne. Et une seconde maman pour Emmie, à qui nous donnerons un petit frère ou une petite sœur si tu le souhaites.

Elle resta silencieuse, mais il vit ses yeux bleus s'embuaient de larmes. De plus en plus inquiet, il la dévisagea avec une expression tragique.

— Je t'en supplie, dis quelque chose, Ambre !

— Greg, je serai comblée de vivre entre Emmie et toi, d'être une maman pour ta fille que j'aime tant. Mais tu ne m'as rien promis, alors nous pourrions rester de simples amis. J'ai peur que notre relation se soit construite dans un climat de stress intense, et qu'elle ne résiste pas à l'épreuve du temps ou du quotidien. On se connaît peu, et une fois libre tu rencontreras peut-être quelqu'un de plus disponible que moi.

— Ton discours ne tient pas debout, se révolta Grégoire. On s'aime passionnément, Ambre. Si tu préfères me quitter, je n'ai pas besoin d'explications de ce genre.

Elle pleurait sans bruit, malade de honte et de tristesse. Il lâcha ses mains pour lui caresser les cheveux et les joues.

— Que me caches-tu ? dit-il tout bas.

— Par ma seule faute, je suis devenue stérile, voilà, confessa-t-elle d'un trait. Je ne pourrai pas te donner d'enfant, alors par amour j'espère que tu auras ce bonheur un jour, mais avec une autre femme.

— Pourquoi serait-ce de ta faute ?

Haletante, Ambre relata le drame qui avait endeuillé ses vingt ans, du décès accidentel de son fiancé à cet après-midi où elle avait cédé à une effroyable crise de panique.

— Ce que je vais t'avouer, mes parents l'ignorent, ma sœur et mon frère aussi, sans oublier Nathan. J'ai provoqué cette fausse couche, mais pas uniquement en me frappant le ventre, non, je me suis mutilée avec un instrument de fortune. J'avais perdu ma lucidité, mon envie de vivre. J'aurais pu mourir d'une hémorragie si ma mère n'était pas rentrée la première à la maison. Quand je me suis réveillée à l'hôpital, un chirurgien m'a annoncé que je ne pourrai plus avoir d'enfant.

— Mon pauvre amour, tu n'osais pas me le dire et tu étais prête à rompre pour garder ton secret ! Sois tranquille, ce n'est pas si important pour moi. Nous aurons Emmie à chérir, à rendre heureuse, et je n'en espérais pas tant de la vie. Et si elle veut une sœur ou un frère, il y a l'adoption.

— J'y ai souvent pensé, mais une femme célibataire a moins de chance qu'un couple. Et mon métier est si prenant.

— Nous reparlerons de tout ceci quand j'aurai été libéré. L'essentiel, c'est de ne jamais se perdre, nous deux. Tu m'as fait peur, j'ai vraiment cru que tu allais renoncer à nos projets enchantés, ceux dont tu me consoles dans tes lettres.

— Je te demande pardon, je suis sotte. Grégoire, je ne pourrai plus vivre sans toi, sans ton sourire et tes baisers. Aie confiance, mon tendre amour, l'opinion publique te soutient, les médias, où l'on évoque le sauvetage de Sacha Ferry. J'ai eu de ses nouvelles, il a été placé dans un foyer, car son père le brutalisait.

— Je suis soulagé pour lui. Ambre, tiens bon toi aussi. Qui sait, nous fêterons peut-être Noël ensemble, tous les trois, dans la vallée des Eaux-Claires ? Cette fois, la maison sera toute décorée et illuminée, pour mes deux princesses adorées…

— Et ce serait merveilleux s'il neigeait ! J'aime tant la neige. On ferait un bonhomme aussi grand qu'Emmie, dit-elle d'un ton rêveur. Il faut y penser très fort et ça se réalisera.

Ils se sourirent, tendrement complices…

Place Turenne, environ deux mois plus tard,
dimanche 19 novembre

La nuit tombait doucement sur la ville d'Angoulême et un vent froid au parfum de pluie soufflait sur le rempart du Nord. En longue robe de laine blanche, sa chevelure d'or roux sur les épaules, Ambre s'était décidée à appeler sa mère, après deux semaines sans lui avoir donné de nouvelles.

— Ma chérie, enfin ! s'exclama celle-ci. Ton père et moi nous étions très inquiets, après tout ce que tu nous avais raconté ! J'en ai fait des cauchemars, cette brute en manteau noir qui te surveillait pour le compte d'une secte…

— Maman, n'y pense plus, c'est terminé depuis deux mois. Et vous pouviez me téléphoner ou m'écrire un mail.

— J'ai toujours peur de te déranger, à cause de tes horaires changeants aux urgences. En plus, tu n'habites plus seule, il y a cette personne chez toi, Héloïse.

— Heureusement, sa présence m'a beaucoup aidée. Je suis contente de la retrouver quand je rentre du travail. Elle m'a promis de rester jusqu'à la libération de Greg.

— De ton fameux Grégoire, rectifia sa mère, qui n'appréciait pas les diminutifs. Et la petite fille, comment va-t-elle ?

— Très bien. Héloïse et moi, nous lui rendons visite chacune notre tour. Hier, comme j'avais mon week-end, je l'ai gardée toute la journée. Nous sommes allées au Jardin Vert, car il faisait très beau temps.

Ambre eut un doux sourire, en revoyant Emmie, en jogging rose, qui gambadait sur la scène du Théâtre de la Nature.

Opérée à la fin du mois de septembre à l'hôpital de Girac, elle était toujours dans sa famille d'accueil, mais elle rêvait de vivre avec son père, dans la maison de la vallée des Eaux-Claires.

— J'ai suivi toute cette sordide affaire sur Internet, reprit Mme Chasselin à mi-voix. Quand je pense que cette enfant était sous la coupe d'un assassin, son propre grand-père. Tu es certaine qu'elle ne sera pas traumatisée ? Je te pose la question, puisque tu as prévu de lui servir de seconde mère.

Un peu agacée par le sous-entendu, Ambre se lança dans des explications dites d'un ton ferme.

— Dans ce cas, Emmie aura d'autant plus besoin d'attentions, de tendresse et d'amour. Je me suis déjà engagée à la protéger et à la chérir. Quant à Firmin Royer, il va finir ses jours en prison. Madeleine, son épouse, est hospitalisée en soins palliatifs à Girac, mais elle ne se souvient de rien et ne reconnaît personne. Ce sont les conséquences de sa tumeur au cerveau et des métastases qui se répandent. Son état se dégrade très vite.

— Est-ce que la fillette le sait? Elle doit réclamer ses grands-parents! Ils l'ont quand même élevée, depuis ses trois ans.

— Sur les conseils d'une psychologue, Héloïse et moi avons adouci la vérité, afin de la ménager. Pour Emmie, sa mamie est hospitalisée, car gravement malade, et son papi a commis de graves erreurs qui ont entraîné son arrestation.

— Mon Dieu, pauvre bout de chou. C'est bien triste tout ça, Ambre, et toi tu veux construire un foyer sur des ruines.

— Ne dramatise pas, maman! Grégoire est un homme plein de qualités, que j'aime de tout mon être. Nous avons souffert tous les deux par le passé et nous voulons être heureux. Tu me comprendras mieux quand tu le connaîtras.

— Sans doute, mais du côté de ton père, ce n'est pas gagné. Il aurait préféré te voir mariée à un docteur.

— J'aurai trente ans l'an prochain, je pense avoir l'âge de vivre avec qui je veux.

— Et Nathan, c'est vraiment fini?

— Totalement fini, la semaine dernière il s'est envolé pour la Guadeloupe, en me souhaitant beaucoup de bonheur. Maman, je vais raccrocher, j'entends Héloïse qui revient.

— Décidément, tu as trouvé une autre famille, ma chérie. Tant pis, je voulais te proposer de venir passer Noël à la maison, puisque tu ne peux pas nous recevoir. Ta sœur et ton frère seront là, eux! Si ça ne te dérange pas, nous viendrons tous à Angoulême l'an prochain.

Presque certaine que Grégoire serait libéré au début du mois de décembre, Ambre avait renoncé à inviter ses parents, dans l'espoir de passer Noël avec Emmie et lui.

— Maman, ne pleure pas, dit-elle gentiment, ayant perçu un sanglot étouffé.

Connaissant bien sa mère, elle ne tenait guère compte de ses remarques négatives, dictées par sa tendance à l'angoisse.

— Je n'attendrai pas si longtemps, ma petite maman ! Nous pourrions passer le réveillon de la Saint-Sylvestre ensemble, dans une adorable fermette restaurée, que j'aurai décorée. Vous découvrirez la vallée des Eaux-Claires, un lieu merveilleux...

— Oh oui, faisons ça, ma chérie, et, promis, je préparerai ton gâteau préféré, celui avec de la meringue et du chocolat.

Après un échange de paroles affectueuses, la jeune femme put raccrocher. Elle se tourna vers Héloïse, debout sur le seuil du salon, qui brandissait en riant une bouteille de champagne.

— Ambre, j'ai dû verser une caution, mais Greg sera libre dans quinze jours, alors on doit fêter ça...

Angoulême, dimanche 24 décembre

La précoce nuit d'hiver était tombée sur la ville toute parée d'illuminations, dans une joyeuse gamme de couleurs et de décorations sur le thème des fêtes de Noël. Dans les rues principales, c'était une harmonie éblouissante de lumières rouges, vertes ou d'un blanc scintillant.

Le jeune couple venait d'arriver sur la place de l'hôtel de ville, où se dressait un gigantesque sapin brillant de mille feux. Le bel arbre semblait veiller sur la grande statue de Marguerite de Valois. La gracieuse sculpture trônait dans cette partie du jardin public depuis des décennies, dominée par l'imposante tour Lusignan, d'où ruisselaient également des guirlandes à la clarté dorée.

Émerveillée par ce tableau féerique, Emmie s'arrêta net, en serrant plus fort les mains d'Ambre et de Grégoire.

— Qu'il est beau, le sapin, et tellement haut, murmura la fillette.

— Viens, on s'approche, proposa son père.

— On a le droit, papa?

— Bien sûr! Cet arbre magnifique est là pour que tout le monde puisse l'admirer, mon ange.

Emmie fit un pas en avant. Elle lança aussi un regard fasciné sur la façade de l'hôtel de ville, ce majestueux édifice dont le beffroi gothique se dessinait sur le ciel nocturne, piqueté d'étoiles.

— Est-ce qu'on pourra entrer dans ce château? demanda-t-elle tout bas. Je l'ai déjà vu, quand papi passait devant en voiture, mais il me disait que c'était défendu d'y aller!

— Il se trompait, tout à l'heure nous irons faire un tour dans la cour, si tu n'es pas trop fatiguée, répondit Ambre.

Grégoire s'était garé dans une rue peu fréquentée, proche de la place du Champ-de-Mars, et ils avaient marché tous les trois le long de l'artère piétonne, sur laquelle s'ouvraient de nombreux magasins. Les vitrines elles aussi soigneusement décorées avaient charmé Emmie. Elle les contemplait avec une gravité ravie, que ce soit un paysage enneigé peuplé d'animaux argentés ou une profusion d'objets scintillants, servant parfois d'écrin à un mannequin de Père Noël au bon sourire.

À hauteur de l'église Saint-Martial se tenait un marché de Noël, avec des petits chalets en bois où se vendaient des pains d'épices, des confiseries et des produits régionaux. Ambre avait acheté du miel et des truffes au chocolat.

Ils avaient eu la joie d'écouter une chorale qui interprétait des chants traditionnels. Bouleversée, Ambre avait versé des larmes de pur bonheur, tandis que Grégoire avait pris sa fille dans ses bras. Elle voyait mieux ainsi les chanteuses et les chanteurs déguisés en lutins, tous coiffés d'un haut bonnet vert.

— Papa, je voudrais faire comme eux, un jour, avait-elle chuchoté.

— Si tu en as envie, tu chanteras toi aussi, avait-il répliqué, vite récompensé d'un léger baiser sur la joue.

Pour Ambre, les observer discrètement et être témoin de leur tendre complicité se révélait un cadeau inestimable. Emmie avait quitté sa famille d'accueil dix jours auparavant, mais en promettant aux Fougerat de revenir les voir souvent. Innocenté et blanchi des accusations inventées par ses anciens beaux-parents, démenties par Firmin Royer lui-même, Grégoire avait obtenu la garde exclusive de son enfant.

Rassurée sur le sort de son frère, Héloïse avait repris l'avion en direction de la Nouvelle-Calédonie.

— Je reviendrai et vous nous rendrez visite à Nouméa, avait-elle dit sur le quai de la gare. Attention, ce grand voyage à mes frais, bien sûr.

Après beaucoup d'embrassades et de câlins, Ambre, Emmie et Grégoire avaient vu son train s'éloigner. Mais ils étaient trop heureux pour s'en attrister.

— Si je vous offrais un bon chocolat chaud, dans ce grand café, déclara Grégoire. Tu pourras encore admirer le sapin de Noël, mon ange.

— Je veux bien, papa, mais après on rentre chez nous ! Elle est si jolie, notre maison. On a un beau sapin aussi qui sent trop bon, mais il est bien moins grand. Et c'était amusant de le décorer tous les trois, se souvint Emmie.

— Il te plaît, notre arbre ? Les petites lumières au bord des fenêtres sont restées allumées, on les verra en arrivant, précisa Ambre qui avait pris un congé pour se consacrer aux préparatifs de Noël.

— Oh oui, tout me plaît...

Ils s'installèrent à l'intérieur, car le vent était froid. Au début du mois, il avait neigé sur la Charente, ce qui était assez rare. Les prévisions de la météo évoquaient l'éventualité de nouveaux épisodes neigeux, et tous les jours, Ambre guettait le ciel dans l'espoir de quelques flocons. Elle gardait un souvenir enchanté d'une période de son enfance où il y avait eu de grosses chutes de neige. Avec sa sœur et son frère, ils faisaient de jolies boules bien rondes, d'un blanc pur, sans même songer à une possible bataille, ce qui avait beaucoup amusé leurs parents.

— Dis, papa, j'aurai vraiment des jouets sous l'arbre, demain matin ? interrogea Emmie d'un air malicieux, après le passage du serveur.

— Tu es tellement sage que c'est fort possible, dit-il en la cajolant.

— Et tu crois que papi a reçu ma carte ?

— Oui, nous l'avons postée mardi. Il sera content, tu as choisi une image de forêt, avec un renard.

— En plus, il y avait plein de paillettes, nota Emmie.

Ambre, assistée par Grégoire, lui avait annoncé le décès de sa grand-mère, survenu à la fin du mois de novembre.

— Si mamie est au paradis, elle n'a plus de chagrin, avait-elle soupiré.

Des paroles murmurées avaient suivi, où elle avouait en tremblant la peur que lui inspirait notamment sa grand-mère. Indigné et révolté, le jeune couple avait découvert la sévérité abusive de Madeleine Royer dont l'esprit vacillait depuis des mois. Ils s'étaient promis d'aider l'enfant à surmonter tous ces mauvais souvenirs.

Si Emmie se montrait affectueuse et très gentille avec la jeune femme, elle vouait à son père une adoration sans borne. Ambre savait que le chemin serait encore long, avant de trouver sa place dans le cœur de la fillette. Pourtant ce soir-là, alors que les clochers de la haute ville sonnaient six coups mélodieux, une douce surprise l'attendait.

— Ce n'est pas grave si je n'ai pas de jouets, déclara Emmie de sa voix flûtée. Je suis habituée, car mamie et papi ne fêtaient pas Noël, ni mon anniversaire…

Maintenant que j'ai un papa, je voudrais bien avoir une maman. Dis, Ambre, je peux t'appeler maman ?

— Bien sûr, ma chérie, je n'osais pas te le demander, mais c'était mon rêve…

Les larmes aux yeux, elle tendit les bras, où la fillette se précipita, en riant de joie.

Vallée des Eaux-Claires, lundi 25 décembre

Les volets de la maison étaient ouverts sur un paysage resplendissant de neige fraîche. À leur réveil, quand Ambre, Emmie et Grégoire avaient regardé par la fenêtre, ils avaient poussé un même cri émerveillé. Vite, ils étaient sortis tous les trois, en vestes de laine et bottes, pour mieux admirer ce tableau enchanteur.

— C'est vraiment Noël ! s'était extasiée la fillette.

Ambre avait façonné en riant une boule de neige qu'elle avait tendue à l'enfant entre ses mains gantées de laine rouge.

— Merci, maman, avait chuchoté Emmie sans oser y toucher.

Mais un vent froid soufflait et ils étaient vite rentrés dans la maison. Grégoire avait allumé un feu dans la cheminée, avant de préparer le petit déjeuner. Une bonne odeur de chocolat au lait chaud, de café et de pain grillé le grisait et il éprouvait un tel bonheur que son cœur lui faisait presque mal.

— Papa, s'il te plaît, tu peux mettre des musiques de Noël, pendant que j'ouvre mes paquets, lui demanda Emmie.

Sa fille était assise en tailleur sous le sapin dont les lumières dorées clignotaient. Elle contemplait les cadeaux emballés de papier rouge avec une timidité ravie. En longue robe de laine blanche, coiffée d'un chignon, Ambre venait de la prendre en photo.

— À l'école, mes camarades me parlaient du Père Noël, mais moi je savais qu'il n'existait pas. Mamie et papi me l'avaient dit, quand j'en voyais sur des images ou en décoration dans les rues. Alors ça me rendait triste, avoua l'enfant.

— On pourrait rêver qu'il existe, dit Ambre avec douceur. Pourquoi ne pas croire à ce gentil monsieur en habits rouges, à la longue barbe blanche ? J'y ai cru jusqu'à mes sept ans et le soir de Noël, j'espérais voir son traîneau tiré par des rennes dans le ciel !

— Oui, maman, on joue à croire au Père Noël ! s'enthousiasma Emmie en riant.

Le chant *Les Anges dans nos campagnes* retentit soudain dans l'agréable pièce à vivre, décorée pour l'occasion par Ambre et Héloïse. Grégoire, lui, s'éclipsa sans bruit, après avoir adressé un clin d'œil à la jeune femme.

— Maman, où il est parti, papa ? s'inquiéta aussitôt Emmie.

— Peut-être chercher du bois dans la grange. Écoute, il y a une voiture qui arrive !

— Ce ne sont pas les méchants ? On doit aller se cacher, maman ?

— Mais non, mon cœur, il n'y a plus de méchants, n'aie pas peur. Ah, la voiture s'en va et ton papa revient.

Un panier en osier entre les bras, Grégoire était déjà de retour. Intriguée, Emmie entendit une sorte d'aboiement.

— Voilà mon cadeau, annonça Ambre. Soulève vite le couvercle du panier, ma chérie !

Son délicat visage rose d'impatience, la petite fille aperçut des poils frisés, couleur abricot, et des yeux noirs qui la fixaient.

— Oh, un bébé chien, balbutia-t-elle. Merci, merci, maman !

— C'est un caniche nain, comme celui que tu aimais tant chez ta famille d'accueil. Il a trois mois, expliqua Ambre en souriant.

Grégoire s'était mis à genoux pour mieux profiter de la joie de sa fille, qui, le chiot blotti contre elle, se laissait lécher le menton et le bout du nez. Emmie ne songeait plus à ouvrir ses autres cadeaux. Bercée par la musique, elle avait l'impression de faire un beau rêve, sans se douter que son père et la « jolie dame rousse » devenue sa seconde maman ressentaient le même ravissement ineffable.

Quatre mois s'étaient écoulés depuis le soir où Ambre avait croisé le regard clair d'un homme en détresse et où celui d'une enfant malade s'était emparé de son cœur meurtri.

Les ombres du passé s'estompaient, comme dispersées par la beauté du paysage, derrière les fenêtres, par l'éclat doré des guirlandes du sapin, par les bouquets de houx qui ornaient la table drapée de rouge.

L'avenir leur réserverait peut-être encore des épreuves, mais Ambre, Emmie et Grégoire le savaient, il serait tissé de tendresse et d'amour, à l'image de merveilleux matins de Noël.

Remerciements

Je tiens à exprimer toute ma gratitude à Audrey Sedano pour ses précieux renseignements sur le festival du film francophone, et à mon médecin, le docteur Cédric Poirier, dont j'ai sollicité les conseils en cours d'écriture et qui m'a si gentiment aidée.

Table des matières

De la même auteure

La saga de Val-Jalbert

I. *L'Enfant des neiges,* Chicoutimi, Éditions JCL, 2008 ; *L'Orpheline des neiges,* Paris, Calmann-Lévy, 2010

II. *Le Rossignol de Val-Jalbert,* Chicoutimi, Éditions JCL, 2009 ; Paris, Calmann-Lévy, 2011

III. *Les Soupirs du vent,* Chicoutimi, Éditions JCL, 2010 ; Paris, Calmann-Lévy, 2013

IV. *Les Marionnettes du destin,* Chicoutimi, Éditions JCL, 2011 ; Paris, Calmann-Lévy, 2014

V. *Les Portes du passé,* Chicoutimi, Éditions JCL, 2012 ; Paris, Calmann-Lévy, 2015

VI. *L'Ange du lac,* Chicoutimi, Éditions JCL, 2013 ; Paris, Calmann-Lévy, 2016

La saga du Moulin du loup

I. *Le Moulin du loup,* Chicoutimi, Éditions JCL, 2008 ; Paris, Les Presses de la Cité, 2008

II. *Le Chemin des falaises,* Chicoutimi, Éditions JCL, 2009 ; Paris, Les Presses de la Cité, 2009

III. *Les Tristes Noces,* Chicoutimi, Éditions JCL, 2008 ; Paris, Les Presses de la Cité, 2010

IV. *La Grotte aux fées,* Chicoutimi, Éditions JCL, 2009 ; Paris, Les Presses de la Cité, 2011

V. *Les Ravages de la passion,* Chicoutimi, Éditions JCL, 2010 ; Paris, Les Presses de la Cité, 2012

VI. *Les Occupants du domaine,* Chicoutimi, Éditions JCL, 2012 ; Paris, Les Presses de la Cité, 2013

La saga d'Angélina

I. *Angélina. Les Mains de la vie,* Chicoutimi, Éditions JCL, 2011 ; Paris, Calmann-Lévy, 2013, 2019

II. *Angélina. Le Temps des délivrances*, Chicoutimi, Éditions JCL, 2013 ; Paris, Calmann-Lévy, 2014, 2019
III. *Angélina. Le Souffle de l'aurore*, Chicoutimi, Éditions JCL, 2015 ; *La Force de l'aurore*, Paris, Calmann-Lévy, 2015, 2019

La saga des Bories
I. *L'Orpheline du Bois des Loups*, Chicoutimi, Éditions JCL, 2002 ; Paris, Les Presses de la Cité, 2003
II. *La Demoiselle des Bories*, Chicoutimi, Éditions JCL, 2006 ; Paris, Les Presses de la Cité, 2006

La saga du lac Saint-Jean
I. *Le Scandale des eaux folles*, Chicoutimi, Éditions JCL, 2014 ; Paris, Calmann-Lévy, 2016
II. *Les Sortilèges du lac*, Chicoutimi, Éditions JCL, 2015 ; Paris, Calmann-Lévy, 2017

La saga de Faymoreau
I. *La Galerie des jalousies*, Chicoutimi, Éditions JCL, 2015 ; Paris, Calmann-Lévy, 2017
II. *La Galerie des jalousies*, Chicoutimi, Éditions JCL, 2016 ; Paris, Calmann-Lévy, 2017
III. *La Galerie des jalousies*, Paris, Calmann-Lévy, 2017

La saga d'Abigaël
Saison 1
I. *Abigaël, messagère des anges*, Chicoutimi, Éditions JCL, 2017 ; Paris, Calmann-Lévy, 2018
II. *Abigaël, messagère des anges*, Chicoutimi, Éditions JCL, 2017 ; Paris, Calmann-Lévy, 2018
III. *Abigaël, messagère des anges*, Chicoutimi, Éditions JCL, 2017 ; Paris, Calmann-Lévy, 2018
IV. *Abigaël, messagère des anges*, Paris, Calmann-Lévy, 2018
V. *Abigaël, messagère des anges*, Paris, Calmann-Lévy, 2018
VI. *Abigaël, messagère des anges*, Paris, Calmann-Lévy, 2018

Saison 2
I. *Abigaël, Les Voix du passé*, Paris, Calmann-Lévy, 2022
II. *Abigaël ou la Force du destin*, Paris, Calmann-Lévy, 2022
III. *Abigaël ou le Secret des anges*, Paris, Calmann-Lévy, 2022

La saga de l'orpheline de Manhattan
I. *L'Orpheline de Manhattan*, Paris, Calmann-Lévy, 2018
II. *Les Lumières de Broadway*, Paris, Calmann-Lévy, 2018
III. *Les Larmes de l'Hudson*, Paris, Calmann-Lévy, 2019

La saga de Lara
I. *La Ronde des soupçons*, Paris, Calmann-Lévy, 2020
II. *La Valse des suspects*, Paris, Calmann-Léyy, 2020
III. *La Danse macabre*, Paris, Calmann-Lévy, 2020

Le Mystère Soline
I. *Au-delà du temps*, Paris, Calmann-Lévy, 2021
II. *Le Vallon des loups*, Paris, Calmann-Lévy, 2021
III. *Un chalet sous la neige*, Paris, Calmann-Lévy, 2021

Le Château des secrets
I. *Le Rêve brisé*, Paris, Calmann-Lévy, 2023
II. *La Ballerine de L'ombre*, Paris, Calmann-Lévy, 2023
III. *Les Cœurs apaisés*, Paris, Calmanny-Lévy, 2023

Les enquêtes de Maud Delage
VOLUME I
1. *Du sang sous les collines*, Chicoutimi, Éditions JCL, 2012 ; Paris, Calmann-Lévy, 2021
2. *Un circuit explosif*, Chicoutimi, Éditions JCL, 2012 ; Paris, Calmann-Lévy, 2021
VOLUME II
1. *Les Croix de la pleine lune*, Chicoutimi, Éditions JCL, 2013 ; Paris, Calmann-Lévy, 2022
2. *Drame à Bouteville*, Chicoutimi, Éditions JCL, 2013 ; Paris, Calmann-Lévy, 2022
VOLUME III
1. *Cognac, un festival meurtrier*, Chicoutimi, Éditions JCL, 2013 ; Paris, Calmann-Lévy, 2023
2. *Vent de terreur sur Baignes*, Chicoutimi, Éditions JCL, 2013 ; Paris, Calmann-Lévy, 2023
VOLUME IV
1. *L'Enfant mystère des terres confolentaises*, Chicoutimi, Éditions JCL, 2013
2. *Maud sur les chemins de l'étrange*, Chicoutimi, Éditions JCL, 2013
3. *Nuits à haut risque*, Chicoutimi, Éditions JCL, 2013

Livres hors série

L'Amour écorché, Chicoutimi, Éditions JCL, 2003 ; Paris, Calmann-Lévy, 2020

Le Chant de l'océan, Chicoutimi, Éditions JCL, 2004 ; Paris, Les Presses de la Cité, 2007

Les Enfants du Pas du Loup, Chicoutimi, Éditions JCL, 2004 ; Paris, Les Presses de la Cité, 2005

Le Refuge aux roses, Chicoutimi, Éditions JCL, 2005 ; Paris, L'Archipel, 2005 ; Paris, Calmann-Lévy, 2018

Le Val de l'espoir, Chicoutimi, Éditions JCL, 2007 ; Paris, Calmann-Lévy, 2016

Le Cachot de Hautefaille, Chicoutimi, Éditions JCL, 2009 ; Paris, Calmann-Lévy, 2019

Les Fiancés du Rhin, Chicoutimi, Éditions JCL, 2009 ; Paris, Calmann-Lévy, 2019

Les Amants du presbytère, Chicoutimi, Éditions JCL, 2015 ; Paris, Calmann-Lévy, 2017

Amélia, un cœur en exil, Paris, Calmann-Lévy, 2017

Astrid, la reine bien-aimée, Chicoutimi, Éditions JCL, 2017 ; Paris, Calmann-Lévy, 2019

Les Feux de Noël, Paris, Calmann-Lévy, 2020

Flashez ce code
et rejoignez sur Facebook
Les Amis de Marie-Bernadette Dupuy
(le seul vrai groupe)

Photocomposition Soft Office

Achevé d'imprimer en octobre 2023
par CPI BRODARD & TAUPIN (72200 La Flèche)
pour le compte des Éditions Calmann-Lévy
21, rue du Montparnasse, 75006 Paris

CALMANN LEVY s'engage
pour l'environnement en réduisant
l'empreinte carbone de ses livres.
Celle de cet exemplaire est de :
600 g éq. CO_2
Rendez-vous sur
www.calmann-levy-durable.fr

PAPIER CERTIFIÉ

N° d'éditeur : 8977117/01
N° d'imprimeur : 3054453
Dépôt légal : novembre 2023
Imprimé en France.